Sergio Ramírez
**Sara**
*edition 8*

# Sergio Ramírez

# Sara

Roman

Aus dem nicaraguanischen Spanisch
übersetzt von Lutz Kliche

Der Übersetzer dankt Knut Schaflinger für die kundige Durchsicht des Manuskripts.

Die Übersetzung wurde mit Mitteln des Peter Hammer Vereins für Literatur und Dialog e.V. gefördert.

Eine Person aus Zürich, die nicht genannt werden möchte, unterstützte die Herausgabe dieses Buches mit einem finanziellen Beitrag.

Das Original erschien im April 2015 unter dem Titel ›Sara‹ im Verlag Alfaguara, Mexiko.

Die edition 8 wird im Rahmen des Förderkonzepts zur Verlagsförderung in der Schweiz vom Bundesamt für Kultur mit einem Förderbeitrag für die Jahre 2021–2024 unterstützt.

*Besuchen Sie uns im Internet: Informationen zu unseren Büchern und Autor\*innen sowie Rezensionen und Veranstaltungshinweise finden Sie unter www.edition8.ch*

Juni 2021, 1. Auflage, © Sergio Ramírez, 2015, © dieser Ausgabe bei edition 8. Alle Rechte, einschliesslich der Rechte der öffentlichen Lesung, vorbehalten. Korrektorat, Typografie, Umschlag: Heinz Scheidegger; Titelbild: Marc Chagall ›Abraham et Sara‹ (Farblithographie von 1956 aus der 28-teiligen ›Bibel‹, erschienen in VERVE, 1956, Vol. VIII, No. 33 und 34), © 2021 ProLitteris, Zurich; Druck und Bindung: Beltz, Bad Langensalza.

Verlagsadresse: edition 8, Quellenstrasse 25, CH-8005 Zürich, Telefon +41/ (0)44 271 80 22, info@edition8.ch

ISBN 978-3-85990-415-6

*»Sara aber sagte: Gott liess mich lachen;
jeder, der davon hört, wird mit mir lachen.«*
(Genesis, 21,6)

*»Du kannst mein Angesicht nicht sehen;
denn kein Mensch kann mich sehen und am Leben bleiben.«*
(Exodus 33,20)

*Für Nélida Piñon*

# Eins

»**Da** sind sie wieder«, sagte Sara ärgerlich, bevor sie die Milchschale an die Lippen hob.

Wegen der drückenden Mittagshitze hatten sie sich in den Schatten der Steineiche geflüchtet, die dem Zelt am nächsten stand, und Abraham, der mit einem Feuerstein die Fleisch- und Hautreste von einem Schaffell kratzte, um es zum Trocknen auf die Steine um den Pferch zu legen, hob den Blick zur sanften Düne hin, auf welche die Wüstensonne unbarmherzig niederbrannte. In ihrem blendend-weissen Licht, das den gesamten wolkenlosen Himmel bedeckte, flimmerten die drei Gestalten und schienen sich eher zu entfernen als näherzukommen. Bei jedem Schritt stützten sie sich auf ihre Wanderstäbe und senkten ihre Sandalen in den Sand, der wie zermahlenes Glas glänzte.

»Wir werden ihnen nicht die Gastfreundschaft versagen, die schulden wir jedem Fremden«, sagte Abraham und legte Feuerstein und Schaffell aus der Hand. Seine Stimme sollte fest klingen, doch zitterten ihm die Worte in der Kehle.

»Von wegen Fremde, du weisst genau, wer sie sind, dieselben wie vor drei Tagen, als sie mit dem Befehl kamen, alle Männer müssten dort unten beschnitten werden, etwas, das nur dir nicht hirnverbrannt vorkommt«, antwortete Sara und trank den Rest Milch aus der Schale.

»Wenn es dieselben sind, dann erst recht«, erwiderte Abraham trotzig.

»Recht gibst du ihnen ja immer, auch wenn es noch so weh tut, letzte Nacht hast du vor Schmerzen nicht schlafen können.«

»Es ist schon viel besser«, entgegnete Abraham wenig überzeugend. Er besass die Angewohnheit, mit der Hand eine unsichtbare Fliege vor seinem Gesicht zu verscheuchen, und das tat er jetzt auch.

Die Wunde hatte sich entzündet, weshalb er um seine Genitalien einen Wickel aus zerstossenen Feigenblättern und Senfkörnern trug, den Hagar ihm zubereitet hatte. Gleichwohl verspürte er bei jedem Schritt einen heftigen Stich von der Leiste bis zu den Knien.

»Mit eigener Hand das tote Glied verletzen, ganz schön verrückt«, sagte Sara spöttisch.

»Er wird schon seine Gründe haben, wenn er mir das befiehlt«, antwortete Abraham, jetzt selbst ärgerlich geworden, »wer bin ich denn, seine Gebote verstehen zu wollen.« Und nachdem er sich die Hände an der Tunika abgewischt hatte, ging er den Wanderern entgegen, um sie zu begrüssen.

»Jetzt ist der Zauberer auch noch auf die Idee gekommen, drei auf einmal zu sein«, schimpfte Sara. Der Ärger sorgte dafür, dass ihr die Milch im Magen sauer werden wollte. Abraham hörte sie schon nicht mehr, doch sie fuhr fort, ihrem Herzen ungezügelt Luft zu verschaffen: »Ob drei oder zwei oder einer, es sind die Boten des Zauberers. Oder der Zauberer selbst. Was steckt hinter diesem Spiel? Und warum spielt er es mit uns? Ich kann die Jahre schon nicht mehr zählen, die das so geht.«

Als sie näher kamen, sah Sara, dass es sich um zarte Jünglinge mit sanften Augen handelte, die nicht einmal einen Anflug von Bartflaum zeigten. Der lange Haarschopf fiel ihnen offen auf die Schultern und sie trugen knielange, goldgesäumte Seidentuniken, unter denen die glatten, wie mit Bienenwachs enthaarten Beine hervorlugten, während ihre Sandalen mit ebenfalls goldfarbenen Riemen bis über die Knöchel geschnürt waren. Ihren Gesichtern und langen Mähnen nach zu urteilen hätte man sie für genau gleich aussehende Mädchen halten können, die nach dem selben Muster geschnitten waren. Tatsächlich sahen sie wunderschön und begehrenswert aus. Sara errötete, als sie so etwas wie Verlangen in sich aufflackern und in ihren Unterleib strömen spürte. Das waren keine passenden Gedanken für eine alte Frau. Eine alte Frau von siebzig oder eher eine reife Frau in ihren Vierzigern? Da gibt es ganz unterschiedliche Meinungen.

Manchmal erschienen diese Boten als Hirten, mit zottigen Bärten, schmutzigen Turbanen und Tuniken aus Ziegenhaar. So war es das letzte Mal gewesen, als sie mit dem Befehl kamen, alle Männer ihrer Gemeinschaft sollten sich die Vorhaut beschneiden. Da waren es zwei gewesen. Andere Male waren sie Bettler, die nach Urin stanken, oder Händler aus fernen Ländern mit schlechten Manieren, die die abgenagten Knochen einfach hinter sich warfen. Jünglinge, Hirten, Händler, Bettler, Beduinen. Wie sie sich auch verkleideten, wie sie auch aussahen, es waren immer dieselben. Sie änderten nur ihre Erscheinung, wurden mehr oder weniger in ihrer Zahl. Der Zauberer formte ganz nach Lust und Laune diese Gestalten, die jedes Schicksal kannten und alles über den Tod wussten.

Der Zauberer, mit dem sie es zu tun hatten, war nicht irgendein Zauberer. Vor allem besass er, wenn er nicht sein Verkleidungsspiel spielte, die Gabe, sich unsichtbar zu machen. Er sprach aus dem Nichts, aus der hitzeflirrenden Luft. Nur Abraham konnte ihn hören. Sie merkte, dass der Zauberer da war, wenn sie ihren Mann auf die Knie fallen sah, egal, was er gerade tat, und dann flüsterte er, den Kopf gesenkt, voller Demut und Respekt, die Lippen bewegten sich kaum im zerzausten Bart. Sprach mit sich selbst wie jemand, der den Verstand verloren hat. Manchmal gestikulierte er dabei, manchmal verhielt er zerknirscht. Und wenn er dann ins Zelt zurückkam, hüllte er sich in düsteres Schweigen, aus dem sie ihn auch mit den grössten Zärtlichkeiten nicht herausholen konnte.

Manchmal wartete der Zauberer auch, bis Abraham schlief, um ihm im Traum zu erscheinen. Sie hörte ihren Mann zusammenhanglos stammeln, sich auf dem Lager herumwerfen, dann war der Zauberer schon in seinen Kopf eingedrungen. Und jedes Mal kam er, wie immer er auch erschien, um Unheil zu verkünden, Befehle zu erteilen oder Anordnungen zu geben, die kaum zu verstehen waren, die Abraham jedoch gehorsam ausführte. Denn von Anfang an, vor langer Zeit, hatte der Zauberer ihn damit betört, dass er, Abraham, sein Auserwählter sei, dass er so zahllose Reichtümer besitzen wie zahlreich seine Nachkommenschaft sein werde, wenn er ihm nur blind gehorche. Und so führte er ihn mit seinen leeren Versprechungen jahrelang an der

Nase herum. Reichtum gewährte er ihm von Zeit zu Zeit, doch währte der immer nur kurz, als nehme er ihm das, was er ihm mit einer Hand gab, gleich wieder mit der anderen. Und was die Nachkommenschaft anging, gab er ihm einen unehelichen Sohn, den Sohn von Hagar. Dachte der Zauberer etwa, Abraham solle das Geschlecht, das er ihm dauernd versprach, aus dem Schoss einer Sklavin gründen?

Was also war wirklich sein Spiel? Persönlich oder durch seine Boten hatte er immer zu verstehen gegeben, der Samen ihres Mannes würde in ihr, Sara, fruchtbar werden, und dass es durch sie sein würde, dass die Welt sich mit Nachkommenschaft bevölkere, so zahlreich wie die Sterne am Himmel und der Sand am Ufer des Meeres. Und jetzt war es Hagar, die den Erben zur Welt gebracht hatte, den einzigen, während sie immer noch unfruchtbar war, trotz der Arzneien aus den Kräuterläden von Sodom, trotz des Rauches aus den Räucherbecken, trotz aller Künste und Kniffe, die man ihr in Ägypten gezeigt hatte: die Nächte des Beischlafs an den Mondphasen auszurichten; Abraham dazu zu bringen, sein Geschlecht in Ziegenmilch zu baden, bevor er sich zu ihr legte; ihn, nachdem er sich erleichtert hatte, noch lange in sich zu halten, auch wenn er, in ihrer Umarmung gefangen, unwillig grunzte.

Der Zauberer hatte inzwischen alle Macht darüber, ob sie Kinder bekäme oder nicht. Sie war seine Gefangene. Und wenn sie in ihrem Herzen so grosse Ablehnung gegen jene Boten hegte, die sie ohne Ankündigung besuchten, dann deshalb, weil sie sich nicht nur betrogen und vertröstet, sondern auch ausgeschlossen fühlte. Nie sprachen sie mit ihr, auch nicht, wenn sie ihnen zu essen und zu trinken auftischte, nicht einmal, um danke zu sagen, und niemals verabschiedeten sie sich. In deren Augen gab es sie gar nicht.

Auch der Zauberer selbst, vor dem Abraham auf die Knie fiel, kaum dass er seine Stimme hörte, als habe er einen Faustschlag ins Genick bekommen, nahm sie jemals wahr. Nie sprach er zu ihr, nie bat er um eine Unterredung oder erschien ihr im Traum. Wenn ihr Ehemann mitten in der Nacht aus dem Schlaf hochfuhr und klagte, dass er vor Durst umkäme, als habe er zu viel Wein getrunken, dann wusste sie schon, dass der Zauberer ihn wieder besucht hatte. Sie ging ihm frisches Wasser holen, und weil keiner der beiden in den Schlaf zurückfinden konnte, knüpfte sie im Morgengrauen, wenn die Schafe schon zu blöken begannen, ein Netz aus Wörtern, um ihn darin zu fangen. Und manchmal entschloss er sich, ihr ehrfürchtig von den Wundern zu erzählen, die ihm geweissagt worden waren: Vom wandernden Hirten mit einer bescheidenen Schafherde sollte er zum Besitzer riesiger Viehherden werden; und von einem trostlosen Ehemann ohne einen einzigen Sohn, der ihm eines Tages auf dem Totenbett die Augen zudrücken könnte, zum fruchtbaren Vater vieler Nationen. Oder er zeigte sich verzagt angesichts der erhaltenen Befehle, denn er musste immer dies oder jenes tun, von hier nach da ziehen, vor dem Morgengrauen die Zelte abbrechen und dorthin wandern, wohin ihn der Finger des Zauberers wies, feindliche Reiche, unwirtliche Länder, oder gar bis nach Ägypten, weit hinter den endlosen Dünen der Wüste.

Sie hatte wahrlich genug solcher Täuschungsmanöver erlebt. Das Schlimmste von allen hatte mit Hagar zu tun, ihrer eigenen Sklavin, der sie über lange Zeit ihre Geheimnisse anvertraut hatte, die einzige, die sie nackt sah, wenn sie ihren Körper mit Aloe einrieb, die ihr Haar vor dem Spiegel kämmte, als sie das Glück hatte, einen Spiegel zu besitzen, und es genügend langsam flocht, um leise Gespräche zu führen, die in zügelloses Gelächter mündeten. Und dann die Wut, zusehen zu müssen, wie sie spöttisch und hochmütig mit geschwollenem Leib umherstolzierte und die Dienerschaft gegen sie aufhetzte, bis sie, Sara, angesichts solcher Frechheiten ihrem Zorn freien Lauf liess und sie Gift und Galle spuckend mit lautem Geschrei aus dem Zelt warf. Doch war Hagar auf Befehl des Zauberers wieder zurückgekehrt, der Sara einmal mehr demütigte, und eines morgens hörte sie voller Bitterkeit von ihrem Lager aus das Plärren des unehelichen Bastards.

Nicht selten erfuhr sie gar nichts von den Botschaften, die Abraham im Wachen oder im Schlaf übermittelt wurden, denn der Zauberer befahl ihm, Stillschweigen zu bewahren. »Du sollst niemanden von dem erzählen, was du weisst.« »Auch nicht meiner Frau?« »Auch nicht deiner Frau.« Was ist das für ein Ehemann, der seiner Frau sogar noch seine Träume verheimlicht? Sie erzählte ihm die ihren, die meist ziemlich unsinnig waren. Dass die Ziege ein Zicklein mit zwei Köpfen zur Welt gebracht hatte. Dass das Steineichenwäldchen durch einen Blitz in Flammen aufgegangen war. Dass die Einwohner von Sodom alle stumm gemacht wurden und sprechen wollten und verzweifelt ihre Köpfe gegen die Mauern schlugen, weil sie nur ein Grunzen ausstossen konnten, und dann führten sie plötzlich die Hand an den Mund und fanden dort nur glatte Haut. Oder dass sie schwanger war und auf allen Vieren wie eine trächtige Sau durchs Zelt kroch, weil ihr schwerer Leib sie niederzog. Einen Sohn zu empfangen, zu gebären, war für sie inzwischen so unvorstellbar geworden, dass es nur noch in ihren Träumen vorkam.

Der Zauberer hatte ihr die Feindschaft erklärt, sie wusste nicht, wieso. Niemals hatte sie seine Boten schlecht behandelt, bediente sie höflich trotz ihrer schlechten Manieren, und sie war stets darum bemüht, ihren Unwillen für sich zu behalten. Ab und zu spürte sie ihn im glühend heissen Himmel vibrieren wie das trockene Surren von Insektenflügeln, andere Male fühlte sie einen warmen Lufthauch im Nacken oder das Kitzeln eines Strohhalms am Ohr, als spiele er mit ihr Verstecken oder wolle sie nur ein wenig necken.

Dann sah sie sich vorsichtig nach allen Seiten um, stemmte die Arme in die Seiten und sagte lächelnd und halblaut, um ihn nicht zu verscheuchen: Ich weiss, dass du da bist, es ist Zeit, dass wir die Dinge zwischen uns beiden klarstellen. Du kannst dich nicht über mich beklagen, ich habe alle deine Gebote erfüllt, ich bin diesem tolpatschigen Mann, meinem Mann, immer gefolgt, wohin du ihn auch geschickt hast, auch wenn es in die ödesten und gefährlichsten Gegenden ging. Ich habe mich prostituiert, wenn er es von mir verlangte, sicher, weil du es so wolltest. Ich habe ihm den Gefallen getan, ihm meine Sklavin Hagar ins Bett zu legen, weil ich dachte, damit gefiele ich dir. Dabei werde ich selbst nie einen Sohn haben, weil es dir nicht gefällt oder weil du vergisst, was du versprichst, obwohl man doch meinen müsste, dass du dich an alles erinnerst. Oder bin ich vielleicht nie in deinen Plänen gewesen? Immer hast du dich geweigert, mit mir zu sprechen. Etwa, weil ich dir dessen nicht würdig erscheine? Doch mit meiner Sklavin Hagar hast du gesprochen. War sie dir also würdig genug dafür, und dass mein Mann sie schwängerte? Ist dies etwa nicht die Schlimmste aller Demütigungen, die du mir hast zuteilwerden lassen? Und dann hast du sie, als ich sie hinauswarf, weil sie sich schon als die Hausherrin fühlte und nicht viel fehlte, dass sie mich hinauswarf, auch noch zurückkehren lassen, hast dich in mein Leben eingemischt. Und auch das musste ich ertragen. Was willst du also noch von mir? Aber sag es mir ins Gesicht, sodass ich dich hören kann und du mich hören kannst. Willst du, dass ich deine Geisel bin, ohne jemals ausgelöst werden zu können? Dass ich deinem Willen nicht entkommen kann?

Am liebsten hätte sie gesagt: dass ich deinen Launen nicht entkommen kann. Doch sie biss sich lieber auf die Zunge, denn das hätte ihn verärgern können, und dann konnte alles noch schlimmer werden. Denn sie hatte tatsächlich nie jemand Launischeren kennengelernt als ihn. Und wenn sie ihrem Herzen auf diese Weise Luft gemacht hatte, dann spürte sie, wie sich hochmütig etwas entfernte, sie dabei herausfordernd streifte und schliesslich verschwand. Die Luft zitterte noch von diesem Hochmut, und es konnte geschehen, dass im trockenen Stroh der Futterkrippe kurz eine Flamme emporzüngelte, die gleich darauf wieder erlosch, oder tief im Brunnen ein Stein aufschlug, der verächtlich fallen gelassen worden war, ein Zeichen dafür, dass er sie zwar gehört hatte, doch gar nicht daran dachte, ihr eine Antwort zu geben.

Manchmal versuchte sie es vor dem Schlafengehen mit anderen Mitteln. Während sie mit der Hand sanft Abrahams Schenkel streichelte, bat sie ihn, im Traum ein Wort für sie einzulegen: »Sag ihm, er soll auch mal in meinem Kopf erscheinen, nur ein einziges Mal, ich muss ihm ein paar wichtige Fragen stellen.«

Dann stimmte Abraham widerwillig zu, nur um ihr, wenn er, halb wahnsinnig vor Durst, aus dem Schlaf auffuhr, immer die gleiche Antwort zu geben: »Ich habe ihm deine Botschaft weitergegeben, aber er sagt weder ja noch nein, es ist, als habe er mich gar nicht gehört.« Und dabei blieb es dann. Verachtung! Er tat so, als gäbe es sie nicht, wo hatte man jemals solchen Hochmut gesehen. Und sollte er tatsächlich einmal den Bann brechen und sich bequemen, ihr im Traum zu erscheinen, auch wenn es unwahrscheinlich war, dann wollte sie ihm als erstes sagen: Lass uns in Frieden, es reicht jetzt, such dir andere aus! Weshalb verfolgst du uns? Hör endlich auf mit diesem Märchen, dass ich eines Tages einen Sohn gebären werde und dass unsere Nachkommenschaft so zahlreich sein wird wie die Sterne am Himmel oder der Sand am Ufer des Meeres! Wir sind doch schon so alt, ich habe genug von dem Ganzen. Und wenn es nach mir geht und es dein Wunsch und Wille ist, dann soll meine Sklavin Hagar die Mutter vieler Völker werden, nicht ich.

# Zwei

**Das** mit dem Altsein ist, obwohl es aus Saras Mund kommt, ein Satz mit wenig Grundlage. Wenn wir sie es sagen gehört haben, müssen wir verstehen, dass es nur ein Vorwand ist, den Zauberer zu bitten, sie in Ruhe zu lassen. Ausserdem hat sie sich darüber beklagt, müde zu sein, und auch diese Aussage sollten wir nicht wörtlich nehmen, kommt sie doch von einer energischen Frau, die vor keiner Anstrengung oder Aufgabe zurückschreckt und die, scharfsinnig und klug in ihrem Urteil, den Kopf fest auf ihren Schultern sitzen hat.

Zudem ist sie auch noch schön, anziehend in ihrem Äusseren, so schön, dass einige schrieben, neben ihr hätten andere Frauen ausgesehen wie Paviane, und dass weder die Härten der Wüste und der dauernden Wanderungen, denen sie sich ausgesetzt sah, weil sie ihrem Mann überall hin folgte, ihre Schönheit schmälern konnten, die selbst Abraham manchmal vergass. »Sara, Sara, wie ungerecht ist meine Erinnerung, dass sie mir deine majestätische Schönheit vorenthält!«, sagte er einmal, als sie unterwegs Rast machten, sich zum Trinken über einen Weiher beugten, und er, als er ihr sich zitternd im Wasser spiegelndes Gesicht sah, vor Verlangen entbrannte.

Und ohne Ereignissen vorzugreifen, die ich später noch erzählen will, liesse es sich nicht anders erklären, dass es Abraham gelang, sie, als sie nach Ägypten zogen, als seine Schwester ins Bett des Pharaos zu bringen und sie später auch zur Konkubine von Abimelech, dem König von Gerar, machen konnte. Es möge also niemand an eine zahnlose Tattergreisin denken, mit Hängebrüsten und spärlichem, grauem Schamhaar, denn wer hätte sie dann wohl in seinem Bett haben wollen, vor allem, wenn es sich um ein königliches Bett handelte, wo man doch weiss, dass die Mächtigen dieser Welt – Könige, Kaiser und Pharaonen – was dies betrifft ganz besonders wählerisch sind und niemals das

Schlechteste und am wenigsten Appetitliche nehmen, so wie es natürlich auch jedermann aus dem Volke tun würde. Aber das ist eine andere Geschichte.

Und wir dürfen uns auch Abraham nicht als einen gebrechlichen Greis vorstellen, war er doch nur wenig älter als sie. Dass Sara so verächtlich von seinem toten Glied spricht, wie wir sie haben schimpfen hören, weil er bereit war, sich die Vorhaut zu beschneiden, muss wohl eher der Wut zugeschrieben werden, die aus ihrer Unzufriedenheit entsteht. Wir wissen ja schon, dass er nicht selten mit ihr schläft, weil sie so eifrig versucht, schwanger zu werden, ob der Zauberer es will oder nicht, vor allem jetzt, da ihr Hagar darin voraus ist.

Was das Schätzen des Alters angeht, so darf man nicht vergessen, dass dies alles zu der Zeit geschah, als man zu zählen und zu schreiben begann. Eine Kuh, die mit einem Stichel in eine Tontafel geritzt wurde, bedeutete eine Kuh, ein Oval, Striche als Beine, Hörner und Schwanz. Zwei Kühe, die der Schreiber auf einer Weide sah, waren zwei Kühe, drei Kälber in einem Stall waren drei Kälber; wenn es jedoch um grössere Zahlen ging, eine Herde mit hundert Köpfen Vieh, eine Entfernung von zweihundert Ellen, dreihundert Scheffel Weizen, wer mochte da sagen, dass sich die Buchhalter und Schreiber nicht irrten, und erst recht, wenn es sich um Jahre und Menschenalter handelte, da konnte die Verwirrung noch grösser sein. Der König Alulim herrschte in Eridu 28'800 Jahre, der König Alalgar 36'000 Jahre, und zwei Könige, die nicht mit Namen benannt sind, herrschten 64'000 Jahre, so wurde es mit der Stichelspitze festgehalten.

Und vor der grossen Sintflut lebten die Nachkommen von Adam, ähnlichen Berechnungen zufolge, fast ein Jahrtausend, Adam selbst zum Beispiel 930 Jahre, sein Sohn Set 912 Jahre und sein Enkel Enoch 905 Jahre. Wenn wir also lesen, dass Abraham 175 Jahre alt wurde und Sara 127 Jahre, dann sehen wir, dass die Schreiber zwar immer noch irrten, doch ihre Übertreibungen immerhin schon ein wenig zügelten.

Abraham hatte sie zur Frau genommen, ein Jahr, nachdem ihr zum ersten Mal eine klebrige Flüssigkeit die Beine herablief und ihr klar wurde, dass es Blut war, als sie die Tropfen sah, die langsam auf ihre Sandalen fielen, Blut in der Farbe des in den Töpfereien angerührten Tons. Die Entscheidung, sie, eine Dienstmagd, als Frau für Abraham auszuwählen, hatte ihr verwitweter Schwiegervater Terach getroffen, herrisch wie immer, kurz bevor die Lasttiere beladen wurden, um hastig von Ur nach Haran aufzubrechen, wohin er mit der ganzen Familie umziehen wollte.

Terach, rothaarig und so gefrässig, dass seine Lippen und sein Kinn immer vor Fett zu glänzen schienen, war der Verkäufer der Opfertiere, der Zicklein, Kälber und Turteltauben, die vor der Tonstatue von Sin, dem Mondgott, geopfert wurden, der über die Ernten bestimmte, über Regen und Dürre, die Gezeiten und Menstruationszyklen der Frauen; eine nackte Götzenfigur, die trotz ihrer groben männlichen Züge unter dem geschwollenen Leib eine Vulva erkennen liess. Auf Erlaubnis des Hohepriesters, mit dem er die Einnahmen teilte, hatte Terach seine Pferche und Käfige im Vorhof des Tempels, der dem Gott geweiht war.

Schon vor seiner eiligen Abreise hatte er gedacht, dass es Zeit wäre, für Abraham eine Frau zu finden, damit der Bursche endlich zur Vernunft käme, der zerstreut, unsicher und so ängstlich war, dass er sofort erbleichte, wenn er die zornig dröhnende Stimme seines Vaters hörte, und der es aus Mangel an Talent nicht zu mehr gebracht hatte als zu dem, was er auf Geheiss des Vaters seit seinem dreizehnten Lebensjahr tat, nämlich das zum Verkauf feilgebotene Geflügel zu entlausen und zu füttern und die Käfige auszumisten. Am meisten versetzte es seinen Vater in Rage, ihn auf die Kothaufen der Tiere pinkeln zu sehen, die in den Pferchen an der Sonne trockneten, den Strahl seelenruhig von links nach rechts wandern zu lassen, ohne sich an den Blicken der Gläubigen zu stören, einen Strahl der Rache, so als pinkle er auf den Kopf seines eigenen Vaters.

Ein weiterer seiner Söhne sollte ihn auf der Reise begleiten, der drei Jahre ältere Nahor, und der genoss tatsächlich Terachs Vertrauen, weil er fleissig und zuverlässig war. Er führte einen anderen Zweig des Familienunternehmens, nämlich die Herstellung von Stein- und Tongötzen jeder Grösse, die am Tor der Töpfer verkauft wurden, ein blühendes Geschäft, gab es hier doch eine stattliche Anzahl Götter, einen für jede Gelegenheit und Notlage, Krankheiten von Leber und Bauch, Gelbsucht, Pusteln und Geschwulste; für das Glück auf langen Reisen und den Kauf oder Verkauf von Stuten und Fohlen, Glück in der Liebe und vorteilhafte Hochzeiten; und einen kleinen, langnasigen, an dem nur das männliche Glied grösser war als die Nase, an den sich die Frauen ohne Verehrer wandten, damit er ihnen einen Ehemann schenke.

Terach zog nicht etwa so eilig fort, weil er, wie er erklärte, wegen seiner chronischen Wasserlunge Luftveränderung brauchte, sondern weil er sich schon seit einiger Zeit viel mehr aus dem Geschäft mit den Opfertieren genommen hatte als ihm zustand, und der Hohepriester kurz davor war, ihm auf die Schliche zu kommen. Seine Auditoren waren schon dabei, die Kasse zu prüfen. Jetzt war Terach vollauf damit beschäftigt, nachzuschauen, ob die Gepäckstücke fest verschnürt, die Wasserschläuche bis oben gefüllt und die Lasttiere gut mit Futter versorgt waren, als er zwischendurch Sara zu sich rief und ihr mitteilte, er wolle sie vor der Abreise im Morgengrauen mit Abraham vermählen, so und so habe ich beschlossen, als handle es sich nur um einen fehlenden Knoten an einem Gepäckstück. Gleich darauf schickte er sie mit einer nachlässigen Handbewegung wieder fort, wie man eine lästige Fliege verscheucht.

Und dann wurde in aller Eile Hochzeit gefeiert, ohne Rücksicht auf die Braut, die so hastig vermählt wurde, als sei sie eine wegen Betrugs gesuchte Übeltäterin, ohne Hochzeitskleid, ohne Girlanden, ohne Hennabemalung im Gesicht als Zeichen ihrer Jungfräulichkeit, ohne Fackelzug durch die Strassen, ohne Dankopfer, ohne Bankett mit Zeremonienmeister und ohne Tänze mit Schellengeläute und Lautenschlagen. All dies sollte sie auf ewig vermissen, und so viel Zeit auch verstreichen mochte, blieb ihr dieser Groll in der Seele haften, auch wenn sie inzwischen nicht mehr genau wusste, gegen wen, war doch ihr Schwiegervater schon längst in Haran an einer Verstopfung gestorben, die er durch einen starken, beim Essen erfahrenen Ärger erlitten hatte, von dem ich später noch erzählen werde.

Nie sollte Terach erfahren, dass sie es gewesen war, die, kaum dass sie von der bevorstehenden Reise erfahren und die Ankündigung ihrer Hochzeit erhalten hatte, durch List dafür sorgte, dass sein Enkel Lot ihnen folgte. Jahre zuvor hatte Terach einen furchtbaren Streit mit Haran, dem Ältesten seiner drei Söhne, um den Besitz einiger Steineichenwäldchen gehabt und ihn samt all seinen Nachkommen verstossen, darunter auch Lot, den Erstgeborenen.

Lot war ein Jahr jünger als Sara, zusammen waren sie in Terachs Haus aufgewachsen. Als sie sich eines Abends zum Pinkeln an die Buchsbaumhecke hinten im Hof gehockt hatte, kam Lot heraus, um aus der Zisterne Wasser zu schöpfen, und als er sie sah, schaute er nicht etwa verlegen weg, sondern lächelte sie an. Sie zeigte ebenfalls keine Scham, sah ihm in die Augen und fuhr mit ihrem Geschäft fort, und es war, als hätten die beiden auf diese Weise einen Pakt der Liebe geschlossen. Nach dem Bruch zwischen Terach und Haran sahen sie sich auch weiter heimlich in den Gassen am Tempel, wenn sie Terach und Abraham das Mittagessen in den Tempelvorhof brachte, und bei diesen Gelegenheiten küssten sie sich flüchtig und sprachen darüber, eines Tages zu heiraten oder zu fliehen. Nachdem sie ihm nun die Neuigkeiten überbracht hatte, bat Lot sie inständig darum, ihn mitkommen zu lassen, auch wenn sie jetzt eine verheiratete Frau war, und sie stimmte nicht nur zu, sondern verriet ihm auch, wie er es anstellen sollte, indem er sich nämlich unter die letzten Reisenden der Karawane mischte, diejenigen, die die Gespanne mit dem Proviant führten. Als Terach ihn unterwegs entdeckte, wie er, als Treiber verkleidet, ein Gespann Lasttiere tränkte, war es trotz all seiner Wut zu spät, ihn zurückzuschicken.

Saras Eltern, beide Dienstboten in Terachs Haus, hatten die Lepra bekommen. Die Mutter mahlte das Korn, knetete den Teig und buk das Brot, der Vater bewachte die Kornspeicher. Terach warf sie hinaus, als die Krankheit an ihren Körpern sichtbar wurde, behielt jedoch Sara bei sich, die nur ab und zu von den anderen Dienstboten erfuhr, dass man die beiden Unglücklichen in den Strassen von Ur mit Steinen bewarf, weshalb sie immer vor allen Menschen flohen. Schliesslich verwies der Rat sie mit anderen Leprakranken der Stadt, unter der Auflage, nie wieder zurückzukehren. Am Tag vor der Verbannung ihrer Eltern, die von Ausrufern verkündet wurde, schlich Sara heimlich nach draussen und konnte sie nach langem Suchen von Weitem entdecken, wie sie auf einem Ochsenkarren zum Tor der Wasserverkäufer gebracht wurden. Inzwischen erinnerte sie sich nur noch an sie wie an zwei weisse Gespenster, so weiss, dass sie glänzten, mit Lumpen bedeckt und in die Staubwolke gehüllt, die der Ochsenkarren aufwirbelte.

In manchen Quellen ist zu lesen, dass Sara und Abraham in Wirklichkeit Geschwister waren. Oder Halbgeschwister, was genauso anstössig wäre, wenn man sich vorstellt, dass sie als Mann und Frau das Bett teilten. Und es sollte nicht wundern, wenn Terach, der nicht nur gefrässig, sondern auch ein lüsterner Witwer war, eines Tages beschlossen hätte, seine brünstige Hitze mit der Bäckerin zu löschen, hinter dem Rücken des Speicherwächters oder ohne darauf Rücksicht zu nehmen, ob der davon erführe oder nicht. Schliesslich war er es, Terach, der in seinem Haus das Sagen hatte. Doch sollte es schon wundern, wenn er Sara im Wissen, dass sie seine Tochter war, mit Abraham vermählt hätte.

Man könnte es für eine weitere Legende wie die vielen anderen halten, die sich um das Leben der beiden ranken und die vielleicht auf einem einfachen Fehler beim Abschreiben der Zeichen auf den alten Tontafeln gründet, denn ein Mann, eine Frau, ein Bruder, eine Schwester, ein Ehemann, eine Ehefrau wurden mit Strichen dargestellt, die sich kaum voneinander unterschieden, was zu einer Verwirrung führen konnte wie der, die wir hier in Betracht ziehen. Doch handelt es sich in diesem Falle weder um Gerüchte noch um die Ungeschicktheit eines Schreibers. Dass sie Geschwister seien, erfand Abraham selbst und zog daraus einen so grossen Vorteil wie möglich, wer wusste das besser als sie. Und es gibt heute noch welche, die es glauben.

Jedenfalls stellt das Bemühen, eine so enge Blutsverwandtschaft zwischen Sara und ihrem Ehemann bestätigt zu finden, einen böswilligen Versuch dar, Abraham am Zeug zu flicken, denn wenn es wahr wäre, hätten wir einen klaren Fall von Inzest. Und darüber hinaus hätte er dem Pharao und später dem König Abimelech nicht nur seine eigene Frau, sondern gleichzeitig seine eigene Schwester zur Konkubine gegeben.

Nun komme mir niemand mit der Ausrede, das wären eben die Sitten der damaligen Zeit gewesen, die eigene Schwester zur Frau zu nehmen, denn das ist nicht der Fall; dann hätten auch Sodom und Gomorrha, von denen ich zur rechten Zeit noch sprechen werde, mit ihren unaufhörlichen Schamlosigkeiten einfach weitergemacht. Oder dass es genauso Sitte gewesen wäre, die eigene Frau oder Schwester im Tausch gegen Reichtümer zu verkaufen, was hier tatsächlich der Fall ist; denn dann wären die genannten Städte genauso wenig zerstört worden, zur Strafe für ihre Zügellosigkeit, die nicht mehr hinzunehmen war, wodurch es nötig wurde, dem Treiben Einhalt zu gebieten und zu sagen, es reicht, mal sehen, ob sie mit Feuer und Schwefel ein für alle Mal zur Vernunft zu bringen sind.

# Drei

**Die** Wut stieg wieder in ihr hoch, als sie sah, wie sich Abraham zu Boden warf und sich vor den drei Jünglingen in unterwürfigen Schmeicheleien erging. Und ohne den Blick auf ihre Gesichter zu richten, als fürchte er sich vor ihnen, sagte er die Begrüssungsformel auf, »gehe nicht an der Wohnstatt deines Dieners vorbei, die die deine ist.« Sehr herablassend traten sie ein, wobei sie ihre Wanderstäbe vor dem Zelt abstellten, dessen Seiten hochgebunden waren, um die leichte Brise hereinzulassen, die vom Steineichenwäldchen her wehte. Doch zogen sie ihre Sandalen nicht aus, der Gipfel der Unhöflichkeit.

Ob sie zwei oder drei waren, wie in diesem Fall, wenn er sie begrüsste, Abraham sprach sie immer an, als ob sie ein einziger wären. Er sagte nicht, ›geht‹ nicht an der Wohnstatt eures Dieners vorbei, sondern ›gehe nicht‹, welchen Beweis brauchte es noch, dass es sich für ihn um den Zauberer persönlich handelte, als seien diese identischen Gestalten nichts weiter als das Trugbild von jemand, der unscharf sieht. Abraham kannte den Zauberer besser, sie kannte ihn nur vom Hörensagen. Er hatte Gewissheit, sie hingegen nur Zweifel und Verdacht.

Nachdem sie den Vorhang zugezogen hatte, blieb Sara auf der anderen Seite des Zelts, dort, wohin die Frauen des Hauses, die Herrin und ihre Sklavinnen, immer verbannt wurden, wenn ein Besucher kam. Abraham stand auf, klopfte sich ein wenig beklommen die Knie ab und rief dann, ohne sich umzudrehen: »Sara, Wasser, um diesen Reisenden die Füsse zu waschen!« Jetzt sagte er nicht: ›diesem Reisenden‹, sondern ›diesen Reisenden‹, weil allen dreien, die tatsächlich existierten, einen Körper besassen, die Füsse gewaschen werden mussten. Der Zauberer, das sagte ich schon, erfand sich einen Körper, oder mehrere, ganz nach seiner jeweiligen Absicht, und diese drei konnten, wenn es darum ging, ihre Bedürfnisse zu stillen, nicht als das Trugbild von jemand genommen werden, der unscharf sah, sondern nur als Personen, die von langer Wanderung ermüdet waren und denen ein frisches Fussbad gut tun würde, während das unüberhörbare Knurren ihrer Mägen erkennen liess, dass sie ordentlich Hunger hatten.

Drei Grünschnäbel, die nicht die Manieren besassen, ihre Sandalen abzulegen. Machten ihr die Teppiche schmutzig und stiessen sich zu allem Überfluss auch noch gegenseitig mit den Ellenbogen in die Seiten, wobei sie fast vor Lachen losprusten wollten. Irgendetwas belustigte sie. Vielleicht war es Abraham, der beim Laufen humpelte, weil ihn seine Wunde schmerzte, vielleicht war sie es, von der sie vermuteten, dass sie hinter dem Vorhang hervorlugte. Wie alt mochten sie sein? Vierzehn, fünfzehn Jahre? Nicht umsonst führten sie sich wie Kinder auf, denen es egal ist, wie sie sich im fremden Haus benehmen.

Sie hatten sich auf den Teppichen niedergelassen und sassen jetzt einfach so da, einer gelangweilt auf einen Ellenbogen gestützt, der andere mit halb geschlossenen Lidern, als störe ihn noch das helle Licht von draussen, während sich der dritte unter der Achsel kratzte, und keiner hatte bisher ein Wort gesagt. Ihre zarten Lippen, so zart, als seien sie mit einem Stutenhaarpinsel in hellem Rosa gemalt, blieben verschlossen. Hinter dem Vorhang hatte Sara Hagar Zeichen gegeben, sie solle dem Befehl gehorchen, und Hagar trat mit einem Becken voller Wasser und einem Tuch nach draussen, wo sie niederkniete, um ihnen die Sandalen zu lösen.

Hagar, die ihre Geheimnisse kannte, ihre Vertraute, aber auch ihre Rivalin. Gewiss, sie hatte mit ihrem, Saras, Einverständnis Abrahams Lager geteilt. Aber das mit dem Einverständnis ist nicht so einfach, was an erster Stelle mit der Eifersucht zusammenhängt. Obwohl es um Mitternacht stockfinster war, brauchte sie, wenn sie aus dem Schlaf hochschreckte, nicht die Hand auszustrecken, um zu wissen, dass Abraham nicht bei ihr lag, nicht etwa, weil er hinausgegangen war, um die Schafe zu beschützen, deren ängstliches Blöken aus Furcht vor einem sich anschleichenden Wolfsrudel ihn geweckt hatte, sondern weil er, nackt und eng umschlungen, das Lager mit Hagar teilte. Dann überfiel sie eine wütende Unruhe, und gleichzeitig ein brennendes Verlangen, so stark, dass sie sich der Demütigung aussetzte, selbst die Flammen zu löschen.

Abrahams einziger Sohn, Ismael, war nicht von ihr, sondern von Hagar geboren worden, etwas, das ihr immer, wenn sie daran dachte, vorkam wie der Stich einer Biene, die sich in ihrem Haar verheddert hatte. Der Knabe war inzwischen schon dreizehn, und sie gab sich alle Mühe, ihn nicht zu hassen, schliesslich traf ihn ja keine Schuld. Ein uneheliches Kind, ein Bastard. Nein, sie hasste ihn nicht, konnte aber auch nicht umhin, ihn zu verachten. Hatte ihr etwa der Zauberer, ohne dass sie es merkte, die Idee eingeflüstert, Hagar ihrem Mann ins Bett zu legen, war es eine weitere seiner vielen Hinterlisten?

Was es auch immer gewesen sein mochte, wenn sie es zugelassen hatte, dann deshalb, um ihm zu gefallen, da brauchte sie sich nichts vorzumachen. Sie wollte, dass der Zauberer erfuhr, wie gütig sie sein konnte, und sich endlich ihrer erbarmte: Also gut, Sara, du hast das grösste Opfer gebracht, das eine Frau bringen kann, ihren Mann freizugeben, damit er ins Bett einer anderen schlüpft und erst bei Tagesanbruch, durchtränkt von den Gerüchen und Säften eines anderen Körpers, wieder zurückkehrt, umso grösser, wenn dieser Körper der Körper der eigenen Sklavin ist, der gefürchteten Rivalin in Schönheit und Anmut. Denn du wirst nicht abstreiten, dass Hagar schön und begehrenswert ist, nicht nur hat sie dich nackt gesehen, auch du hast sie nackt gesehen. Und du weisst ja, man sagt über die Ägypterinnen, dass sie heissblütig und kein bisschen schamhaft sind. Das alles hast du dir gefallen lassen, hast deinen Stolz unterdrückt. Und jetzt sollst auch du schwanger werden und den Sohn gebären, der Abrahams Stamm erhalten wird. Du hast das doch aus Güte getan, nicht wahr? Oder ist es nur ein Trick, damit ich dich belohne? In diesem Fall kannst du es vergessen, dann wird dein Leib dunkel und verschlossen bleiben wie eine Grabnische.

Auch Ismael war von seinem Vater beschnitten worden, drei Tage zuvor, als der dem unmissverständlichen Befehl der beiden

Hirten Folge leistete, das Messer müsse die Vorhaut aller Männer entfernen, ohne Rücksicht und Ausnahme. Er war als zweiter an der Reihe, nach Abraham selbst, und weil Hagar am ganzen Körper zitterte und nicht in der Lage war, den wie am Spiess schreienden Knaben zu halten, schob Sara sie zur Seite, umfing ihn fest mit ihren Armen und redete beruhigend auf ihn ein. Und als ihr Mann fertig war, nahm sie vorsichtig das verletzte, strohhalmdünne Glied in ihre Hände, wischte mit einem Leinentuch das Blut ab und legte den Verband aus Kräutern und Senfkörnern an. All dies in der Absicht, dass der Zauberer aus seinem Versteck in den Lüften oder im Wind sähe, was sie da tat, voller Mitleid und Sorge, als handele es sich um ihren eigenen Sohn.

Doch wusste sie immer noch nicht, was diese Verstümmelung bedeuten sollte, die ihr Mann sich selbst angetan hatte und die er allen anderen mit ungeschickter Hand zufügte. Die Befehle, die Abraham erhalten hatte, waren eindeutig, unmissverständlich gewesen. »Pass genau auf«, hatte einer der beiden Hirten gesagt, »du sollst eins von den Messern nehmen, mit denen du das Vieh häutest, das steckst du ins Feuer, bis es rot- und dann fast weissglühend wird, und das tauchst du in einen Wassertrog, bis es abgekühlt ist. Dann beginnst du bei dir selbst, um den anderen Männern ein Beispiel zu geben, die du vorher zusammengerufen hast. Dabei soll es dir nichts ausmachen, dich vor den anderen selbst zu beschneiden, hier geht es nicht um Scham, sondern um Reinheit. Danach machst du mit der Vorhaut deines Sohns Ismael weiter, sorge dafür, dass er festgehalten wird, und lass dich von seinem Geschrei nicht abhalten, und dann rufst du einen nach dem anderen die Männer auf, die nicht zu deiner Familie gehören, befiehlst ihnen, erst die Knaben zu bringen, die älter sind als acht Tage, alle, die auf deinem Land geboren sind und auch die, welche gegen Geld bei Fremden gekauft worden sind, und die, die zu deinem freien Gesinde gehören; und wer sich nicht dem Messer unterwerfen will, den schickst du weg, damit er seines Weges ziehe.«

Während jetzt Hagar das Wasser über die so zarten Füsse jener Jünglinge goss, fragte Abraham eilfertig:

»Habt ihr vielleicht Hunger?«

»Einen Bärenhunger«, antwortete einer von ihnen schliesslich, mit einer honigsüssen Stimme wie die einer jungen Frau. Und die anderen lachten dazu, als hätten sie das noch nie gehört, einen Bärenhunger.

»Dann wollen wir uns gleich darum kümmern«, sagte Abraham. »Ihr sollt alles haben, was euren Magen erfreut und euer Herz begehrt. Doch erst sollt ihr Wasser aus meinem Brunnen trinken, das ich im Krug für euch kühl gehalten habe.«

»Tu, wie du gesagt hast«, antwortete gebieterisch der, welcher eben gesprochen hatte, und dann beugte er sich zu den anderen hin, um ihnen etwas ins Ohr zu flüstern, worauf die drei von neuem loslachten und sich dabei die Hände vor den Mund hielten, als wären sie nichts als ein paar alberne Trottel.

Abraham entschuldigte sich bei den Besuchern, ging hinter den Vorhang, trat zu Sara und sprach hastig zu ihr:

»Wenn Hagar mit dem Füssewaschen fertig ist, sag ihr, sie soll ihnen drei Schalen mit frischem Wasser zum Trinken bringen. Dann nimm drei Mass feines Weizenmehl, knete den Teig und backe Fladen in der Glut. Und tue dies du selbst, vertraue es niemand anderem an, nicht dass die Fladen anbrennen.«

»Hör auf, so grossmütig dreinzuschauen«, antwortete Sara, »sie sehen uns doch gar nicht.«

»Da irrst du dich, sie hören und sehen alles«, sagte er und senkte dabei die Stimme zu einem Flüstern.

»Na gut, dann sollen sie hören, dass ich ihnen die besten Fladen ihres Lebens backen werde.«

Drei Münder stopfen!, dachte Sara, wäre der Zauberer doch allein gekommen, dann wäre alles einfacher, denn soweit ich weiss, nimmt er keine Nahrung zu sich, so gut zubereitet sie auch sein mag. Und während Hagar die Schalen mit dem Wasser brachte und sie den Mehlsack hervorholte, rief Abraham mit lauter Stimme einen der Vorarbeiter herbei und ging eilig mit ihm zum Pferch, um einen dreijährigen Stier auszuwählen und zu schlachten. Da kam Ismael hinter ihnen her, mit unsicherem Gang und der Hand im Schritt.

»Vater, Vater«, sagte er.

»Was willst du?«, gab Abraham unwirsch zurück. »Ich bin sehr beschäftigt.«

»Darf ich mit euch zum Opfer kommen?«

»Hier geht's nicht um ein Opfer, wir wollen diesen Gästen zu essen geben.«

»Ich möchte lernen, wie man ein Kalb schlachtet.«

»Also gut, aber misch dich nicht ein«, entschied Abraham, dann sagte er zu dem Vorarbeiter: »Achte darauf, dass es ein gutes Kalb ist, das Fleisch darf nicht zäh schmecken, und schön dick soll es sein, damit das Fett auf dem Teller glänzt.«

Der Vorarbeiter, der ein gutes Auge dafür besass und das Messer schon gezückt hatte, trat in den Pferch, suchte ein Kalb aus und riss es zu Boden, schnitt ihm die Kehle durch, zog ihm das Fell ab, viertelte das Kalb und befahl ein paar Knechten, die Fleischstücke in einen Sack zu tun und zu dem Zelt zu tragen, das als Küche diente. Sie übergaben Hagar den Sack, und die machte sich schon daran, das Fleisch zu braten, als Sara erschien und sie zur Seite schob.

»Lass mich das machen«, sagte sie, »steht mir etwa nicht diese Ehre zu, wo es sich um so besondere Gäste handelt?«

Sara spiesste das Fleisch auf drei Eisenspiesse und liess es in der Glut anbrennen, so dass es bitter schmecken musste. Dann legte sie es auf eine mit Weinblättern bedeckte Platte neben die Schale mit Sauce, die sie versalzen hatte. Die Fladen, die sie vorher gebacken hatte, waren so dünn, dass sie bei der ersten Berührung brachen und nicht dazu taugten, die Sauce zu tunken. Die Milch, mit der sie die Schalen füllte, begann schon zu klumpen, und die Butter roch leicht ranzig.

»Ich gebe mir alle Mühe mit deinen Boten. Ich weiss ja nicht, was sie im Schilde führen, aber sicher ist es für uns nichts Gutes«, sagte sie dabei mit zusammengebissenen Zähnen. »Und sei froh, dass ich nicht auch noch in die Milchschalen spucke.«

Als Abraham persönlich die Speisen aufgetragen hatte, stand Sara wieder hinter dem Vorhang und sah verblüfft, wie die Jünglinge mit grossem Appetit assen, ohne darauf zu achten, was sie zum Munde führten. So wirst du den Zauberer nicht klein kriegen, sagte sie sich enttäuscht, wenn du einen Schritt tust, hat er schon drei getan.

Nachdem die Teller endlich leer gegessen waren und Abraham sah, dass sie immer noch schwiegen, versuchte er, sie zu unterhalten und erzählte ihnen vom Schirokko, der zu wehen begänne, die Gemüter trübe und zur Schlaflosigkeit verdamme, von einer unbekannten Krankheit, der die Kamelstuten zum Opfer fielen, von der Flachsernte, die in diesem Jahr sehr mässig ausfallen würde. Sie jedoch gaben keine Antwort und bemerkten auch nichts dazu, sondern sahen sich nur gegenseitig an, und es schien, als hätten sie jetzt, da ihr Hunger gestillt war, ihre Heiterkeit abgelegt, denn ihre Gesichter waren plötzlich ernst geworden, wie bei offiziellen Emissären, die sich anschicken, ohne Umschweife ihren Auftrag auszuführen. Alle drei räusperten sie sich, doch war es nur einer von ihnen, der fragte, so als spiele es keine grosse Rolle:

»Wo ist denn Sara, deine Frau?«

Den Geschichten zufolge, die später darüber erzählt wurden, stellten die drei die Frage zur gleichen Zeit, doch das stimmt nicht. Nur einer von ihnen führte Wort, das war die Regel, nach der sie immer vorgingen. Nie unterbrachen sie sich gegenseitig oder sprachen im Chor wie Schulkinder. Ersteres hätte disziplinlos gewirkt und das zweite wäre lächerlich gewesen, war die Botschaft, die sie zu überbringen hatten, doch sehr ernst.

Abraham erschrak über die Frage, und noch mehr erschrak Sara, die immer noch durch den Vorhang spähte.

»Sie ist da, wo sie zu sein hat«, antwortete Abraham ängstlich stotternd und dachte dabei: Was wird Sara getan haben, um sie zu verärgern? Denn dem Ton der Stimme nach zu urteilen, die bei ihrer Frage sowohl zornig als auch streng klang, befürchtete er das Schlimmste.

»Schau her«, sagte der Wortführer, »wir haben noch etwas sehr Wichtiges weit weg von hier zu tun und dürfen nicht allzu viel Zeit verlieren; eigentlich müssten wir schon wieder unterwegs sein. Doch bevor wir aufbrechen, sollst du etwas erfahren, was dich betrifft und Sara auch: Sie wird einen Sohn gebären. Das ist die Nachricht.« Und dann schwieg er, als wolle er sagen: Na, sieh mal, welche Neuigkeit ich dir hier bringe.

Da hörte man von hinter dem Vorhang Saras Gelächter. Kein Lachen aus vollem Hals oder etwas ähnliches, wie manch einer meinen könnte, sondern eine Art spöttisches Schnauben, das ungläubige Verachtung erkennen liess. Hohngelächter. Hier machen es sich die Überlieferungen ebenfalls zu leicht, wenn sie behaupten, Sara habe gelacht, weil sie sich für zu alt hielt: Mit all meinen Jahren soll ich noch Liebeslust erfahren, wo auch mein Mann schon so betagt und sein Glied so schlaff ist wie der Hals eines toten Hühnchens, das darauf wartet, gerupft zu werden?, oder weil sie vor sich das Bild zweier schrumpeliger, welker Greise sah, die vergeblich zu kopulieren versuchen, was tatsächlich ein Grund für schallendes Gelächter wäre.

An dieser Stelle muss noch einmal betont werden, dass sie ja gar nicht so alt waren. In den Geschichten über jene ungewissen Zeiten wird oft übertrieben oder es werden Zahlen gefälscht, wir haben schon Beispiele dafür gesehen. Da gibt es Männer, die, wie im Falle Abrahams, mit hundert Jahren Söhne zeugen, dann zu Witwern werden, mit über hundert Jahren noch einmal heiraten und schliesslich mit hundertfünfundsiebzig Jahren sterben. Und wir haben die Zahlen der Toten in Schlachten und Massakern, die manchmal zweihundert oder dreihundert Tausend an einem einzigen Tag betragen.

Und nicht zu reden von der Übertreibung gewisser Ereignisse: dem Meer, das sich teilt, wenn an seinem Ufer ein Stab erhoben wird, damit tausende Verfolgte fliehen können, sich hinter ihnen schliesst und die Verfolger verschluckt, ein ganzes Heer zu Pferde mit Standarten, Schilden, Rüstungen und Spiessen; der Sonne, die mitten im Himmel anhält, und dem Mond, der das Gleiche tut, damit es einen ganzen Tag lang nicht dunkel wird und ein Hauptmann in der Schlacht Vorteile bekommt, weil er den Feind besser sehen kann; einer Leiter, die sich in den Wolken verliert, und über die man nach Lust und Laune hinauf- und hinabsteigen kann; jemand, der in einem Feuerwagen durch die Lüfte fährt, der inmitten eines Feuersturms von Pferden aus Feuer gezogen wird; den Mauern einer belagerten Stadt, die beim Klang von Trompeten aus Widderhörnern und dem Geschrei der Soldaten, die sie belagern, einstürzen; einem, der Schiffbruch erleidet und im Bauch eines Walfischs landet, wo er drei Tage und drei Nächte überlebt, trotz der Enge, die eine solche Herberge mit sich bringt, bis er schliesslich wohlbehalten an Land gespien wird; nicht zu reden von den sintflutartigen Regen, die mit Blitzezucken und Donnerrollen vierzig Tage und Nächte dauern, bis die vom Schlamm getrübten Wasserfluten die Gipfel der Berge erreichen.

Und was soll man dazu sagen, dass der schon erwähnte Stab, ausser das Meer zu teilen, auch die Fähigkeit besitzt, sich in eine Schlange zu verwandeln, einen Quell frischen Wassers aus den Steinen sprudeln lassen kann, wenn man mit ihm darauf schlägt, Hagelschlag niedergehen lassen kann, wenn man ihn zum Himmel erhebt, Wasser in Blut verwandeln oder aus dem Staub eine Wolke Stechmücken mit tödlichen Stacheln entstehen lassen kann. Und dergleichen mehr.

Geschichten wie diese und noch ungeheuerlichere konnte man auf dem Baal-Platz in Sodom hören, den Sara oft überquerte, um zu den Hügeln von Arpachschad zu gelangen, dem Stadtteil der reichen Händler, wo Lot jetzt mit seiner Familie wohnte. Die Geschichtenerzähler, die an ihren roten Tuniken und kahl geschorenen Köpfen zu erkennen waren, wechselten sich ab unter dem Steinbogen über der Treppe, die zur Schlangengasse führte, wo ein Bordell neben dem anderen lag. Von dort aus wandten sie sich an ihre Zuhörer, die sich am Fuss der Treppe versammelten. Sie begleiteten sich dabei mit einem Tambourin, um Erzählpausen anzuzeigen, und ahmten das Heulen des Sturms nach, das Grollen des Donners, Vogelzwitschern in einem Wald, die Stimmen von hohen Herren und von Huren, das Klappern von Messern und von Schwertern wie auch den Lärm ganzer Schlachten, das Tönen der Trompeten, die Stadtmauern einstürzen liessen oder das donnernde Einstürzen eines Palastes, wenn ein unglücklicher, von seinen Häschern geblendeter König in Ketten vor die Gäste eines Banketts geführt wurde und es mit List schaffte, zu einer der tragenden Säulen des Saals zu gelangen. Wieder im Besitz der ungewöhnlichen Kräfte, die ihm sein Haar verlieh, das neu gewachsen war, nachdem es ihm im Schlaf von einer untreuen Geliebten abgeschnitten worden war, schüttelte er die Säule, worauf mit ihm zusammen auch all seine bösen Feinde umkamen.

Die Erzähler begannen ihre Geschichten immer so, als wären diese gerade mit den Karawanen eingetroffen, dabei waren sie längst in ihrem Repertoire, am längsten die von dem Turm aus gebrannten und mit Pech zusammengefügten Lehmziegeln, den die Menschenkinder bauen wollten, damit er bis an den Himmel reichte, und als sie schon fast fertig waren, wurden sie plötzlich mit Wahnsinn geschlagen und verstanden sich nicht mehr untereinander, weil sie in verschiedenen und fremden Sprachen redeten, und da verstreuten sie sich unter hilflosem Krächzen über die ganze Erde.

## Vier

**Ist** es möglich, dass es Sara, wie versichert wird, nicht mehr nach Art der Frauen ging, anders gesagt, dass sie zu der Zeit nicht mehr blutete, als sie die Nachricht erhielt, die ihr Lachen hervorrief? Der Zauberer war nicht umsonst ein Zauberer: Wechseljahre, Unfruchtbarkeit, das waren für ihn Kleinigkeiten, die er im Handumdrehen lösen konnte. Und wenn es darum ging, dass sie gebären sollte, dann würde sie gebären. Aber solcherlei Dinge verhinderten nicht, dass ihr Fleisch immer noch fest war, hoch die Brüste, frisch ihr Gesicht, seidig das Haar, ihr ganzer Körper noch weit davon entfernt zu welken und ihre Glut zu erlöschen, keine Spur von schlechten Gerüchen oder abstossendem Atem, das Gebiss vollständig, anziehend genug, um mit dem König Abimelech das Lager zu teilen – ein Ereignis, das noch nicht geschehen ist –, so wie sie es vorher mit dem Pharao geteilt hatte, was schon geschehen ist, aber noch erzählt werden muss.

Aber was, wenn der Grund für Saras Lachen, das sie zu ihrem Leidwesen nicht unterdrücken konnte, weil sie sich zu spät die Hand vor den Mund hielt, das ärgerliche Gefühl war, dass sie wieder verspottet werden sollte? Kaum drei Tage zuvor, als die Boten, als Hirten verkleidet, mit dem Befehl der Beschneidung kamen, war es dasselbe gewesen. Sara wird einen Sohn gebären, hatten sie verkündet. Und derjenige, der da gelacht hatte, war Abraham selbst gewesen, nicht, weil er sich zu alt fühlte, um seine Frau zu schwängern – hatte er denn nicht auch Hagar schwängern können? –, sondern weil auch ihn, obwohl er ein so ängstlicher Mensch war, diese Geschichte langsam zu ärgern begann.

Die Hirten hatten sogar das Datum der Geburt angegeben, in einem Jahr von diesem heutigen Tag an, das heisst, einer von ihnen sagte das, derjenige, der diesmal die Erlaubnis hatte, zu reden, und es fehlte auch nicht der Name, den sie dem Kind geben sollten, Isaak. Alles bestimmte der Zauberer. Den Namen des Kindes, und den Namen, den die Eheleute von nun an tragen sollten:

»Ihr sollt jetzt nicht mehr Abram und Sarai heissen wie bisher, sondern Abraham und Sara«, liess sie der Sprecher wissen.

Dies Letztere fiel ihm beim Gehen ein, als hätte er es fast vergessen. Sie beratschlagten sich untereinander, derjenige, der das Wort führte, machte auf dem Absatz kehrt, zog mit einem Stock zwei Kreise in den Sand und malte in jeden der beiden mit hastigen Bewegungen die Zeichen für den neuen Namen, das ist so und noch einmal so, und er wartete nicht einmal ab, ob es Fragen zur Erklärung gäbe oder zustimmende oder ablehnende Worte; er schloss wieder zu seinem Begleiter auf, und dann verschwanden sie in die gleiche Richtung, aus der sie gekommen waren.

»Welch seltsame Einfälle der Zauberer hat«, sagte Sara, während sie ihnen hinterhersah, »ein Müssiggänger, der sich um einen Buchstaben mehr, einen Buchstaben weniger bekümmert. Was macht's mir schon, ob ich Sarai oder Sara heisse?«

Abraham, der schon bereute, gelacht und sich bei den Besuchern nicht dafür entschuldigt zu haben, hatte es auch nicht geschafft, ihnen seine Zustimmung zu den neuen Namen zu geben: Verzeiht, oh Herren, dass ich gelacht habe, das wird nicht wieder vorkommen, und was die Namen angeht, so soll es genauso geschehen, da spreche ich auch für Sara. Und das nächste Mal, wenn ich die geschorene Wolle zum Markt der Wollkämmer nach Sodom bringe, will ich darauf achten, den Wiegemeister zu bitten, mich als Abraham einzutragen.

Für Sara hatte dies keinerlei Bedeutung, sie verkaufte oder handelte nicht. Wenn sie nach Sodom ging, um etwas einzukaufen, Öl für die Lampen, einen neuen Trinkschlauch, einen Tonkrug, ein Kupfergefäss, ein Messer, ein Paar Sandalen, Garn für die Spindel, dann zahlte sie in barer Münze, und niemand fragte, wie sie hiess.

Für den Zauberer war es leicht, einem Namen ein Zeichen hinzuzufügen oder wegzunehmen, doch das ewige Versprechen zu halten, ihnen einen Sohn zu schenken, war eine andere Sache.

Und auch wenn er die genaue Zeit der Geburt angab und ausserdem verkündete, wie dieser Sohn heissen sollte, so war seine Glaubwürdigkeit tatsächlich inzwischen doch gleich null, so, wie es allen geht, die etwas versprechen und nicht halten. Deshalb hatte Abraham gelacht, auch wenn es ihm nachher leid tat, und deshalb lachte jetzt auch sie.

Was mich angeht, soll Sara Sara und Abraham Abraham bleiben, hier will ich den Hirten nicht folgen, ob ihre Entscheidung nun wohlüberlegt war oder nicht, und will die Strecke, die ich schon zurückgelegt habe, nicht noch einmal zurückgehen und an so vielen Stellen Abram und Sarai einsetzen, wenn ich sie von hier aus ohnehin Abraham und Sara nennen muss.

Gleichwohl möchte ich hier ein Weilchen innehalten, um eine Angelegenheit zu untersuchen, die nicht ohne Bedeutung ist. Einem Text zufolge, den ich vor mir liegen habe, ist der, den Saras Lachen erzürnt, der Zauberer selbst, während die Jünglinge schweigen und in den Hintergrund treten. Da sind drei Lichtkegel, die auf einen jeden von ihnen herunterfallen, wie sie dort auf Teppichen am Boden des Zeltes sitzen. Plötzlich erlöschen die Lichter eins nach dem anderen, während von oben herab die Stimme des Zauberers ertönt, so wie Gewitterdonner, der in der Nähe losdröhnt und sich mit einem Rollen entfernt, das nach und nach verklingt. Er richtet sich an Abraham, mit einem strengen Vorwurf, der eher Sara gilt:

»Weshalb hat Sara gelacht? Weisst du etwas, das zu schwer für mich wäre? Zur genannten Zeit werde ich zurückkehren, und wenn ihre Zeit gekommen ist, wird Sara einen Sohn gebären.«

Da antwortet sie, jetzt angsterfüllt: »Ich habe nicht gelacht.«

Und er: »Das ist nicht wahr, du hast sehr wohl gelacht.«

Das ist ein Spiel von Ebenbildern, von Stimmen, ein Wechselspiel von Personen, das Wort geht von einem zu den anderen, vom Bauchredner zu seinen Geschöpfen und zurück. Was in diesem Moment gesagt werden muss, ist so schwerwiegend, dass die Jünglinge mit einem Handstreich zur Seite geschoben werden, und derjenige, der sie geschaffen hat und bewegt, muss seine Stimme erheben, jetzt ist kein Platz für Stellvertreter.

Doch kann es sein, dass der erwähnte Text nichts anderes tut, als die Jünglinge an die Stelle des Zauberers zu setzen. Sie sprechen, oder einer von ihnen, weil es ohnehin er selbst ist, der hier spricht, sind sie doch schliesslich und endlich alle ein Einziger, Masken, Trugbilder, Bauchrednerei.

Und so mache ich besser mit den Jünglingen weiter. Jetzt völlig fern von jeder Unverschämtheit gefiel es ihnen überhaupt nicht, dass Sara lachte. Sie runzelten die Stirn. Drei Tage zuvor hatten die Hirten Abrahams Lachen übergangen, doch die hier wollten das ihre nicht einfach so hinnehmen.

»Weshalb hat Sara gelacht?«, fragte der Wortführer und sah dabei erbost aus. »Weisst du etwas, das für uns zu schwierig wäre?«

Da erklang Saras ängstliche Stimme, so ängstlich, dass sie kaum zu hören war: »Ich habe nicht gelacht.«

»Natürlich hast du gelacht, wir haben dich alle gehört«, sagte der Jüngling, wütend geworden, zum Vorhang gewandt.

Es ist eher, als sage er: Sara, sei vorsichtig, du machst dich lustig, und wir haben für Scherze und Schabernack nichts übrig. Das mit den verdorbenen Speisen, die du uns gegeben hast, Schwamm drüber, aber das hier, das ist ernst. Und sie, weil sie fühlte, wie ihre Ängstlichkeit verflog oder um diese Ängstlichkeit zu überwinden, hatte nicht wenig Lust zu antworten: Ihr seid es doch, die ihr euch über mich lustig macht, da kommt ihr schon wieder mit den gleichen Märchen, und mein vertrauensseliger Ehemann bleibt dabei ganz ruhig. Es ist ja nicht das erste Mal, dass ihr uns diese Geschichte auftischt, die kenne ich jetzt schon seit Jahren: Abraham, du wirst zahlreiche Nachkommenschaft haben, baue doch derweil an dem und dem Ort einen Altar! Und da zieht der Trottel los und schleppt Steine und Schläuche voller Pech herbei. Dieser Altar gefällt mir nicht mehr, errichte jetzt einen anderen an jenem anderen Ort. Hier einen Steinhaufen und dort noch einen Steinhaufen, die später von den Disteln und den Brennnesseln überwuchert werden.

Doch wenn sie etwas gelernt hatte, dann war es, nicht der Kopflosigkeit zu erliegen, die eine schlechte Ratgeberin ist, und stattdessen klug nachzugeben. Sie suchte in ihrer Seele nach Einsicht, fand sie auch und sagte nichts von dem, was ihr schon im Mund schäumte, sondern entgegnete:

»Verzeiht, ihr Herren, wenn ich das tatsächlich getan habe, dann geschah das ohne Absicht. Aus reiner Unsicherheit habe ich gelacht, oder vielleicht weil ich Angst bekommen habe. Manchmal lacht man ja, weil man sich fürchtet.«

Der Jüngling hörte nicht auf, sie zu schelten. »Das Lachen einer Frau ist immer töricht«, sagte er mit seiner Flötenstimme, »niemals werden sie lernen, klug zu sein.« Sie entschuldigte sich dabei ein ums andere Mal; und obwohl die Umstände so unerfreulich waren, durchfuhr sie ein Freudestrahl: Es war das erste Mal, dass der Zauberer das Wort an sie richtete. Endlich hatte er zu ihr gesprochen, durch seinen eigenen Mund oder den Mund des Jünglings. War das etwa kein Sieg? Auch wenn der Preis dafür sein Zorn gewesen war – sie hatte ihn bezwungen. Das Lachen ist doch zu etwas nutze, sagte sie sich, und lachte noch einmal, aber so leise, dass sie niemand hörte.

Warum erhielt sie denn überhaupt diese ganze Schelte? Hatte denn nicht der Schafhirte verkündet, ihr Sohn solle Isaak heissen, קָחְצ, was ›das Lachen‹ bedeutet, der, der lacht, der, der dich lachen lässt? Weshalb sich also wundern, dass sie lacht?

Sie erinnert sich genau. Er war eilig zurückgekehrt, als habe er etwas im Zelt vergessen, doch er blieb im Eingang stehen, und Sara, die dabei war, die Reste der Mahlzeit wegzuräumen, konnte sehen, wie er mit der Spitze seines Wanderstabs jenen makellosen Kreis in den Sand malte und, ohne Abraham anzuschauen, sagte: Deine Frau soll nicht mehr Sarai, ירש, heissen, sondern Sara, הרש.

Gerade mal ein Zeichen fügte er hinzu; doch zwischen ירש, ›die Beharrliche‹, und הרש, ›Prinzessin‹, liegt tatsächlich viel mehr als ein einfacher Strich. Es handelt sich um eine regelrechte Erhebung in einen höheren Stand, und Sara wurde zur Auserwählten, auch wenn sie sich weiter über Verachtung und Nichtbeachtung beklagt, nur weil sie sich entschlossen hat, einen verbissenen Streit mit dem Zauberer auszutragen. Wer sie fragen würde, erhielte dieselbe Antwort wie immer: Das ist eine alte Geschichte, die kenne ich schon, mit einem Zeichen mehr oder weniger in meinem Namen kann er mich nicht zufrieden stellen, einer Prinzessin wovon denn überhaupt, Prinzessin der Einsamkeit der Wüste, meiner Küche, meines Waschtrogs? Prinzessin, die den Ziegen- und Kamelmist aufsammelt, um damit das Feld zu düngen?

Seinerseits wurde Abram, אַבְרָם, durch dieselbe Entscheidung zu Abraham, אַבְרָהָם, so, wie es auch im anderen Kreis in den Sand gemalt wurde, auch hier nur ein einziges weiteres Zeichen, und auch diese Veränderung hatte ihre Bedeutung. Während nämlich Abram ›der Vater ist erhaben‹ bedeutet, lautet die Bedeutung von Abraham ›Vater einer Menge‹, was das ist, was der Zauberer seit geraumer Zeit wiederholt hat, höchstselbst oder durch seine Boten und zu Saras Ärger, dass also seine Nachkommenschaft so zahlreich sein wird wie die Sterne am Himmel und so fort, und sie wird nichts weiter tun, als den Mund wieder verächtlich zu verziehen, das ist eine abgedroschene Geschichte, die riecht ja schon nach Schimmel.

Der Kreis bedeutete also viel, und damit, dass der Schafhirte ihn so makellos geschlossen hatte, die beiden Enden seiner Linie ohne die geringste Abweichung vereint hatte, wollte der Zauberer ihnen vielleicht sagen, dass er selbst ein Kreis war, der seinen Mittelpunkt überall hat und seine Grenzen nirgendwo, dass er sich selbst einschliesst, ohne Fehler in der Linienführung, weil seine Hand nicht zittert, und dass er deshalb die Einheit darstellt, das Absolute, Vollkommene, schaut nur her, ich schliesse euer beider Namen in mich selbst ein, das ist keine Kleinigkeit, und da soll bloss nicht irgendein Lümmel daherkommen und behaupten, ich handelte gedankenlos oder willkürlich. Ich ändere Namen, wenn sie geändert werden müssen. Und es stellt sich auch nicht die Frage, ob man mir Folge leistet oder nicht, als könne man meine Vorschläge annehmen oder ablehnen.

Wenn der Zauberer sich herbeigelassen hätte, Sara im Traum zu erscheinen, um ihr jenes Geheimnis anzuvertrauen, dass er seinen Mittelpunkt überall und gleichzeitig nirgendwo hatte, so ist es mehr als wahrscheinlich, dass sie ihn kaum verstanden hätte, handelt es sich doch um das, was wir heute Abstraktionen nennen. Und sie hätte wohl eher das Thema beiseite gelassen und ihm geantwortet: Vielen Dank, dass du endlich da bist, aber erst wollen wir uns von Angesicht zu Angesicht gegenüberstehen. Komm mir nicht mit Hirten oder Jünglingen oder damit, dass du mich deinen Atem im Nacken spüren lässt oder mich am Ohrläppchen kitzelst, als spielten wir Verstecken miteinander, ich bin nicht mehr in dem Alter für solche Neckereien oder Kinderspiele. Und das mit dem Sohn, den ich gebären werde, das solltest du mir schriftlich geben, selbst wenn es nur im Sand geschrieben steht, eingeschlossen in deinen berühmten Kreis. Isaak? Der, der lacht? In Ordnung, sehr gut, ich möchte seinen Namen im Kreis sehen, יִצְחָק, und darunter deine Unterschrift. Wie heisst du eigentlich schliesslich und endlich, du, der du so einfach die Namen der anderen änderst? Nicht einfach Zauberer, das habe ich, Sara, so erfunden, irgendeinen richtigen Namen musst du doch haben.

Es soll hier angemerkt werden, dass die Zeichen, die von der Hand des Schafhirten in den Sand gezogen werden, einer anderen Sprache entsprechen als der, in welcher später das Leben von Sara an der Seite ihres umherziehenden Ehemanns erzählt wurde, und in dieser anderen Sprache, die auf den Anfang der Schrift selbst zurückging, begann jeder weibliche Name mit dem Zeichen, das die Frau darstellte, welches dasselbe für ›Vulva‹ war, ein einfaches Dreieck mit einer Kerbe: ▽

Wenn der Schafhirte die Vulva in den Kreis im Sand einschloss, bedeutete das bei rechtem Licht betrachtet, dass Sara noch mehr zur Gefangenen der Pläne des Zauberers gemacht wurde. Niemand soll sie also weiter wegen ihres Starrsinns und Misstrauens schelten. Er erhob sie nicht zur Prinzessin, er sperrte sie ein. Und viel weniger noch soll man sie schelten wegen des Lachens, das ihr wie ein nicht zu bremsendes Insekt aus dem Leib emporstieg und in der Kehle kitzelte, bis es ihr aus dem Mund drang, ohne dass sie es zurückhalten konnte. Sollte sie denn etwa nicht die Mutter des Lachens sein, dessen, der lacht, der lachend daherkommt?

## Fünf

**Das** ganze, ziemlich unangenehme Geplänkel über Saras Lachen war vorbei, genauso wie der Ärger der drei Jünglinge. Sie gewannen ihre unbeschwerte Art zurück, kaum dass sie erledigt hatten, was zu erledigen war, nämlich die Mutterschaft der Frau zu verkünden, die hinter dem Vorhang versteckt stand. Ob sie es nun glauben wollte oder nicht, das schien sie nichts mehr anzugehen.
Sie zogen sich ihre Sandalen an und standen auf, wobei sie sich wieder lachend in die Seiten stiessen. Dann griffen sie nach ihren Stäben, und jetzt war es ein anderer von ihnen, der das Wort ergriff: »Wir müssen los, sonst wird es uns zu spät.« Und mit dem Blick wies er nach Westen, wo sich bis zum Ufer des Salzsees die öde Ebene von Sodom ausdehnte, von Salpeter ausgedörrt und von Teertümpeln übersät. In der anderen Richtung, nach Osten hin, lag der Sand der Wüste, über den sie gekommen waren.
»Es wäre klug, wenn ihr heute Nacht hier bliebet und morgen früh weiter zöget«, schlug Abraham vor. »In der Ebene gibt es Räuberbanden, üble Gesellen, Soldaten des eben beendeten Kriegs zwischen dem König von Sinar und dem König von Sodom, die führungslos umherstreifen.«
»Auf keinen Fall«, entgegnete der neue Wortführer mit einem Gähnen, »so oder so müssen wir am Tor von Sodom sein, bevor es Nacht wird. Allerdings gibt es da eine Schwierigkeit zu überwinden.«
»Was denn für eine Schwierigkeit?«, fragte Abraham.
»Wir kennen den Weg nicht.«
Sara, die immer noch hinter dem Vorhang stand, runzelte die Stirn. Die sind wirklich gekommen, um sich über uns lustig zu machen. Derjenige, der gesagt hat, dass sie den Weg nach Sodom nicht kennen, hat dabei seinen Begleitern zugezwinkert. Und wenn sie alles wissen, wie sie selbst behaupten, wenn sie wissen,

dass ich gebären werde, wie werden sie da nicht den Weg nach Sodom kennen, was doch das Einfachste von der Welt ist? Den konnte man doch gar nicht verfehlen. Auf der Strasse, die nach Sodom führte, reisten viele Menschen auf Maultier- oder Pferderücken, Steuereintreiber und Steuerschätzer, Priester, Händler; Grüppchen von Huren in Käfigen auf Karren, die von Zuhältern geführt wurden, Lustknaben, die unterwegs waren, um ihren Körper anzubieten, auf Ochsen mit blumenbekränzten Hörnern; und Menschen zu Fuss, Arbeiter, Tagelöhner, Schausteller, Musikanten, Glücksritter, Vagabunden, Spieler und Gauner, genauso wie Maultier- und Kamelkarawanen, Rinder-, Ziegen- und Schafherden, die mit ihren Klauen Kalkwolken aufwirbelten; und die einzige Abzweigung, die es gab, fast am Ende der Strasse, ging nach Gomorrha hinüber, der Nachbarstadt, beide am Westufer gelegen.

Sie spitzte die Ohren.

»Abraham, es wird nötig sein, dass du uns begleitest, damit wir uns nicht verirren«, sagte der Jüngling mit spöttischem Grinsen.

»Ich höre es und gehorche«, antwortete Abraham und senkte dabei den Kopf. »Ich hole mein Bündel und meinen Wanderstab und lasse uns etwas Speise und Trank herrichten.«

Kann denn dieser Mann, so wachsweich wie er ist, nie nein sagen?, grummelte Sara hinter ihrem Vorhang. Könnte er nicht wenigstens fragen, warum sie solche Eile haben, nach Sodom zu gelangen? Da ergriff der, der jetzt sprach, wieder das Wort, man könnte meinen, um Sara Folge zu leisten, und sagte:

»Wir haben klare Anweisung, Sodom zu zerstören, und Gomorrha auch, denn sie gleichen sich in ihrer Verkommenheit, niemand wird am Leben bleiben.« Und seine Stimme klang dabei noch honigsüsser, so, als wolle sie in der Hitze unter dem Zeltdach zerschmelzen.

Was war das für ein Spiel? Der Jüngling schlug etwas so Grausames vor – zwei Städte zu vernichten, in denen tausende Seelen lebten, und alle Einwohner umzubringen –, mit einer unschuldigen Heiterkeit, als wolle er zu seinen beiden Begleitern sagen: Lasst uns jenen Feigenbaum so lange schütteln, bis alle reifen

Feigen herunterfallen, lasst uns hinter jenen wilden Ziege herlaufen, um zu sehen, wer sie als erster bei den Hörnern packt und zu Boden wirft.

Abraham ging weiter seinen Reisevorbereitungen nach, als habe er gar nichts gehört, so sehr hatten sie ihm schon den Verstand vernebelt. Machte es ihm etwa nichts aus, dass Lot, sein eigener Neffe, samt seiner Frau Edith und ihren zwei Töchtern bei diesem Massaker umkommen würden? Oder dachte er vielleicht, wie auch sie zu denken begann, dass es sich um einen weiteren Witz der drei handelte, über den man nur lachen oder gleichgültig hinweggehen konnte, wie den, dass sie einen Sohn empfangen sollte, der älteste der Witze, die sie immer erzählten. Aber sie war jetzt gewarnt, sie würde nicht noch einmal über solch lächerliche Scherze lachen, nicht dass man sie noch einmal schalt.

Vielleicht ist es an dieser Stelle angebracht, etwas hinzuzufügen, das in denselben Schriften verzeichnet ist, die ich vorher schon einmal kurz erwähnt habe. Und zwar hatten die drei Fremden, die wie zarte Jünglinge wirkten und gleichzeitig ein einziger waren, jeweils einen eigenen Namen, egal, wie sie aussahen oder gekleidet waren, ob als Jünglinge, Hirten, Händler, Bettler oder Beduinen; diese Namen waren Raphael, Michael und Gabriel, auch wenn jenes Paar dies in seiner Einsamkeit nicht wusste, so wie es auch nicht wusste, welche Aufgabe ein jeder von ihnen genau hatte. Denn jeder von ihnen spielt eine Rolle, von der er nicht abweichen kann. Wir haben schon gesehen, dass die anderen schweigen, wenn einer von ihnen redet: Wenn Gabriel verkündet hat, dass Sara gebären wird, dann deshalb, weil er solche Nachrichten ganz wunderbar weiterzugeben versteht. Michael, der keine falsche Scham kennt, hat sich um die Sache mit der Beschneidung gekümmert.

Und in diesem Augenblick ist Raphael an der Reihe, um sie wissen zu lassen, dass sie so, wie sie vor ihnen stehen, zerbrechlich und zart wie junge Mädchen, unreif und mit dem Schalk im Nacken und man könnte auch meinen, schreckhaft, durchaus gewillt sind, ihren Worten Taten folgen zu lassen, und ausreichend Macht haben, zu zerstören, wenn sie von Zerstörung reden:

»Es wird ein glühender Schwefelregen vom Himmel fallen, der alles verbrennt, Menschen, Pflanzen, Tiere, die Erde wird sich auftun in tiefen Abgründen und Tempel und Götzen, Freudenhäuser, Spelunken und Spielhöllen verschlucken, die Wasser des Salzsees werden sich zu kochenden Wogen auftürmen und die beiden Städte von einem zum anderen Ende überschwemmen. Und danach wird nur eine öde, steinige Ebene übrig bleiben, Disteln und schwarzer Sand, allenfalls die Spur einer ehemaligen Strasse, vielleicht der Kamm einer eingestürzten Mauer, doch nichts weiter. Und wenn in irgendeinem Park oder Garten ein Baum stehen bleiben sollte, wird er gut anzuschauende Früchte hervorbringen, doch werden sie zu Asche zerfallen, sobald jemand in sie hineinbeisst; und mit der Zeit wird kein Wanderer, wenn er sich dieser Einöde nähert, die sich in nichts von der sie umgebenden wüsten Ebene voller Schwefeldämpfe unterscheidet, sagen können: Hier stand Sodom, hier stand Gomorrha, mit all ihrem Lärm und ihrer Zügellosigkeit.«

Abraham war hinausgegangen, doch Raphael erklärte alles haarklein und mit lebhafter Stimme, in der so etwas wie leidenschaftliche Rache lag. Hier gibt es nur zwei Möglichkeiten: Entweder sprach er zu seinen Begleitern, was völlig überflüssig gewesen wäre; oder, was wahrscheinlicher ist, er sprach zu Sara in ihrem Versteck hinter dem Vorhang, wollte ihr Angst einjagen, spielte mit ihr, so wie der hinterhältige Kater mit dem armen Mäuslein spielt.

Trotz ihres Unglaubens spürte Sara, wie ihr ein kalter Schauer über den Rücken lief. Plötzlich sah sie einen Säugling mit zerquetschtem Leib in seiner Wiege unter den Steinen einer eingestürzten Wand liegen, die kleinen, blutigen Füsse waren in der Staubwolke kaum zu erkennen; sie sah eine in Flammen gehüllte Frau, die ihre beiden Kinder hinter sich herzog, an jeder Hand eins, auch sie lodernde Fackeln, sie liefen zum See hinunter, um die Flammen zu löschen, doch dessen kochendes Wasser schlug schon über ihnen zusammen.

Abraham war inzwischen reisefertig zurückgekehrt.

»Ich habe lange überlegt, ob ich dich von unserem Vorhaben

unterrichten soll oder nicht«, sagte Raphael zu ihm, ohne das feine Lächeln auf seinen Lippen ersterben zu lassen; und indem er zum Vorhang hinüberschielte, fügte er hinzu: »Doch während ich von deiner frischen Milch trank und von deinem Kalbfleisch ass, das übrigens wunderbar schmeckte, weder zu durchgebraten noch zu blutig, so, wie ich es mag, habe ich mir schliesslich gesagt: An Abraham wird man sich morgen erinnern als Samen und Ursprung eines Volkes unter den Völkern der Erde. Weil das also so ist, kann ich ihn nicht in Unkenntnis lassen über das, was getan werden muss, denn sowohl in Sodom als auch in Gomorrha ist die Situation unhaltbar geworden.

Die Liste ist lang, ich will dir nur ein paar Beispiele geben: Die Tavernen sind Tag und Nacht geöffnet, dort betrinken sich die Leute, bis sie wie Säcke auf der Strasse liegen bleiben. Die Spielhöllen sind voller Glücksspieler, die oft mit dem Messer aufeinander losgehen, und auch die schliessen nie. Elixiere und Pulver, die die Sinne vernebeln, werden frei auf der Strasse gehandelt, und diejenigen, die sich diesem Rausch hingeben, zögern nicht, ihren Nächsten umzubringen, um daran zu gelangen. Da sind Freudenhäuser, auf deren Wände mit vulgärer Hand Phalli gemalt sind und wo abartige Matronen mit dem Fleisch junger Mädchen handeln, die eben erst das Puppenspiel hinter sich gelassen haben. Männer, die bei Tag rechtschaffen aussehen, verkleiden sich nachts als Hetären und suchen Hurenhäuser auf, wo sie sich gegen ihre Natur gebrauchen lassen.

Doch das ist noch nicht alles, denn Laster und Lüsternheit herrschen auch hinter den Mauern jedweder Behausung: Richter und Priester kaufen Müttern ihre minderjährigen Knaben ab, um sie zu missbrauchen, und sie haben bis zu acht oder zehn von ihnen unter ihrem Dach. Frauen liegen bei Frauen, Männer treiben es mit Männern. Väter liegen bei ihren Töchtern, Mütter bei den Söhnen. Frauen mit Hunden und Eseln, Männer mit Sauen, Stuten, Ziegen, was immer sie gerade in die Finger bekommen, sogar ein Huhn nehmen sie sich ohne Skrupel vor. Und nicht nur die Geilheit, auch Diebstahl, Raub und Betrug haben um sich gegriffen: Die Händler fälschen die Gewichte, die Richter werden durch Bestechung reich, diejenigen, die herrschen, plündern die Staatskasse und die Priester bemächtigen sich der Opfergaben, nicht zu reden von den Morden, entweder aus Zorn oder Rache oder Gier. Ehrlich gesagt, Abraham, der Mensch ist voll schlechter Hefe, und da gibt es niemanden, der nicht der Schlechtigkeit und Niedertracht schuldig wäre. Es geht einfach viel zu weit, und die Geduld hat ihre Grenzen. Deshalb haben wir beschlossen, dich nicht nur zu warnen, sondern dich auch zu bitten, uns zu begleiten, damit du Zeuge dieser Bestrafung wirst. Es geht also nicht darum, dass wir den Weg nicht kennen, den kennen wir zur Genüge.« Und bei seinen letzten Worten schaute er wieder zum Vorhang hin, der sich leicht bewegte.

Dann atmete Raphael heftig aus, erregt wie nach einem langen Lauf, und spuckte verächtlich auf den Boden, so wie es nur ein starrsinniger, zorniger Alter tun kann, nicht ein so freundlich aussehender junger Mann. »Und das Schlimmste kommt noch«, keuchte er.

Was kann es denn noch Schlimmeres geben als all das, was du so genau beschrieben hast?, fragte sich Sara ganz tief in ihrem Inneren, wollte sie doch keinen neuen Vorfall heraufbeschwören. Der Jüngling malte das Bild des Lebens in Sodom in übertriebenen Farben. Es stimmte, da gab es Laster und Verderben, daran zweifelte sie nicht, doch viele lebten ein ganz normales, friedliches Leben, schlossen ihre Türen früh am Abend und hielten sich aus allem heraus, Väter, die über die Tugend ihrer Töchter wachten, und viele andere, die unfähig waren, sich einen fremden Heller anzueignen, natürlich vergnügten sie sich manchmal gern, tranken vielleicht ein paar Gläser zu viel, die Gemüter erhitzten sich und im Streit wurde Unsinn geredet, einer, dem der Wein die Sinne benebelt hatte, legte die Hand auf das Hinterteil einer Frau, die nicht die seine war, und handelte sich dafür eine Ohrfeige ein, doch am nächsten Tag waren alle wieder an ihrem Platz. Der Ehemann sass auf seinem Geldwechslerschemel, der Schamlose stand hinter seiner Theke und mass Stoffbahnen und die Frau drehte ihre Spinnrad.

»Was noch hinzukommt«, rief Raphael mit empörter Stimme, »ist die Schlimmste aller Sünden, die Götzenanbetung, denn sie verehren ein lächerliches Kalb, das sie Baal nennen, widmen ihm Tempel, bauen ihm Altäre in ihren Häusern, errichten ihm Statuen auf den öffentlichen Plätzen, begehen Feste zu seinen Ehren, feiern es mit Opfergaben, schamlosen Gesängen und lüsternen Tänzen, und du kannst dir sicher sein, dass das erste, was der Blitzstrahl vernichtet, diese Tempel und diese Statuen sein werden.«

Aha, sagte sich Sara, da liegt also der Hase im Pfeffer, endlich kommen wir zum Punkt. Es geht um nichts anderes, als dass der Zauberer eifersüchtig ist! Wer wüsste besser als ich, wohin einen die Eifersucht bringen kann, wenn man spürt, dass man nicht an erster Stelle steht, weil noch jemand anderes im Spiel ist. Auf dem Baal-Platz, den sie oft überquerte, stand die grösste Bronzestatue jenes geflügelten Kalbs mit einem einzigen Hoden von der Grösse einer Pampelmuse, ganz blankgerieben von der Berührung all der Lippen, die ihn auf der Suche nach seinen magischen Kräften küssten.

Sara hat recht, wenn wir uns wieder jenen uralten Schriften zuwenden, in denen der Zauberer spricht oder über ihn gesprochen wird, ist sein Eifer, der Einzige zu sein, offensichtlich. Er hat existiert, er existiert und wird existieren aus sich selbst heraus, und da ihm allein die Ewigkeit gehört, darf niemand vor einem anderen Altar niederknien. Wer eifersüchtig ist, ist eifersüchtig, und ich bin es, erklärt er ohne Umschweife. Die Eifersucht ist der Ausdruck seiner absoluten Herrschaft. Und Sara, die sich noch tiefer in sich selbst zurückzieht, so tief, dass sie selbst kaum noch ihre Stimme hören kann, sagt sich: Wie willst du jemand vorwerfen, dass er dich nicht anbetet, wenn er dich nicht einmal kennt; wenn gerade mal wir, deine beiden Diener – lassen wir es so stehen, dass du mich zu deiner Dienerin gemacht hast, zum Teil aus freien Stücken, zum Teil mit Gewalt, und Abraham aus Leichtgläubigkeit –, die einzigen sind, die wissen, dass es dich gibt, unsichtbar, ohne Antlitz, ohne Namen? Du solltest nicht so eifersüchtig sein, wenn du die Leute nicht hast zwischen dir und dem Kalb wählen lassen, vielleicht würden sie ja im Zweifelsfall sagen, dass derjenige von beiden, der es lohnt, tatsächlich du bist, aber ich sage dir gleich, niemand wird einer Gestalt folgen, die aus Luft besteht und die man nicht berühren kann, und vor allem, wenn das, was du anbietest, Schelte wegen jeder Kleinigkeit ist und deine Gebote den Menschen verbieten, sich zu freuen und sogar noch ein einfaches Lachen, wenn man Lust darauf hat.

# Sechs

**Nachdem** er noch drei Mal ausgespuckt hatte, schien sich der Jüngling beruhigt zu haben.

»Heisst das«, fragte Abraham mit leicht zitternder Stimme, »dass alle Einwohner von Sodom und Gomorrha umkommen werden, ohne irgendeine Ausnahme?«

»Das Böse ist nicht in den Steinen, sondern in den Seelen«, antwortete der Jüngling und verzog dabei das Gesicht zu einem Ausdruck des Bedauerns.

Das ist jetzt doch wirklich die Höhe, erboste sich Sara hinter ihrem Vorhang, selbst die Säuglinge sollen noch schuld sein an der Verkommenheit. Nur gut, dass dies nichts als leere Drohungen sind, diese überheblichen Schnösel wollen sich doch nur auf unsere Kosten wichtig machen.

»Dann wird also der Schuldige und der Unschuldige gleichermassen sterben?«, fragte Abraham wie nebenbei und verscheuchte jene unsichtbare Fliege, die vor seinem Gesicht herumzufliegen begann.

Trotz der Eile, mit der er zum Aufbruch gerufen hatte, schien Raphaels Interesse geweckt zu sein. »Hast du irgendeinen Vorschlag, was das angeht?«, wollte er wissen.

»Keine Ahnung«, zuckte Abraham die Achseln, »ich denke nur, dass es dort vielleicht, ich sage vielleicht, ordentliche Leute gibt, die niemand etwas zuleide tun, ehrliche Familien, die nichts wissen von Freudenhäusern und zügelloser Unzucht.«

Na also, scheint ja fast so, als hättest du meine Gedanken gelesen; endlich sind wir bei etwas einer Meinung, dachte Sara und hörte den Jüngling fragen:

»Und wie viele davon könnte es deiner Meinung tatsächlich geben?«

»So über den Daumen vielleicht fünfzig, würde ich sagen«, antwortete Abraham.

Raphael lachte. Sein helles Lachen klang fröhlich, sprang spielerisch auf und ab. »Insgesamt fünfzig, in beiden Städten?«

»In beiden«, nickte Abraham und verscheuchte die Fliege.

»Nun gut«, sagte Raphael, »ich verstehe, was du meinst. Wenn es wirklich, wie du sagst, diese fünfzig gibt, gerecht von Herzen, anständig in ihrem Tun, was ich sehr bezweifle, weil die menschliche Seele nichts weiter ist als eine Schlangengrube, dann soll alles so bleiben, wie es ist.«

»In diesem Fall wird nichts zerstört werden?«

»Nein, nichts.«

»Ich bin weniger als Staub und Asche, um deinen Willen in Frage zu stellen«, sagte daraufhin Abraham, »aber ich habe noch einmal eine ähnliche Frage.«

»Erniedrige dich nicht selbst zu Staub und Asche«, ermahnte ihn Raphael freundlich, »du weisst doch von der Bedeutung, die dir und deiner Nachkommenschaft verkündet worden ist. Stell also deine Frage.«

»Mein Anliegen ist dieses: Und wenn es statt fünfzig weniger wären?«

»Wie viel weniger?«

»Sagen wir fünf.«

»Fünfundvierzig also?«

»Fünfundvierzig.«

»Dann werden wir ebenfalls alles so lassen, wie es ist, die Häuser voller Abscheulichkeiten, die Tempel und Plätze mit ihren ekelhaften Götzen, die Hurenhäuser und ihre Feste, die Unzucht, die wie ein tollwütiger Hund in den Strassen tobt.«

»Und vierzig?«

Raphael zuckte ungeduldig und verärgert die Achseln. »Auch dann, vierzig reichen uns. Aber die gibt es nicht, da kannst du sicher sein.«

»Erzürne dich nicht«, sagte Abraham.

»Ich erzürne mich nicht, aber du siehst doch, uns wird die Zeit knapp.«

»Und wenn es nur dreissig wären?«

»Auch dann soll die Strafe aufgehoben werden.«

»Bitte verzeih mir, doch wo ich schon einmal angefangen habe, will mir anscheinend die Zunge nicht mehr gehorchen.«

»Lass sie sich in deinem Mund bewegen, aber schnell.«

»Und zwanzig?«

»Du hast mit fünf und fünf angefangen, wenigstens machst du jetzt mit zehn und zehn weiter, das ist schon besser«, sagte Raphael. »Aber gut, auch wenn es nur diese zwanzig gibt, die du mir nennst, sollen alle anderen auch verschont werden.«

Hoppla, sagte sich Sara hinter dem Vorhang, der Himmel bewahre uns vor den stillen Wassern. So zerstreut und ängstlich wie er aussieht und immer diese Fliege vor seinem Gesicht verscheucht, die gar nicht da ist, hat er den rachsüchtigen Burschen dorthin gebracht, wo er ihn haben wollte. Nachlass auf Nachlass in der Zahl der Gerechten, ein Geschacher, wie ich es mache, wenn ich auf dem Basar in Sodom Kochtöpfe kaufe.

»Dann einigen wir uns auf zehn«, sagte Abraham.

»Ist das hier etwa ein Kuhhandel?«, fragte Raphael, und seine helle Stimme schien brechen zu wollen, als er sie verächtlich hob. »In Ordnung, zehn sollen es sein, versprochen, bist du nun zufrieden?«

»Mehr als zufrieden, Herr«, nickte Abraham.

Da trat Raphael auf ihn zu, bis er direkt vor ihm stand, tippte ihm mit der Spitze seines Stabs auf die Brust, als wolle er ihn aufspiessen, und sagte:

»Damit du ein für alle Mal einverstanden bist, biete ich von mir aus an, dass diese beiden verdorbenen Städte mit zwei oder nur einem, der frei ist von Sittenlosigkeit und Lüsternheit, von der Strafe verschont bleiben sollen, die sie mehr als verdient haben. Doch haben wir wohl nur törichtes Zeug geredet, du hast töricht gefragt und ich habe genauso töricht geantwortet, denn es gibt dort nicht einen einzigen, der es verdient, von dem Zorn verschont zu werden, der kommen soll.«

»Einen zu finden ist leichter als zehn«, sagte Abraham.

»Das weiss ich wohl«, gab Raphael zurück, »und da ich dir Arbeit ersparen möchte, sollst du selbst es sein, der diesen Gerechten auswählt, der alle anderen erretten wird.«

»Ich selbst, Herr?«, fragte Abraham, liess die Fliege vor seinen Augen umherschwirren, ohne sie, wie üblich, mit der Hand zu verscheuchen, und blinzelte jetzt nur ein paar Mal.

»Der, den du bestimmst, der soll es sein, wenn es ihn denn gibt, und niemand wird dein Wort in Frage stellen. Können wir jetzt endlich gehen?«

Es war besprochen worden, was zu besprechen war, und verabredet, was zu verabreden war. Die Reisenden setzten sich in Bewegung, und Sara stand immer noch hinter dem Vorhang. Der Schweiss lief ihr in Strömen den Nacken herunter und zwischen die Brüste und kitzelte sie unter den Achseln. Ihre Blase drückte und wollte entleert werden, doch nichts schien sie aus ihrer Reglosigkeit befreien zu können. Abraham hatte Geschick bewiesen, das konnte man nicht bestreiten, so gerissen wie damals, als er sie in ihren besten Gewändern dem Pharao anpries und sie als seine Schwester ausgab, um dann den üppigen Gewinn einzustreichen, den der Betrug ihm einbrachte.

Glaubte er wirklich in seiner Einfalt, ein schlauer Fuchs in einer Tarnung der Einfalt, diese drei Angeber hätten die Macht, im Handumdrehen zwei ganze Städte zu zerstören, mit all ihren Türmen, Brücken, Palästen, Tempeln, Märkten, Läden, Gärten, Terrassen, Badehäusern, Häfen, Mauern und Zinnen, ohne eine einzige Seele am Leben zu lassen? Was stand ihnen denn zur Verfügung, wo doch ihre Hände bis auf die Wanderstäbe leer waren? Nicht einmal ein Schwert, eine Armbrust, eine in Pech getauchte Fackel, die man gegen eine Mauer schleudern konnte.

Doch auch wenn Sara jenem Plan immer noch keinen Glauben schenken mochte, der da so wortreich präsentiert worden war und den sich nur ein gefährlicher Verrückter hatte ausdenken können, so schien ihr Ehemann ihn offensichtlich ernst zu nehmen. Lot, dachte Abraham, das war die Lösung. Von Anfang an, als er so tat, als sei ihm die Schwere der Strafe nicht klar, die der Jüngling ankündigte, und er sich, um sein angebliches Desinteresse zu zeigen, unter dem Vorwand entfernt hatte, sich für die Reise vorzubereiten, war er auf Lot und die Seinen gekommen. Und jetzt, wo es nur noch darauf ankam, einen einzigen

Gerechten zu finden, würde Lot dieser Gerechte sein. Darauf lief alles hinaus.

Abraham hatte mit seinem Schachern bei zehn aufgehört, weil er dachte, das reiche für Lot, Edith, ihre beiden Töchter und deren Verlobte. Und da war noch Platz für ein paar Leute aus der Dienerschaft, für den Fall, dass der Jüngling im letzten Augenblick sagte: »Die hier sollen gerettet werden, aus Rücksicht dir gegenüber, doch für alle anderen Einwohner kann ich nichts tun.« Es hatte sich ja schon gezeigt, dass die Boten, egal, wie sie daherkamen, für gewöhnlich launisch waren, widersprüchlich, und ihre Versprechen leicht vergassen.

All dies gilt nur, wenn Abraham wirklich daran gedacht hatte, Lot und den Seinen zu Hilfe zu kommen. Denn niemand konnte mit Sicherheit sagen, dass die alten offenen Rechnungen zwischen dem Onkel und seinem Neffen tatsächlich beglichen waren. Da ging es eigentlich um eine alte und anscheinend längst begrabene Geschichte. Wenn er jedoch noch Groll in seinem Herzen gegen ihn hegte: Weshalb würde er sich dann überhaupt bemühen, ihm die Tür seiner Errettung zu öffnen?

Als der Zauberer ihrem Ehemann befohlen hatte, Haran zu verlassen und ins Land der Kanaaniter zu ziehen, wovon ich noch erzählen muss, zog Lot mit ihnen, ohne dass Abraham sich widersetzte, war er doch weit davon entfernt, in seinem Neffen einen Rivalen zu sehen, obwohl er von seinem Techtelmechtel mit Sara als Kinder wusste. Der Bursche jedoch fand sich nie damit ab, dass Sara nun die Pflichten einer verheirateten Frau hatte, darunter die, bei ihrem Mann zu schlafen und ihm treu und gehorsam zu sein; und voll wütender Eifersucht bedrängte er sie mit stürmischem Werben, was sie nicht etwa ärgerte, sondern eher erheiterte, wie eins der Spiele, das sie im Haus von Terach zusammen gespielt hatten.

Während sie sich jetzt wie eine erwachsene Frau benahm und auf Abrahams Lager genügend Wonnen empfing, um die Hitze ihres Körpers abzukühlen, verhielt sich Lot weiter wie ein bockiges Kind. Heimlich versuchte er, sie zu küssen, und nicht nur das: Einmal, als sie beide auf einem Kornfeld die Ähren auflasen, stiess er sie zur Brotzeit in Gegenwart der anderen Schnitter auf die Garben, die am Feldrand aufgeschichtet lagen, und versuchte ungeschickt und hastig, unter ihre Kleider zu gelangen, was Sara verärgert, doch mit einem Lachen abtat. Einer der Arbeiter meldete es jedoch Abraham, der die Ernte auf einem anderen Feld überwachte, und der kam eilig auf seinem Maultier herbeigeritten und versetzte Lot, ohne auch nur abzusteigen, ein paar ordentliche Peitschenhiebe.

Seitdem herrschte Zwietracht zwischen den beiden, Onkel und Neffe, und auch wenn sie zusammen blieben, während sie durch immer neue Gegenden zogen und für ungewisse Zeiten ihre Zelte aufschlugen, je nach Laune des Zauberers, vertrugen sie sich nur, weil es für beide das Beste war. Doch Abraham hatte um Sara eine Art unsichtbaren Kreis gezogen, in den Lot nicht eindringen durfte, und so musste er sich damit begnügen, sie finster und traurig von Weitem zu betrachten. Kurz nach der Rückkehr aus Ägypten, von wo Abraham beladen mit Reichtum zurückkam, nicht nur an Vieh und Sklaven, sondern auch an Gold und feinem Silber, liess Lot Sara ausrichten: Wenn es darum geht, grossen Reichtum zu erlangen, so will ich dir beweisen, dass ich darin Abraham hundert Mal übertreffen kann. Und vielleicht vermag ich dich dann zu gewinnen.

So begann er, für sich selbst Weiden anzulegen und sein eigenes Vieh zu züchten. Bald hatte er zahlreiche Schaf- und Ziegenherden, Rinder und Zugochsen, und ein Gutteil von Abrahams Hirten und Dienstboten beschloss, zu ihm zu gehen, weil er sie grosszügiger bezahlte, und er hatte auch seine eigenen Zelte, bequemer und besser ausgestattet. Ein Grünschnabel, der reich geworden war, aber mit Hilfe von Lug und Trug, schickte er doch des Nachts seine Knechte aus, um Vieh, das ihm nicht gehörte, auf seine Weiden zu treiben, sogar Kühe mit ihren Kälbern, schor Schafe, die nicht seine waren, und verkaufte über Dritte die Wolle, sobald sie gekämmt und gereinigt war. Und er fälschte auch das Gewicht der Weizen-, Hirse- und Gersteladungen, die er den Getreidehändlern lieferte.

Auch Abraham war Opfer dieser Diebstähle, doch schwieg

er. Aber weil das Weideland und die Felder der beiden aneinandergrenzten, vermischten sich die Herden, und jede Seite wollte das fremde Vieh als ihr eigenes zählen, wodurch Knechte und Hirten mit Steinwürfen aneinandergerieten. Mehr als einmal kam es auch zu Handgreiflichkeiten mit blutigen Verletzungen, und nach und nach nahm die Sache das Ausmass eines echten Krieges an.

Als es bei einem dieser Scharmützel auf seiner Seite zwei Tote gab, einen Aufseher und einen Melker, Vater und Sohn, beschloss Abraham, der Sache ein Ende zu setzen. Eines Tages erschien er in Lots Zelt, ohne sich von dem Luxus einschüchtern zu lassen, den die Felle und Kissen am Boden ausstrahlten, die Seidenvorhänge, die den Raum teilten, und das glänzende Geschirr, auf dem eine ganze Schar von Dienern das Fleisch auftrug. Unterdessen liess es sich sein Neffe, ohne sich zu bemühen, seinen Hochmut zu verbergen, nicht nehmen, seinem Gast die besten Bissen selbst zu reichen und ihm eigenhändig den Becher zu füllen.

Abraham kam ohne grosse Umschweife zum Punkt: »Trotz deiner Jugend bist du zu Wohlstand gekommen«, sagte er, »und das freut mich als dein Verwandter, der dir immer seinen Schutz gewährt hat. Aber es zeigt sich, dass das Land, auf dem wir leben, nicht mehr für uns ausreicht, denn wir haben viel Vieh, es weidet, wo es nicht weiden soll, vermischt sich unversehens, und der Streit zwischen deinen und meinen Männern hat schon zu Blutvergiessen geführt. Deshalb komme ich mit der herzlichen Bitte, dass du dich entfernen mögest. Geh du nach links, dann will ich nach rechts ziehen, und wenn du das nicht willst, dann ziehe ich nach links und du gehst nach rechts. Liegt etwa nicht ausreichend Land vor dir? Was sollen wir uns einschränken, wo wir doch genug davon haben können?«

Lot, der, in die weichen, daunengefüllten Kissen zurückgelehnt, bisher geschwiegen hatte, antwortete: »Einverstanden, Onkel, ich gehe fort von hier und ziehe nach rechts.«

Was bedeutete, dass er das Jordantal wählte, wo es Wasser im Überfluss gab, während für Abraham nur ein paar Streifen Weideland und Grünflächen auf der von Teertümpeln übersäten Salpeterebene übrig blieben, die sich bis zum Salzsee erstreckte. Und wenn Sara anwesend gewesen wäre, hätte sie voller verächtlichem Spott zu ihrem Ehemann gesagt: »Du verstehst wirklich zu wählen! Deinem Neffen überlässt du den fruchtbaren Garten, und für dich selbst behältst du das Ödland. Was du anfasst, verdorrt dir in den Händen.«

Nachdem der Pakt geschlossen war, riet Abraham, schon zum Gehen bereit, seinem Neffen: »Ich will mich ja nicht in deine Angelegenheiten einmischen, aber du solltest dir ein anständiges Mädchen suchen und endlich heiraten. Du weisst ja, dass es nicht gut ist, wenn ein Mann allein ist, da bekommt er schlechte Gedanken über die Frauen von anderen, vor allem, wenn er plötzlich reich und mächtig ist und zu glauben beginnt, dass er jetzt alles leicht bekommt, was er vorher nie erreichen konnte. Das bringt immer Gefahren mit sich, die man besser vermeidet.«

All dies äusserte er sehr väterlich, ohne irgendeinen drohenden Unterton; doch als er zu seinem Zelt zurückkehrte und dabei war, seinen Esel am Zaumzeug an die Futterkrippe zu zerren, stiess er, wohl wissend, dass Sara ihn hörte, zwischen den Zähnen hervor:

»Wenn ich ihn noch einmal in der Nähe meines Zeltes erwische und dann auch noch mit einem Geschenk in den Händen, wie einst mit einem Ringeltauben- oder Wiedehopfkäfig, dann ist mir sein Leben so viel wert wie der Staub an meinen Sandalen.«

Worauf sie erschauerte, wusste sie doch, dass ein Mann, der an sich nicht zu Zank und Streit neigt, nicht umsonst spricht, wenn er so etwas sagt. Tatsächlich pflegte Lot ihr, bis Abraham jenen Kreis um sie gezogen hatte, Käfige aus Schilfrohr zu schenken, die er selbst geflochten hatte, mit einer Ringeltaube darin, die er ebenfalls selbst gefangen hatte, oder einem Wiedehopfküken mit seinem hübschen schwarz gesprenkelten Schopf.

Ob es nun mit der Ermahnung zu tun hatte oder nicht, auf jeden Fall suchte sich Lot eine Frau und fand sie auch, als er nach links zog und sein Zelt nahe der Mauern von Sodom aufschlug, in der Absicht, von nun an Handel zu treiben, und er belästigte Sara von da an nie mehr. Nein, sagt sie sich und schüttelt dabei energisch den Kopf, wenn Abraham dachte, dass Lot und den Seinen die Vernichtung drohte, dann würde er sie nicht im Stich lassen. Trotz allem, was vorgefallen war, bestand zwischen ihnen die Treue von Blutsverwandten, das hatte sich schon bewiesen, als der Krieg der vier Könige gegen die anderen fünf stattfand, einer von vielen, bei dem unter den Fünfen die Könige von Sodom und Gomorrha waren.

Dabei kam es zu grosser Zerstörung und Vernichtung, und weil es auf den Schlachtfeldern nahe dem Salzsee eine grosse Menge Teergruben gab, warfen beide Seiten Menschenleichen und Pferdekadaver dort hinein, wo sie unter dem zähen Teerschlamm langsam verwesten. Und dann geschah es, dass die Truppen der vier Könige nach einem Überfall auf Sodom die Zelte von Lot zerstörten und ihn mit Edith gefangen nahmen, jung vermählt, wie sie noch waren. Die Dienstboten, die das Massaker überlebten, wurden in Ketten gelegt und mit ihrem Herrn in die Gefangenschaft geführt, doch einer, dem die Flucht gelang, kam und meldete es Abraham.

Kaum hatte der gehört, dass sein Verwandter gefangen war, da bewaffnete der seine Knechte, so gut es eben ging, mit Hacken und Sicheln, dazu ein paar Lanzen und Schwerter, während Sara erschrocken zusah.

»Du weisst doch gar nicht, wie man eine Lanze hält, viel weniger noch, wie man ein Schwert führt, hast nie gelernt, wie man hoch zu Ross gegen den Feind reitet oder wie man einen Streitwagen lenkt. Und jetzt willst du in den Krieg ziehen? Wer, wenn nicht ich, weiss, dass du dafür nicht taugst!«

Doch er hörte nicht auf sie, verscheuchte die Fliege vor seinem Gesicht, bestieg entschlossen sein Reittier und setzte sich an die Spitze des eilig aufgestellten kleinen Heeres, umzingelte das Lager, wo man Lot und die Seinen gefangen hielt, focht einen guten Kampf und schaffte es, Lot zu befreien, und ebenso Edith, die einer der Hauptleute schon ausgewählt hatte, um sie zu seiner Konkubine zu machen, befreite auch die Dienerschaft und gewann sogar alle Güter zurück, die als Beute geraubt worden waren.

Als Lot sich glücklich befreit sah, dankte er seinem Onkel, ganz verlegen wegen all dessen, was vorher zwischen ihnen geschehen war, und drei Tage später trat einer seiner Diener vor Abraham und sagte:

»Mein Herr schickt mich, um Euch diesen Beutel zu überbringen, und bittet darum, dass Ihr die Geldstücke zählen möget, es sind vierhundert Silbertalente.«

»Das ist ihm also mein Leben wert, das ich eingesetzt habe, um ihn zu befreien?«, hörte Sara ihren Mann sagen. »Nimm dies Geld wieder mit und sag deinem Herrn, nicht einmal, wenn er sein eigenes Leben mit dreissig mal nimmt, ist es so viel wert wie das meine. Und sag ihm auch, dass ich ihn nicht als Söldner befreit habe, sondern als sein Verwandter, und dass alles so bleibt wie vorher.« Worauf der Knecht erschrocken den Beutel nahm und hinausging, ohne ihm den Rücken zuzuwenden.

Da trat Sara zu ihm: »Du schickst das Geld zurück, nun gut, aber du solltest es ihm nicht übelnehmen«, wollte sie ihn besänftigen.

»Und wie sollte ich es sonst nehmen? Sag du es mir, die du deine Nase überall hineinsteckst.«

»Es ist seine Art, sich bei dir zu bedanken, aber weil er noch so jung ist, stellt er sich dabei einfach ungeschickt an.«

»Du wirst ihn wohl besser kennen, hast ja von ihm Ringeltauben und Wiedehopfe geschenkt bekommen«, erwiderte er.

»Es mag vielleicht nicht in Ordnung sein, wie er sich verhält, das weiss ich und ich sag's dir noch mal, aber es ist doch nur liebevoll gemeint.«

»Wenn ich deinen weisen Rat hören will, bitte ich dich darum«, entgegnete Abraham, und jetzt erhielt die unsichtbare Fliege wirklich einen Schlag mit der Hand.

»Ich bin ja schon still, aber eines sage ich dir noch, nämlich dass du nicht so eilig losgezogen wärst, ihn zu retten, wenn du nicht auch Zuneigung für ihn empfändest.«

In Saras bedrücktem Hirn rangen die Zweifel miteinander wie

zwei Widder, deren Hörner ineinander verhakt sind. Wenn jenes Unheil, das die Jünglinge so wortreich angekündigt hatten, tatsächlich wahr würde, wie sollte Abraham da beweisen, dass Lot der Gerechte war, für den es sich lohnte, zwei ganze Städte zu verschonen? Ein Familienvater wie alle anderen auch, ein Händler ohne besondere Tugenden oder Fähigkeiten und vielleicht sogar immer noch genauso ein Schlitzohr, was dein und mein anging, mit einer Waage, die die frisch geschorene Wolle falsch wog, bei dem zehn Ellen Tuch nicht zehn Ellen Tuch waren, der Farben verkaufte, die nicht echt waren, sondern sofort ausblichen, sobald sie in die Sonne kamen, oder Tuniken, die einliefen, wenn der Regen auf sie fiel.

Der Jüngling konnte gut und gerne sagen: Der da? Den kennen wir schon, der hat doch schon die Ahnungslosen übers Ohr gehauen, als er noch Vieh hütete und Korn erntete. Und jetzt, wo er Gross- und Einzelhandel treibt, sind seine Krallen noch schärfer geworden. Oder auch: Nur, weil er mit dir verwandt ist? Verwandtschaft oder Freundschaft zählen hier nicht, bring mir einen wirklich Gerechten, sonst sind sie, ob aus Sodom oder aus Gomorrha, ein für alle Mal und ausnahmslos verloren, so wie es verkündet worden ist.

## Sieben

Sie hörte die Männer davongehen und kam aus ihrem Versteck hinter dem Vorhang, um ihnen vom Zelteingang hinterherzuschauen. Abraham und die drei Jünglinge schritten eilig zur Biegung des Weges hin, der nach Sodom führte, am Steineichenwäldchen vorbei, auf dessen Bäume die Windhosen oft ihren Sand entluden.

Als sie an der Wegbiegung ankamen, blieben sie stehen. Einer der Jünglinge bückte sich, um sich den Riemen einer Sandale zu binden. Doch während die anderen auf ihn warteten, löste er sich plötzlich in Luft auf, einfach so. Sara hielt es erst für eine Sinnestäuschung, eine Wirkung der gleissenden Nachmittagssonne. Sie legte die Hand über die Augen, um sich zu vergewissern. Nein, er war nicht mehr da. Sie sah, wie Abraham, der es ebenfalls bemerkt hatte, denjenigen etwas fragte, den wir schon als Raphael kennengelernt haben, und die Antwort schien ihn zufrieden zu stellen, als habe der andere ihm gesagt: Gabriel hat uns verlassen, denn seine Aufgabe war es, dir Saras Niederkunft zu verkünden, und jetzt, wo er das erledigt hat, ist seine Gegenwart nicht mehr notwendig. Für das, was wir vorhaben, reichen die Macht von Zweien von uns allemal aus.

Dieses plötzlich Verschwinden, genau wie das des Hütejungen, als der Zauberer Abraham zum ersten Mal erschienen war, wovon ich später noch erzählen werde, liess Sara erneut denken, dass sie es mit dem geschicktesten Zauberkünstler zu tun hatte, dem sie je begegnet war, viel fintenreicher als die, von denen es auf dem Baal-Platz wimmelte. Die vollführten Luftsprünge, bis sie hoch auf den Zinnen und Simsen sassen, liefen barfuss über glühende Kohlen, liessen statt ihres Wassers einen Feuerstrahl, heilten Kranke von der Wassersucht, indem sie ihnen Ungeziefer aus dem Anus zogen, und verwandelten Holzstäbe in Schlangen, etwas, was, sicher aus reinem Vergnügen, auch der Zauberer tat.

Aber sich in Luft auflösen, das schafften sie nicht. Als Lohn für ihre Kunststücke erhielten sie ein paar Münzen von den Umstehenden, und nie drohten sie damit, die Leute in einem Meer aus Lava zu ertränken, denn dann hätte sich ihnen nie mehr jemand genähert und sie wären Hungers gestorben.

Und obwohl sich Sara alle Mühe gab, fest daran zu glauben, dass das Erscheinen und Verschwinden, mal in Gestalt von drei, mal von zwei Boten, nichts weiter war als eine Art Zauberkunststück, so flüsterte ihr die Angst doch beharrlich mit dem Gemurmel alter Klatschweiber in die Ohren: Da gehen sie Richtung Sodom, und während sie sich so entschlossen auf den Weg machen, stehst du hier und vertraust darauf, dass ihre Drohungen bedeutungslos sind. Aber was ist, wenn das, was dieser Jüngling so haarklein angekündigt hat, nicht nur leeres Gerede bleibt, sondern tatsächlich passiert? Misstrauen ist ein Zeichen von Klugheit, du tust gut daran zu misstrauen. Hebe deine Augen zum Himmel und überzeuge dich selbst.

Da zog eine riesige Wolkenwand Richtung Westen, nicht dunkel wie die, mit denen sich ein Gewitter ankündigt, sondern purpurrot und an den Rändern scharlachfarben. Und während sich dieser Feuersturm langsam, aber sicher zum Salzsee hin entfernte, den todgeweihten Städten entgegen, sonderte die Erde einen Pesthauch ab, stinkend wie der Fieberschweiss eines kranken Tiers.

Doch plötzlich war alles wieder wie vorher. Das drohende Schauspiel am Himmel, entstanden durch die Hände des ungeduldigen Zauberers, löste sich in Luft auf, genau wie der Jüngling, als er sich seinen Sandalenriemen band. Wie zuvor bewegte die heisse Nachmittagsbrise träge die Blätter der Steineichen. Derselbe alte Geruch vom Fell der Ziegen und Kälber im Pferch drang ihr vertraut in die Nase, zusammen mit dem von frischem Dung, und der blanke Himmel breitete sich wieder wolkenlos über ihr aus. Das Zauberkunststück war beendet. Doch keiner der Zauberkünstler auf dem Baal-Platz war fähig, ein ähnliches Schauspiel zu bieten.

Ob du nun eine neue Art gefunden hast, mich zum Narren zu halten, ob du mir nur Angst einjagen willst, weil du denkst, wir Frauen seien leichter zu erschrecken, oder ob du mir zeigen willst, dass du es ernst meinst, wie auch immer, Vorbeugen ist besser als Klagen, dachte Sara. Und sie befahl einem der Knechte, das Maultier zu satteln, auf dem sie immer nach Sodom ritt, um einzukaufen und Edith zu besuchen.

Hagar sah sie davonreiten und wunderte sich, denn Sara ritt sonst nie allein. Entweder begleitete Hagar oder eine andere Sklavin sie, und immer ging ein Treiber voraus. Doch da ihre Freundschaft durch den vorgefallenen Streit abgekühlt war, traute sie sich nicht, ihre Herrin zu fragen. Sie vermutete, dass Sara nach Sodom unterwegs war, denn sie durchquerte das Steineichenwäldchen in eiligem Trab.

Nach Frauenart reitend, trieb Sara das Tier, das von so kleinem Wuchs war, dass ihre Sandalen fast die Steine des Pfades streiften, mit den Fersen an. Die Strasse wollte sie nicht nehmen, damit der kleine Trupp vor ihr sie nicht bemerkte. Und weil sie das Gewirr der Wege kannte, die auch nach Sodom führten, war sie sich sicher, dass sie die Mauern der Stadt früher erreichen würde als Abraham und die anderen.

Über deren Köpfen schwebte drohend die flammend rote Wolkenwand, zog ohne irgendein Geräusch mit ihnen, je lautloser, umso bedrohlicher. Abraham hob wieder und wieder den verzagten Blick zu jener Feueresse, traute sich aber nicht, danach zu fragen. Für Sara dagegen hielt der wolkenlose Himmel keinerlei Gefahren bereit. Vielleicht hielt sie der Zauberer von diesem bedrohlichen Schauspiel fern, weil er wollte, dass sie kehrt machte, dass sie sich nicht weiter kümmerte. Da wird nichts Schlimmes geschehen, Sara, du bist besser in deiner Zeltecke an deinem Spinnrad aufgehoben, in der Küche beim Abwasch, im Pferch beim Tränken der Schafe. Und, übrigens, spiel mir nicht noch einmal einen solchen Streich, ranzige Butter auf meinen Teller zu tun, viel weniger noch angebranntes Fleisch, hör nur, ich sag's dir im Guten.

Wenn ihr das der Zauberer befohlen hätte: Geh in Frieden nach Haus, Sara, hör auf deinen Mann und stecke deine Nase nicht in Dinge, die dich nichts angehen, während sie schon einen

Hügel hinauftrabte, von dem aus man die Weinberge und Olivenhaine sehen konnte, die nicht von der Salpetersteppe bedeckt waren, und dahinter vor dem dunstigen Streifen des Salzsees, verschwommen im gleissenden Sonnenlicht, die Türme, Kuppeln und zinnenbewehrten Mauern der beiden Städte, dann hätte sie nur geantwortet: Ich reite nur rasch hin und kehre gleich zurück, will etwas erledigen, was nur mich angeht, und dann reite ich sofort wieder heim. Denke nur nicht, dass ich in Sodom bleiben will, um zu sehen, ob dieser ganze Unsinn wahr ist, den deine Boten da mit grossem Vergnügen und in allen Einzelheiten verkünden, diese aufgeblasenen Grünschnäbel, die offensichtlich auch krank im Kopf sind. Denn wer käme bei klarem Verstand auf die Idee, sich eine solche Katastrophe auszudenken, zu der nicht einmal dieser König fähig wäre, von dem die Geschichtenerzähler auf der Treppe am Baal-Platz berichten, der alle kleinen Kinder ihren Müttern entreissen und mit dem Schwert ermorden liess, weil er ein Neugeborenes suchte, das, wie er in seinem Wahnsinn glaubte, seine Macht bedrohte.

Sie würde durch das Tor der Wollkämmer in die Stadt reiten, bis zu den Hügeln von Arpachschad und Lot drängen, ohne Umschweife das zu tun, was sie ihm auftrug. Du bist jetzt nicht mehr der junge Bursche, der mir Käfige mit Ringeltauben und Wiedehopfen schenkte, sondern ein erwachsener Mann, der sich um seine Familie kümmern muss. Dies ist seit langem das erste Mal, dass wir allein miteinander sprechen, und Abraham soll nichts davon erfahren, sonst geht die alte Sache wieder los. Hör also gut zu und weiche keinen Schritt von dem ab, was ich dir sage. Es spielt keine Rolle, ob du mir glaubst oder nicht, heben wir uns die Zweifel lieber für später auf.

Doch während das Maultier den Hügelabhang hinunter mit den Hufen gegen die Wegkiesel stiess, dachte Sara schon nicht mehr an Lot, sondern an Edith. Zwischen ihnen beiden bestand eine enge Freundschaft, die es ihnen erlaubte, sich gegenseitig ihren Zorn und ihr Leid anzuvertrauen, ganz anders als einst mit Hagar, die als Saras Sklavin ihre Beichten wie ein Brunnen ohne Echo anhörte.

Einige Jahre waren vergangen, seit Abraham sie dem Pharao in die Arme gegeben hatte, und sie achtete immer noch darauf, dass diese schmachvolle Geschichte nicht bekannt wurde. Mit Hagar brauchte sie gar nicht darüber zu sprechen, die war am Hof des Pharao ihre Hauptsklavin gewesen und kannte wie niemand sonst Saras Leben als königliche Konkubine in allen Einzelheiten. Als einziger konnte sie später Edith den Groll über ihre Erniedrigung anvertrauen, der nie ganz erloschen war, und Sara war gleichzeitig die einzige, die wusste, dass Edith in Sodom einen Geliebten hatte. Das mit dem Geliebten soll für später bleiben, sein Name war Eber.

Die Erinnerung an ihre Gefangenschaft in Ägypten, denn nichts anderes war es gewesen, blitzte immer wieder voller Wut in ihr auf. Und auch jetzt überfiel sie diese Erinnerung, während das Maultier mühelos über die Ebene trabte, einen Ziegenpfad entlang. Der war zwar ein Umweg, doch konnte sie so nach Sodom gelangen, ohne den Teertümpeln ausweichen zu müssen, die manchmal in Flammen aufgingen, als ob die sengende Hitze sie entzündete.

Doch in ihrem Kopf glitt noch ein anderer Schleier zur Seite. Zur Zeit ihrer Gefangenschaft, als sie zur Konkubine des Pharaos wurde, würde sie schon noch zurückkehren. Jetzt wartete hinter diesem anderen Schleier, der zur Seite glitt, der kleine Hütejunge. Alles Unglück ihres Lebens hatte mit diesem ersten Mal begonnen, als der Zauberer in Gestalt eines achtjährigen Knaben vor Abraham erschien. Acht, oder vielleicht zehn, hatte ihr Abraham später erzählt, das lässt sich nicht genau sagen, es war früher Morgen und das Licht noch schwach.

Abraham kam vom Brennholzsammeln und war auf dem Weg zurück zum Lager, das Terach nach der Flucht aus Ur in der Umgebung von Harran aufgeschlagen hatte. Plötzlich hörte er ein Läuten von Viehglöckchen und sah, wie ihm eine Schafherde entgegenkam. Hinter der Herde lief im gelben Staub, den die Schafe mit ihren Hufen aufwirbelten, ein Hütejunge mit seinem Hirtenstab. Abraham, sein Bündel Feuerholz auf dem Kopf, machte Platz, um die Herde vorbeizulassen, und der Hütejunge ging an ihm vorbei, ohne ihn auch nur eines Blicks zu würdigen. Doch als Abraham weiterlief, fiel ihm auf, dass das Läuten der Glöckchen verstummt war, und als er sich umwandte, waren da keine Herde, kein Staub und kein Hütejunge mehr. Doch plötzlich stand der Knabe direkt vor ihm, stiess ihm heftig den Stab in die Seite und befahl ihm: Beuge dein Knie und neige dein Haupt! Und Abraham legte sein Bündel ab, kniete nieder und beugte sein Haupt.

Als sie später aus dem Mund ihres Ehemanns davon erfuhr, während die beiden eines kalten, frühen Morgens nackt im Zelt unter den Ziegenfellen auf ihrer Bettstatt lagen, inzwischen weit entfernt von Harran, hatten sie doch schon ihre Wanderung begonnen, da konnte Sara es kaum glauben. Sich vor einem Bürschchen niederknien, in seiner Gegenwart den Kopf senken, weshalb denn das?

»Ich bekam Angst«, rechtfertigte sich Abraham. »Ich hab dir doch schon erzählt, dass die Staubwolke verschwunden war. Man sah auch kein einziges Schaf mehr auf dem Weg, nicht mal Hufspuren, gar nichts mehr.«

»Hatte es denn die Schafe vielleicht gar nicht gegeben?«, fragte Sara.

»Es war, als habe der Knabe sie nur für mich erschaffen«, antwortete Abraham.

»Ein Knabe, der sich herausnahm, dir einfach so Befehle zu erteilen.«

»Eine Sache ist, davon zu erzählen, aber eine ganz andere, es zu erleben. Da taucht er einfach so aus dem nichts auf, stellt sich vor mich hin, und auch wenn er mir mit seinem Stab weh tat, als habe er die Kraft eines erwachsenen Mannes, war sein Blick irgendwie traurig, stell dir vor, fast flehentlich.«

»Ein Kind, ein Knabe. Wegen einem Kind ist uns all das seither also passiert«, hatte sie gespottet.

»Nicht einfach ein Knabe, Sara, *der* Knabe«, hatte Abraham geantwortet.

Dort kniete er also im Staub vor dem Knaben, der ihm nicht seinen Stab aus der Seite nahm und sich anschickte, ihm die ersten Befehle von den vielen zu geben, mit denen er ihm von nun an das Leben schwer machen würde, ihm die ersten Lügen aufzutischen, mit denen er ihm von jetzt an den Kopf verdrehen wollte: Du sollst fortgehen aus deinem Land, du sollst das Haus deines Vaters und deine Familie verlassen und in das Land gehen, das ich dir zeigen will. Und was die Lügen anging, die üblichen: Du wirst das Samenkorn einer grossen Nachkommenschaft sein, ich will aus dir ein Volk unter den Völkern machen, von dir werden Könige abstammen, und ich will ihnen ihre Krone aufsetzen, die Deinen will ich mit Gaben überschütten und deine Feinde will ich zertreten wie ein Nest giftiger Vipern.

Und Abraham, der dort mit gesenktem Kopf kniete, traute sich nicht zu fragen, weshalb das Land, wohin er gehen sollte, Kanaan war, und sagte nicht: Was ist das für ein Land? Ich kenne es nicht, weiss nur, dass seine Bewohner den Ruf haben, feindselig und kriegslüstern zu sein und Fremde zu hassen. Traute sich nicht zu erwidern: Schau nur, wohin du mich schicken willst, in die Höhle des Löwen. Weshalb denn sollte ich mich kopfüber ins Verderben stürzen, vielleicht sogar in den Tod? Oder sich wenigstens zu erkundigen, ob er allein ziehen oder sie, seine Frau, mitnehmen sollte, ein frisch Vermählter: Und über meine Frau sagst du mir nichts? Gehört sie etwa zu der Familie, die ich zurücklassen soll?

In jener kalten Nacht, unterwegs nach Kanaan, hatte Abraham ihr all dies leise murmelnd gebeichtet, als fürchte er, gehört zu werden. Und obwohl sie ihm das Brusthaar kraulte, das gerade zu spriessen begann, und ihn ermunterte, weiterzusprechen, hielt er auf einmal inne und wandte ihr, von plötzlichem Zorn ergriffen, den Rücken zu. Erst Tage später fuhr er, ohne dass sie ihn gefragt hätte, mit der Geschichte fort, als sie bei Sonnenuntergang das Nachtmahl einnahmen; gerade hatten sie ihr Zelt an einem neuen Ort aufgeschlagen, wo sich gegen Abend eine Wolke von Fledermäusen auf die Zweige einer einzelnen Palme voller reifer Datteln senkte. Sie kannte ihn inzwischen immer besser. Er vertrug es nicht, wenn man in ihn drang, manchmal weckte dies sogar seinen Zorn. Wenn sie aber so tat, als interessiere sie etwas nicht, das zwischen ihnen zu klären war, dann kam er von selbst und frass ihr aus der Hand.

»Es war nicht so, dass ich mich nicht traute, den Knaben zu fragen, ob du mit mir ziehen solltest oder nicht«, sagte er unvermittelt und lächelte sanft dabei. »Es war einfach keine Zeit mehr dafür. Als er mir das alles verkündet und befohlen hatte, löste er sich einfach in Luft auf, so plötzlich, dass er den Stab, den er mir in die Seite gestossen hatte, im Staub liegen liess. Und als ich ihn aufheben wollte, verwandelte er sich in eine Schlange, die eilig ins Gebüsch davonglitt.«

»Ein einfacher, alter Zaubertrick«, murrte sie, »den kennen schon die Lehrlinge.«

Doch er fuhr fort, ohne sie zu beachten: »Ich habe lange über die Sache nachgedacht, während ich mit meinem Holzbündel zum Zelt meines Vaters zurückkehrte, und kam zu dem Schluss: Wenn der Knabe mir eine Nachkommenschaft verspricht, die sich über das Antlitz der Erde ausbreiten soll, von der, wie er versichert, Könige abstammen werden: Wie soll ich denn ohne meine Frau einen solchen Kindersegen zustande bringen?«

Sara lachte schallend über die schlaue Lösung. Das ist eine überzeugende Logik, hätte sie sagen können, oder eine Wahrheit so gross wie eine Kathedrale; doch wissen wir ja, dass es damals noch nicht das Wort Logik gab und auch keine Kathedralen.

Und so hatte er sie, kaum dass das Feuerholz verstaut war, heimlich beiseite genommen und zu ihr gesagt:

»Ich werde mein Zelt abbrechen und mit dir von hier fortziehen. Ich denke, es ist Zeit, selbst für mich zu sorgen, ich kann nicht länger von der Gunst und den Launen meines Vaters abhängig sein.« Etwas, dass ihr ganz normal vorkam, ein verheirateter Mann muss, egal wie jung er noch ist, seine Unabhängigkeit suchen, um der Schande zu entgehen, als Weichling zu gelten.

Er hatte ihr nicht gesagt: Ich werde mein Zelt abbrechen, weil mir das ein unbekannter Knabe, Hütejunge von Schafen, die sich dann in Luft auflösten, so befohlen hat, ohne Zeit für ein Gespräch zu lassen, weil er sich dann selbst auch in Luft auflöste, und dazu hat sich noch der Hirtenstab, den er am Boden liegen

· 65 ·

liess, in eine Schlange verwandelt. Denn wenn er damit gekommen wäre, dann hätte sie ihn sicher für so verrückt gehalten wie jene Besessenen, die, manchmal sogar splitternackt, ihren Unsinn lauthals im Vorhof des Sin-Tempels herausschrien und die Gläubigen belästigten, die möglichst ihre Nähe mieden. Und er sagte es so auch nicht seinem Vater, obwohl er wusste, dass der es ihm übel nehmen würde, egal, wie er es ihm sagte, sondern:

»Vater, ich bin inzwischen erwachsen geworden und es ist Zeit, dass ich mir mit meiner Frau einen anderen Ort und mein eigenes Glück suche.«

Terach ass gerade zu Mittag. Er war schon bei der dritten Schale Kichererbseneintopf angelangt, mit den Innereien eines Schafbocks, den er zu opfern befohlen hatte, weil das Tier sich beim Sturz in eine Schlucht ein Bein gebrochen hatte, und antwortete nur: »Geh mir aus den Augen und lass mich in Frieden essen.« Das war seine Art, ihn zu verstossen, denn wie schon berichtet, war es nicht seine Gewohnheit, lange Reden zu halten: »Bitter sei dein Brot und von Würmern verdorben das Wasser, das du trinkst, du und deine Nachkommenschaft für alle Zeit.« Dann ass er weiter, leerte die Schale, liess sich noch eine vierte vorsetzen, und nachdem er alles wieder erbrochen hatte, was er im Magen hatte, starb er noch in der gleichen Nacht; etwas, das nicht selten mit Menschen geschieht, die zum Jähzorn neigen: Sie platzen innerlich und bluten aus Mund, Nase und After.

Ein dritter und diesmal tödlicher Zornesausbruch, den der hochmütige Terach da erlitt, nach dem ersten, wir erinnern uns, der durch den erbitterten Streit mit seinem Sohn Haran wegen des Steineichenwäldchens entstand; und dem zweiten, von dem erst jetzt berichtet werden kann, als sein anderer Sohn, Nahor, ihn verliess, um nach Ur zurückzukehren und seine Nichte Milka zur Frau zu nehmen. Mit dieser hatte Nahor schon von früher her ein Verhältnis, sie war die Tochter von niemand anderem als jenem Haran, seinem verfeindeten Sohn, und somit Schwester von Lot. Drei Söhne, die vom Vater verflucht und verstossen worden waren, der jetzt auf einem Hügel in einer Grube begraben lag, von einem Haufen Steine verschlossen.

Der Knabe gab kein Zeichen seiner Gegenwart mehr, weder klein noch gross, doch Abraham missachtete seine Anweisungen nicht, ins Land der Kanaaniter zu ziehen, nachdem er zuvor seine beiden Brüder zu sich gerufen und das Erbe gerecht mit ihnen geteilt hatte. Nach der Beerdigung verkauften sie die Ländereien an den Meistbietenden und teilten das Vieh und die Sklaven untereinander auf. Und Haran gab seinem Sohn Lot die Erlaubnis, mit Abraham zu ziehen, denn der Bursche wollte nicht nach Ur zurückkehren, so verliebt in Sara, wie er immer noch war.

Abraham erfand viele Vorwände, um zu verhindern, dass sein Neffe sich ihm anschloss. Wenn er jetzt anfing, dem Knaben ungehorsam zu werden, konnte das Ganze schlecht ausgehen, immerhin hatte er schon Sara von der Anweisung ausgenommen. Und jetzt auch noch Lot? Doch keine seiner Ausreden reichte aus, um ihn dazu zu bringen, zu seinem Vater zurückzukehren, und er konnte ihm natürlich nichts von den erhaltenen Befehlen erzählen. Da sagte er sich: Vielleicht hat der Knabe, als er von Familie sprach, nur die erwachsenen Verwandten gemeint. Sobald er wieder auftaucht, will ich ihn danach fragen, und inzwischen nehme ich sein Schweigen als Einverständnis. Andernfalls kann ich Lot immer noch mit einem Knecht zurückschicken.

Und so rüstete Abraham seine Karawane aus und machte sich auf ins Land Kanaan, und nach mehreren Tagen mühseliger Reise schlug er sein Lager an einem Ort auf, der zwischen dem Berg Hebron und den Ebenen von Sodom liegt, ein Platz, den er nach Gutdünken auswählte, denn wie wir wissen, hatte er, was dies angeht, keine Anweisung vom Knaben erhalten.

Es gibt keine dunklere Dunkelheit als die der Vergangenheit, vor allem, wenn es sich um eine so weit zurückliegende Vergangenheit handelt. Man muss sich das vorstellen, als taste man sich wie ein Blinder durch das Labyrinth einer Höhle. Da kann man sich seiner Schritte nie sicher sein oder vermeiden, gegen die Wände zu stossen, bedeckt von dieser glitschigen, feuchten Schicht, die das Vergessen ausmacht. Jedes Labyrinth ist eine fast verblasste Nachricht, manchmal nur eine Vermutung. In dieser Höhle herrscht die Ungewissheit, und nicht selten taucht die

Phantasie auf, die vielleicht wie ein kopflos umherflatternder, verirrter Vogel in dieses endlose Tunnelgewirr eingedrungen ist.

Zum Beispiel kommt da eine dieser abweichenden Geschichten dazwischen, wo behauptet wird, bei Anbruch der Reise sei Lot schon mit Edith verheiratet gewesen und seine zwei Töchter seien schon geboren worden, womit wir es nicht nur mit den Schwierigkeiten mangelnder Übereinstimmung zu tun haben, sondern wieder einmal mit dem kitzligen Thema des Alters der handelnden Personen.

Denn dies würde bedeuten, dass jetzt, als Abraham in Begleitung der beiden Jünglinge den Weg einhergeht, die in ihrem Kopf den Plan der Zerstörung und Vernichtung von Sodom und Gomorrha tragen, und Sara ihr Maultier antreibt, um rechtzeitig Lots Haus zu erreichen, Edith schon eine ältere, grauhaarige Frau sein müsste, was, wenn wir es genau betrachten, in einer zügellosen Stadt wie dieser kein Hindernis wäre, einen Geliebten zu haben. Doch ihre Töchter wären in ihren Vierzigern und nicht die jungfräulichen Mädchen, welche, sobald sie Sodom verlassen haben, auf schamlose Weise eine Rolle bezüglich ihres Erzeugers spielen werden, von der ich noch berichten will.

Insofern ist es in jeder Hinsicht besser, wenn wir annehmen, dass Lot zur Zeit der Reise noch ein junger Bursche von vierzehn, fünfzehn Jahren war, unsterblich verliebt in die rechtmässige Ehefrau seines Onkels. Als er merkte, dass da nichts zu machen war, suchte er sich schliesslich eine Frau unter den Bewohnern von Sodom und fand sie in Edith, womit die Dinge zueinanderpassen, ohne dass wir sie zurechtbiegen müssen. Die beiden Töchter waren zu dem Zeitpunkt noch nicht geboren, bis dahin sollte es noch eine Weile dauern.

Wenn ihr damit einverstanden seid, mache ich jetzt weiter.

# Acht

**Vom** Maultiertrab durcheinandergeschüttelt, liefen die Szenen in Saras Kopf vor und zurück. Schade, dass man nicht sagen kann: wie ein Film, der im Projektor vor- und zurückgespult wird. Aber warum eigentlich nicht? Sie kennt das Kino zwar nicht, um solche Vergleiche anzustellen, wir aber schon.

Der alte Pharao, der durch eine geheime Tür hereinkam, stand kurz im Licht und wurde gleich wieder vom Dunkel eingehüllt. Es war das erste Mal, dass er völlig nackt vor sie trat, seine Haut glänzte vom ranzig riechenden Öl, seine Zehennägel waren grün lackiert, auf seinem kahlrasierten Kopf trug er ein schlecht sitzendes Diadem. Beim Gehen hielt er die Hände nach vorn gestreckt, wie es ein Blinder tun würde, sein runder Bauch spannte wie ein prall gefülltes Euter, sein schon erigiertes Glied war so kurz, dass sie trotz ihrer Nervosität beinahe lachen musste. Dann streckte er die beringte Hand aus, um den Schleier vom nackten Körper der Fremden zurückzuziehen, von deren Schönheit man ihm so viel erzählt hatte, und als er sich mit seinem Mund ihrem Hals näherte, traf sie sein übelriechender Atem wie ein Schlag. Denn um seine Potenz zu steigern, nahm er, bevor er sich zu seinen Konkubinen legte, immer ein Gebräu aus zerstossenem Knoblauch und Wacholder zu sich, dem Rezept eines Arztes aus dem Maghreb zufolge, wie Hagar ihr erzählt hatte. Als er sich befriedigt hat, ohne dabei ein einziges Wort zu sagen, zieht er sich auf gleichem Wege zurück, wie er gekommen ist, das kurze Glied ganz verschrumpelt, und sie bleibt besudelt mit jenem ranzigen Öl zurück, dem Gestank nach zerstossenem Knoblauch und dem ekelhaften Gefühl des klebrigen Spermas, das sie innerlich tränkt.

Und wieder spulen wir den Film ein Stückchen zurück. Als sie sich nach Ägypten aufmachten, war dem Knaben nicht eingefallen, erneut vor Abraham zu erscheinen, um ihm zu sagen, was ihm bevorstünde, ob er Glück haben oder ob ihn das Pech verfolgen würde. Genau dies traf schliesslich ein. Es kam ein Jahr, in dem die Dürre die Saaten verbrennen liess und auf den Feldern die Windhosen nur Staub aufwirbelten, der in Mund, Nase und Augen drang. Die Erde war überall hart und aufgeplatzt, wo sie auch ihr Lager aufschlugen, die Bäche ausgetrocknet, auf den Wegen lagen von den Karawanen zurückgelassene tote oder sterbende Tiere, unter der sengenden Sonne flogen die Geier so zahlreich wie Flugasche, und dann der Gestank nach Aas, der alles durchdrang, das wenige Wasser, das sie noch in den Schläuchen hatten, das bisschen Mehl, das sie noch zum Mund führen konnten. Es schien fast, als käme die Wüste langsam, aber sicher immer weiter auf sie zu und wolle sie verschlingen.

Eines Nachmittags holte sie ein einsamer Wanderer ein. Eines seiner Augen war wie vernebelt, und seine Füsse, deren Zehennägel sich wie Krallen krümmten, sahen aus, als wären sie von Vogelmist verschmutzt, genau wie der Saum seiner langen Tunika aus rohem Leinen. Er sagte ihnen, er sei unterwegs nach Ägypten, wo der Pharao für die drei Festmonate zu Ehren der Muttergöttin Astarte die Speicher habe öffnen lassen, weil es Korn und Vieh im Überfluss gäbe, und aus allen Teilen des Reiches kämen die Menschen zuhauf, um sich die Bäuche zu füllen, und ausserdem, was sie an Säcken, Körben und Krügen mitbrachten. Die Backstuben buken Tag und Nacht fünf Spannen grosse Brote, auch sie als Geschenk; in den Schankstuben konnte jeder einen vollen Krug Wein mitnehmen und für einen zweiten wiederkommen. Auf den Plätzen wurden fette Ochsen geschlachtet, so viele, dass das Strassenpflaster von Blut überströmt war. Überall roch es nach dem Fett der am Spiess bratenden Hammel. Enten und Gänse kochten in endlosen Reihen von Töpfen, und ihre Federn wirbelten Tag und Nacht wie Schneeflocken durch die Luft.

»Fliegt das Geflügel nicht vielleicht schon gekocht auf deinen Teller und die gebratenen Kälber kommen mit dem Messer im Rücken zu einem hergelaufen?«, sagte Abraham so spöttisch, dass es beleidigend klang.

»Und was ist mit den Fremden?«, warf Sara schüchtern ein.

Der mit dem Schleier vor einem Auge antwortete, an Abraham gewandt: »Niemand wird gefragt, woher er kommt, um seinen Hunger zu stillen. Aber wer's nicht glaubt, der gehe dahin zurück, woher er kommt, und esse weiter Kalk oder Teer und trinke faules Wasser, wenn er unbedingt will.«

Sprach's und wandte sich zum Gehen. Da beschlossen sie ohne lange zu zögern, mit dem, was ihnen von ihrer Karawane noch geblieben war, Richtung Ägypten zu ziehen, dem Wanderer hinterher.

Und vom Knaben keine Spur. Bis sich eines Nachts, als sie im Freien schliefen, schon kurz vor Tagesanbruch, Abraham erhob, um sein Wasser abzuschlagen, wenig Wasser, weil sie kaum noch Trinkwasser hatten, und erschrocken zurückkehrte, um Sara wachzurütteln, die ebenfalls erschrocken aufwachte.

»Er war wieder da!«, sagte er. »Er hat zu mir gesprochen!«

»Wer?«, fragte sie heiser und rieb sich die verquollenen Augen.

»Der Knabe!«, erwiderte Abraham.

»Hatte er auch seine Schafherde dabei?«, fragte Sara wieder, ohne den Spott unterdrücken zu können, der vom Grund ihrer schläfrigen Benommenheit emporstieg.

»Nein, und er hat sich auch nicht gezeigt, aber ich weiss, dass er es war.«

»Und woher weisst du das?«

»Die Stimme ist anders, es ist nicht die Stimme eines Kindes, sondern die eines Erwachsenen. Aber er hat mir einen Beweis gegeben. Seine ersten Worte waren: Denk an den Stab, der im Staub lag und sich vor deinen Augen in eine Schlange verwandelte, die im Gebüsch verschwand.«

»Und was hat er noch gesagt?«, fragte sie, neugierig geworden.

»Dass ich einen Altar errichten soll«, antwortete Abraham kleinlaut.

»Einen Altar!«, rief Sara, warf die Decke beiseite und sprang auf, als habe sie ein Skorpion gestochen. »Wir haben nichts, um den Magen wenigstens halbwegs zu füllen, und anstatt dir etwas zu essen zu geben, befiehlt er dir, einen Altar zu bauen. Denkt dieses Kind, das jetzt wie ein Erwachsener spricht, etwa, dass man es anbeten soll, oder was?«

»Es ist ein einfacher Altar«, beschwichtigte Abraham sie. »Ich soll nur ein paar Steine zusammentragen.«

»Du meinst wohl Sand, Steine finden sich hier doch auch nicht mal mehr«, entgegnete sie. »Sand hingegen gibt's genug, wenn wir den essen könnten, würden wir ganz sicher satt.«

»Er hat nicht gesagt, dass es gleich hier sein muss«, versuchte er sie zu beruhigen. »Wenn ich unterwegs ein paar Steine finde, halte ich an und erfülle seinen Willen; dann kann ich auch das Brandopfer darbringen, denn so hat es mir aufgetragen: Du sollst einen Altar bauen und mir opfern.«

Sara kam aus dem Staunen nicht mehr heraus.

»Ein Brandopfer? Wie für Baal? Und das Opfertier? Hast du etwa noch ein einziges Kalb übrig, auch wenn es nur aus Haut und Knochen besteht? Aber wenn du zufällig noch eins hättest: Würdest du es lieber diesem Knaben opfern, der sich jetzt nicht mal mehr sehen lässt? Was willst du denn opfern? Etwa dich selbst? Willst du dir das Messer in die Kehle rammen und dich in die Flammen stürzen?«

Die Fragen dröhnten Abraham in den Ohren, am liebsten hätte er sie mit Wachs verstopft. Doch er antwortete weiter in ruhigem Ton, was nützte es schon, Streit anzufangen. Er würde tun, was man ihm befohlen hatte, und Punkt.

»Da ist noch ein Zicklein, das scheinst du vergessen zu haben, das Muttertier ist gestorben. Und da es nicht gesäugt wird, hat es sicher nur überlebt, weil der Knabe selbst es am Leben gehalten hat. Auf jeden Fall ist es zu klein und schmächtig, um uns als Nahrung zu dienen. Ausserdem ist es nicht mehr weit bis zum Nil, wo wir die Speicher offen finden werden und so viel essen können, wie wir wollen.«

»Ja«, erwiderte Sara, »und die Hühnchen werden dir gebraten auf den Teller fliegen.«

Abraham schlug zwei Mal nach der Fliege.

»Was?«, herrschte ihn Sara an. »Sag mir bloss nicht, dass er dir verboten hat, weiter Richtung Ägypten zu ziehen, das wäre die Höhe, wenn er jetzt dagegen wäre und dir befiehle, dorthin zurückzukehren, von wo wir vor der Hungersnot geflohen sind.«

»Nein«, antwortete Abraham zögerlich, »über Ägypten hat er nichts gesagt.«

»Und über jenes Versprechen von Reichtum und grosser Nachkommenschaft?«

»Auch nicht. Nachdem er mir das mit dem Altar und dem Brandopfer befohlen hatte, hat er nichts mehr gesagt. Da habe ich gemerkt, dass er wieder verschwunden war.«

Sara ging ebenfalls ihre Blase erleichtern, wozu weiter zanken? Mein Mann ist wahnsinnig, man hat mich mit einem Wahnsinnigen verheiratet, ich folge einem Wahnsinnigen, sagte sie sich, während ihr Wasser im Sand versickerte und das fahle Licht des frühen Morgens zaghaft die Sanddünen am Horizont erkennen liess, eine hinter der anderen, ohne Ende. Und dahinter gäbe es sicher nichts, das Ägypten hiess, keinen Fluss namens Nil. Einem Wahnsinnigen, einem Dummkopf, das kommt aufs Gleiche heraus, kindlicher als dieser launische Knabe, der ihm im Kopf herumgeistert. Der Wahnsinn und die Dummheit gleichen der Unschuld, doch beide Wege führen ins Verderben, und ich bin dabei, mich an Händen und Füssen gefesselt in das meine zu stürzen.

Sobald er auf ihrem Weg genügend Steine fand, erfüllte er das Versprechen, das er dem Knaben mit der Erwachsenenstimme gegeben hatte. Sara sah ihm von Weitem zu. Er baute den Altar, einen kleinen Steinhaufen, den der Wind mit Sand bedecken und dem Vergessen anheim geben würde, sobald sie weiterzögen. Er fand auch ein paar trockene Äste, entzündete das Feuer, schnitt dem Zicklein die Kehle durch, versprengte das Blut auf den Altarsteinen und verbrannte das Fleisch im Feuer, während sich die Geier wütend um die Gedärme balgten.

Bei Sonnenuntergang hatten sie zum ersten Mal seit langem frisches Gras unter den Füssen. Als handle es sich um einen nie gekannten Genuss sog Sara die Luft ein, die nach Schlamm und Feuchtigkeit roch, und sah voller Freude zum freundlichen Himmel hinauf und auf die Pracht der Oleanderbüsche an den Hängen, die grossen Felder, auf denen Hafer, Bohnen und Linsen wuchsen, die Weizenfelder voller reifer Ähren, die Büffel, die das Sumpfgras frassen, die Gestelle, auf denen ausgenommene Welse trockneten, die Palmen voller Datteln, mit denen sie ihren schlimmsten Hunger stillten. Dann warfen sie sich zu Boden und tranken aus einem der vielen Tümpel, die der steigende Fluss gebildet hatte, der jetzt wie ein riesiger See mit unbändiger Freude vor ihren Augen blinkte.

Sie erreichten das andere Ufer auf einem Floss aus Palmenstämmen, auf dem sich Menschen, Schafe und Geflügel drängten, und als sie an Land gingen, verloren sie den Wanderer aus den Augen, der sie bis dahin begleitet hatte. Die Strasse, auf der sie jetzt unterwegs waren, füllte sich immer mehr mit Reisenden, die meisten davon Händler, Lastenträger, Reitknechte, Soldaten auf Heimaturlaub, Priester des Kultes für die Muttergöttin, getragen in Sänften unter Baldachinen, denen Leibwächter vorausgingen, um die Passanten mit Stockschlägen an die Seiten zu treiben, Karawanen von Eseln und Kamelen und Schweineherden, die bei jedem Peitschenhieb lautes Quieken hören liessen. Die Soldaten näherten sich den Frauen, die Krüge voller Olivenöl auf ihren Köpfen trugen, um ihnen etwas zuzuflüstern, worauf immer wieder Gelächter losbrach. Der so stark anwachsende Verkehr liess vermuten, dass sie sich den Mauern von Memphis näherten, der Hauptstadt des Reiches.

Sie war ein Stückchen zurückgefallen, als Abraham vom vorderen Teil der Karawane an ihre Seite kam. Da sagte er:

»Sara, Sara, wie ungerecht ist meine Erinnerung, dass sie mir deine majestätische Schönheit vorenthält! Vorhin, als wir uns über den Tümpel beugten, um zu trinken, habe ich gesehen, wie dein Antlitz im Spiegel des Wassers bebte, und da erbebte ich vor Verlangen!«

»Was sagst du da? Welche Mücke hat dich denn jetzt gestochen?«, lachte Sara geschmeichelt. »Es ist lange her, dass ich dich so etwas sagen gehört habe.« Und bei ihrem Lachen liess sie ihr makelloses Gebiss sehen, in dem weder Lücken noch hohle Zähne waren, die ihren Atem hätten verderben können. Und was Gerüche angeht, roch auch niemals der Schweiss unter ihren Achseln scharf. Eine Frau von einer Schönheit, die noch anziehender und geheimnisvoller durch die leichte Staubschicht wirkte, die auf dem letzten Wegstück vom Wind über ihr Gesicht gelegt worden war.

»So wunderschön, dass du mein Verderben sein könntest«, flüsterte ihr Abraham ins Ohr, und Sara fühlte sich noch geschmeichelter:

»Du warst immer schon ein leidenschaftlicher Liebhaber, und ich habe auf unserem Lager den Kopf genauso oft verloren wie du. Aber wie du siehst, haben wir ihn immer wiedergefunden, wenn wir unser Verlangen gestillt hatten. Doch hier und jetzt auf offener Strasse ist nicht die Zeit für solche Gespräche. Sieh nur, wie rot ich werde.«

»Ich rede nicht von dieser Sorte Verderben«, gab Abraham zurück, »sondern von dem grossen Schaden, den deine Schönheit uns bringen kann, sobald wir die Stadtmauer durchschritten haben, die schon dort hinten in der Ferne zu sehen ist, wo der Pharao wohnt und befiehlt.«

»Erklär mir mal genauer, was du meinst, ich verstehe dich nicht«, sagte Sara, neugierig geworden.

»Wenn wir erst einmal in der Stadt sind, werden dich alle sehen, deine Schönheit preisen und darüber zu reden anfangen.«

»Und das würde dich stören? Würdest du etwa mit dem Messer auf jemand losgehen, der es wagt, mir schöne Augen zu machen?«

»Keineswegs«, gab Abraham zurück. »Aber diejenigen, die dir Komplimente machen, werden zu den Häschern des Pharaos gehen und ihnen sagen: Auf dem Kamelplatz oder dort und dort hat ein fremdes Paar sein Zelt aufgeschlagen, das ziemlich heruntergekommen aussieht, aber die Frau ist hinreissend schön. Und dann wird der Pharao, der über alles herrscht, dich für sich haben wollen. Und zuerst wird er mich umbringen lassen, weil ich dein Ehemann bin.«

»Dann lass uns lieber diesen Mauern den Rücken kehren, denn nicht nur du wirst sterben, sondern ich auch. Wenn ich die Konkubine des Pharao werde, wird das genauso sein, als ob ich tot wäre. Da wollen wir lieber wieder in die Wüste ziehen, damit dort die Schakale unsere Knochen abnagen.«

»Es gibt eine Lösung«, sagte Abraham.

»Ich sehe keine«, entgegnete Sara.

»Natürlich gibt es eine: Wenn sie nach dir fragen, sage ich einfach, dass du nicht meine Frau, sondern meine Schwester bist, dann lässt mich der Pharao schon in Ruhe.«

»Jetzt verstehe ich noch weniger«, sagte Sara.

»Ganz einfach, ich sterbe nicht durch die Hand des Henkers, und du wirst nicht Hungers sterben, weil du im Palast des Pharaos alles haben wirst, was dein Herz begehrt. Und für mich wird auch etwas von deinem Wohlstand abfallen, wenn man mich für deinen Bruder hält.«

Sara blieb wie angewurzelt stehen. Die weissen Stadtmauern waren nun schon mit all ihren Verzierungen zu erkennen, die Zinnen, die Wächter auf den Türmen, die Menschen, die ein und ausgingen und durch das Tor drängten, durch das auch sie in die Stadt gehen mussten, das Anubis-Tor.

»Mich dem Pharao anbieten – ist das etwa ein Vorschlag des Knaben, den du mir noch nicht verraten hattest?«, fragte sie, und ihre Augen füllten sich mit Tränen.

»Der Knabe hat nichts damit zu tun, ich selbst bin auf die Idee gekommen.«

»Umso schlimmer, wenn es deine Idee ist, du hast also ganz allein den Plan ausgeheckt, mich zu verkaufen. Das bedeutet, dass du mich nicht mehr liebst, dass alle diese Schmeicheleien über meine Schönheit nichts als Heuchelei waren.«

»Sei doch vernünftig, Sara«, flehte Abraham, »wenn man mich umbringt, bist du Witwe, und der Pharao wird dich trotzdem unter sein Dach und in sein Bett bringen, dem entgehst du nicht. Doch mich kannst du davor retten, dass man mich an den Ohren an der Foltermauer aufhängt, bevor man mir den Bauch aufschlitzt und mich den Geiern zum Frass überlässt.«

»Ich werde mir das nicht weiter anhören«, sagte Sara und setzte sich wieder in Bewegung.

»Heisst das etwa nein?«, fragte Abraham und beeilte sich, ihr zu folgen, denn sie lief jetzt mit schnellem und entschlossenem Schritt.

»Eine Frau, deren Mann sie verkaufen will, kann von da an tun, was sie will, ohne sich dafür rechtfertigen zu müssen, denn mit der Liebe ist es vorbei.«

»Ich habe nicht aufgehört, dich zu lieben, noch werde ich das je tun«, beteuerte Abraham.

»Tu, was am besten für dich ist, sag, dass ich deine Schwester bin, ich werde dazu schweigen. Aber eins sollst du wissen: Ich werde mit dem grössten Vergnügen das Lager des Pharaos teilen; mehr noch, ich will nichts anderes. Wünsche deiner Schwester viel Glück als heissblütige Konkubine des Pharaos.«

»Übertreiben musst du es auch nicht«, antwortete Abraham zerknirscht, während Sara schon vor ihm durch das Tor schritt und sie in Memphis ankamen, um dieser Stadt einen Namen zu geben, denn den bekam sie erst Jahrhunderte später.

An dieser Stelle müssen wir uns, bevor wir fortfahren, mit einer Sache beschäftigen, und zwar mit der Behauptung, Lot habe das Paar auf dieser Reise begleitet, die jetzt beendet ist. Doch war er in Wirklichkeit nicht mit ihnen gezogen, sie sollten ihn erst bei ihrer Rückkehr wiederfinden, ein paar Jahre später. Vielleicht wollte Abraham ihn nicht mitnehmen, weil er es müde war, einen Neffen bei sich zu haben, der es auf seine Frau abgesehen hatte. Oder aber Lot hatte Angst vor den Gefahren der Reise in ein fremdes, noch unbekannteres Land, eine Angst, die stärker war als seine heisse Liebe zu Sara, und zog es vor, die strenge Dürre zu ertragen, war er doch ein Mann, der nur einen einzigen Mund zu stopfen hatte, nämlich seinen eigenen.

Auf jeden Fall war Lot nicht dabei, als es zu dieser beklagenswerten Szene zwischen den Eheleuten kam. Und der Grund, jede andere Behauptung zu widerlegen, ist einfach: Niemals hätte der Bursche, so aufbrausend, wie er war, zugelassen, dass Sara, die er nach wie vor für sich haben wollte, von ihrem Ehemann unter dem Vorwand der Angst gezwungen wurde, Konkubine in einem Harem zu werden, obwohl sich dahinter das Streben nach Reichtümern verbarg, welches tatsächlich erfüllt werden sollte.

Man braucht sich die drei nur vorzustellen, wie sie auf dem Weg einherschreiten, Lot spitzt die Ohren, um den Streit hören zu können, der ein paar Schritte vor ihm stattfindet. Fraglos hätte er sich eingemischt und Partei für Sara ergriffen. Bei dem Handgemenge, das dann losgegangen wäre, wären womöglich sogar die Wächter am Anubis-Tor eingeschritten und hätten Onkel und Neffen vor den Friedensrichter geschleppt, der ihnen hundert Hiebe mit der Peitsche aus Kamelsehnen aufgebrummt hätte, wegen Erregung öffentlichen Ärgernisses.

## Neun


**Während** Sara ihr Maultier mit einem Lorbeerzweig antreibt, den sie am Rand des Weges gepflückt hat, der jetzt, wo die zum Untergang verdammten Zwillingsstädte immer näher rücken, eben und von Bäumen bestanden verläuft, erinnert sie sich daran, wie alles genauso verlief, wie ihr Mann es vorausgesagt hatte. »Holt mir diese Fremde, die da so gepriesen und gerühmt wird, ich will sie um jeden Preis haben«, sagte der Pharao von seinem Thron aus Malachit herunter. Und gleich zogen zwei der zahllosen Spitzel los, die er für solch kupplerische Zwecke hatte, und suchten sie in allen Vierteln der Stadt, die voller Fremder brodelte, weil man jetzt in Memphis oder wie es auch heissen mochte tatsächlich zu Ehren der Muttergöttin Essen ausgab, aber nur eine Ration pro Person und Tag, die eine Handvoll Oliven einschloss, ein vier Zoll langes Roggenbrot, eine Schale Innereien vom Ziegenbock und einen nicht ausgenommenen Fisch. Keine Rede von weit geöffneten Speichern und gebratenen Kälbern, die einem entgegengelaufen kommen.

Sie fanden sie im Handumdrehen in einer Absteige der Vororte, wo die Reisenden, halb erstickt vom Rauch der Lagerfeuer, dicht gedrängt zwischen den Beinen der Lasttiere schlafen mussten, und überall war Schmutz und Gestank nach Müll und überlaufenden Latrinen.

Besser gesagt fanden sie zuerst Abraham, der hörte, wie sie diejenigen, die in den Winkeln ihre Suppe kochten, nach ihr fragten, dabei die Kessel mit Fusstritten umwarfen und auch einige von ihren wie Kaninchenställe aus Holzresten zusammengezimmerten Lagern aufscheuchten. Da ging er auf sie zu und sagte: »Ich bin ihr Bruder, womit kann ich dienen?«, worauf die Spitzel gleich einen anderen Ton anschlugen, die Freundlichkeit in Person wurden, und der Ältere der beiden fragte, welchen Preis er für sie verlange. Er antwortete: »Hundert Silbertalente«, nur um in den Handel einzusteigen, doch der andere sagte sofort: »Sie sollen dein sein.« Und dann fügte er noch hinzu: »Gut, dass sie deine Schwester ist, denn wenn sie deine Frau wäre, dann müsste sie sich damit abfinden, Witwe zu werden, weil wir dem Pharao deinen Kopf in einem Käfig bringen würden.« Dabei klopfte er Abraham so freundschaftlich auf den Rücken, als handele es sich um einen Scherz, doch der wusste genau, dass man mit solchen Dingen nicht scherzte. Und wenn Sara dabei gewesen wäre, dann hätte er sich ihr zugewandt und ihr mit dem Blick gesagt: »Siehst du, verlass dich das nächste Mal lieber auf mein Urteil.« Nachdem der Handel abgeschlossen war, wurde er zum Palast vor den Oberhofmeister mitgenommen, man wog den Obolus und händigte ihn Abraham aus.

Was danach mit Sara geschah, die in einer verschleierten Sänfte davongetragen wurde, daran versuchte er lieber nicht zu denken, obwohl man ihm zugute halten muss, dass ihm dies nicht gelang. Die folgenden Nächte verbrachte er schlaflos, den Kopf voller unangenehmer Phantasien. Er sah den Pharao vor sich, wie er sie entkleidete, und sie sich mit einem Ausdruck geheuchelter Scham ausziehen liess, wie er sie umarmte und sie sich umarmen liess, wie er seine Hände auf ihre Hüften legte und sie sich, statt zurückzuweichen, noch fester an ihn drängte. Und dann fielen die beiden auf das Lager und übereinander her, man konnte gar nicht mehr unterscheiden, wer von den beiden wer war, Keuchen auf der einen, Stöhnen auf der anderen Seite, Liebesschwüre, die zu Schamlosigkeiten wurden. Schliesslich umschlang sie den Pharao mit ihren Beinen und starrte über seine schweissglänzende Schulter Abraham an: Mach mir bloss keinen Vorwurf, du warst es doch, der mich diesem Mann ausgeliefert hat. Wenn du jetzt von Scham und Keuschheit anfängst, wundere dich nicht, dass ich laut loslache, so verhält sich eine Konkubine nicht. Und wenn du genau überlegst, mache ich hier nichts anderes als das, was ich mit dir gemacht habe.

An dieser Stelle sprang Abraham, von bitterer Reue getrieben, von seiner eigenen, wenig einladenden Schlafstatt auf, suchte in einem Winkel des Fussbodens der Absteige nach dem Loch, wo er den Beutel mit den Silbermünzen versteckt hatte, und ging entschlossen zur Tür. Dann hielt er jedoch inne und dachte nach. Wo willst du um die Zeit hin, Abraham? Da wirst du nur überfallen werden. Und wenn du es wirklich bis zum Palasttor schaffst, hält dich die Wache bis morgen früh fest und bringt dich vor den Oberhofmeister: Du möchtest also deine Verabredung mit dem Herrscher widerrufen? Nun gut, dein Wille soll erfüllt werden, nehmt ihm das Geld ab und bringt es in die königliche Schatzkammer zurück. Und dann schlagt diesem Verräter den Kopf ab und steckt ihn gut mit Kalk bestreut in einen Eisenkäfig, damit er möglichst lange auf dem Anubis-Platz ausgestellt werden kann. Und dann soll sein Körper geviertelt und die einzelnen Teile an den vier Stadttoren aufgehängt werden, als Warnung für Fremde von dieser Art und Sorte.

Die lüsternen Phantasien, die Abraham in schlafloser Nacht überfielen, hatten jedoch mit der Wirklichkeit nichts zu tun. Es stimmt, der Pharao liess Sara noch in derselben Nacht in seine Gemächer bringen, als sie in seinen Harem kam, wegen des Rufs ihrer grossen Schönheit und des hohen Preises, den er für sie bezahlt hatte. Doch wir haben ja schon von ihr selbst gehört, wie er splitternackt durch die Geheimtür hereinkam und sie, ohne sie lange zu bewundern oder mit ihr zu sprechen, aufs Lager warf und ohne Umschweife in sie eindrang, bevor die Wirkung des Gebräus aus zerstossenem Knoblauch mit Wacholderbeeren nachliess, sodass sie nicht nur den Gestank nach Knoblauch und ranzigem Öl, mit dem er sich einrieb, aushalten musste, sondern auch den seiner Achseln und seines Schritts, denn er badete nur selten.

Er gewann danach auch keine grosse Zuneigung zu ihr, war sie doch, als Nacht und Neuigkeit vorüber waren, nur noch eine von vielen im Dienstplan des Harems, was bedeutete, dass der Pharao nicht daran dachte, seine Lieblingskonkubine auszuwechseln, eine kaum Sechzehnjährige aus Kyrene. Sie stand bei den anderen Konkubinen im Ruf, besonders schamlos und verdorben zu sein, was sie in den Augen des alten Mannes noch attraktiver erscheinen liess und bei Sara nicht der Fall war. Die lehnte solche Spielchen ab und fand sie eher widerlich, wenn sie nicht mit ihrem eigenen Ehemann geschahen. Eine Sexsklavin, würden heute zu Recht diejenigen sagen, die alle Arten von Zwangsprostitution und Sexhandel abgeschafft sehen wollen.

Ausser den hundert Silbertalenten erhielt Abraham jedes Mal, wenn er vor dem Oberhofmeister erschien, um sich über sein schlimmes Schicksal zu beklagen, ein schönes Stück Geld. Denn die Bürokratie, die nicht wusste, was im Harem geschah, ging davon aus, dass Sara die neue Lieblingskonkubine des Pharaos war, hatte man sie doch so dringend und zu einem so hohen Preis in den Palast holen müssen. So konnte er einige Sklaven kaufen, man gab ihm ein paar Esel, Ziegen und Kamele, und er erhielt die Erlaubnis, aus den königlichen Speichern gewisse Mengen Korn zu nehmen. Die verkaufte er weiter, sodass es ihm alles in allem nicht schlecht ging. Und da es ihm nicht an Appetit mangelte, nahm er sogar ein wenig zu.

Einige Zeit später kam es zu einem seltsamen und beklagenswerten Ereignis. Man fand das verdorbene Mädchen aus Kyrene tot auf ihrem Lager, das Gesicht schwarz wie vom Feuer verbrannt und ohne Zähne, als habe das Mädchen sie verschluckt. Sehr spät in derselben Nacht wurde Sara ohne Vorwarnung von einem bewaffneten Wachtrupp abgeholt, was sie so sehr um ihr Leben fürchten liess, dass ihr der heisse Urin die Beine herunterlief.

Man führte sie über die von Fackeln erleuchteten Gänge in einen Raum, der üppiger war als der ihr bekannte und in dem ein Bett stand, das aussah wie ein Schiff mit einem Bug, so lang und gebogen wie ein Ibisschnabel, darüber ein fleischfarbener Baldachin, dessen Gazevorhänge sich blähten wie Segel. Dort erwartete sie der Pharao im Gegensatz zu seiner üblichen Nacktheit in einem Gewand aus roher Wolle, ein Zeichen seiner Trauer, er schritt unruhig auf und ab.

»Ich bin eben aus einem schrecklichen Traum erwacht«, sagte er und trat auf sie zu. »Ich wandelte im Palastgarten, da enthüllte mir jemand, den ich nicht erkennen konnte, weil er aus einem dichten Nebel sprach, der vom Fluss heraufzog, dass der unglückliche Tod des Mädchens aus Kyrene nur eine Vorankündigung ist, dass noch schlimmere Katastrophen kommen werden. Die Kornspeicher des Reichs sollen von Würmern befallen werden, das Wasser des Nils wird, vergiftet von toten Fischen, zu stinken beginnen, der Weizen wird auf dem Halm verfaulen und die Raben werden sich wie wild auf die Kälber und Schafe herabstürzen, um ihnen die Augen auszuhacken. Und dann sagte die Stimme, all diese Übel hätte ich selbst hervorgerufen, weil ich dich zur Frau nahm, obwohl du mit dem verheiratet bist, der sich als dein Bruder ausgab.«

Sara, die am ganzen Körper zitterte, fiel vor dem Pharao auf die Knie, ergriff den Saum seines Gewands und brach in Tränen aus, sah sie doch, dass es von hier bis zur Richtstätte, wo sie aufgespiesst werden würde, nicht mehr weit war. Denn während man den Männern den Kopf abschlug, spiesste der Henker die Frauen auf einen gespitzten Pfahl.

»Von mir hast du nichts zu befürchten«, versuchte der Pharao sie zu beruhigen und setzte sich, um auch selbst ruhiger zu werden, auf den Rand der Bettstatt. »Der im Traum zu mir sprach, hat gesagt, ich dürfe dir nicht ein einziges Haar krümmen, sondern soll vielmehr deinen Mann mit Reichtümern überhäufen und euch dann in Frieden ziehen lassen. Das alles will ich genauso tun, um eurer unheilvollen Gegenwart zu entgehen. Stimmt es, dass er nicht dein Bruder, sondern dein Ehemann ist?«

»Oh Herr«, antwortete Sara endlich und wagte nicht, den Blick zu heben, »nein, Geschwister sind wir nicht, und ja, wir sind Mann und Frau.«

»Warum habt ihr mir das nicht gesagt?«, fragte der Pharao zornig.

»Weil wir fürchteten, dass Ihr Abraham hättet umbringen lassen, wenn Ihr die Wahrheit erfuhrt, um mich leichter in Euren Besitz zu bringen.«

»Welch ein Unsinn! Geh und hole ihn, eine Wache wird dich zu deinem Schutz begleiten. Bring ihn zu mir und ich werde ihm alles geben, was er von mir haben will. Doch bevor es Nacht wird, sollt ihr für alle Zeiten mein Reich verlassen.«

Er wollte schon den Befehl zum Aufbruch erteilen, hielt sie aber noch einmal zurück. »Warte, sagte er, ich habe eine letzte Frage.«

» Alles, was mein Gebieter wissen möchte«, antwortete Sara, immer noch auf Knien.

»Was haben du und dein Mann mit dem zu tun, der mir im Traum erschienen ist?«

»Das ist jemand, der uns überallhin folgt, wohin wir auch gehen, er beschützt uns vor allem Übel und vor allen Feinden«, gab Sara zurück.

»Aber wer ist das, der die Macht hat, die Konkubine zu töten, die wie mein Augapfel für mich war, in meinen Kopf einzudringen, während ich schlafe, und mich obendrein mit tausend Plagen bedroht?«

»Der Zauberer«, antwortete Sara.

»Und warum hat der Zauberer mich nicht gewarnt, bevor ich dich zu mir holte? Dann hätten wir uns eine Menge Unheil erspart!«

»Das weiss ich nicht, Herr, wir können seine Gedanken nicht lesen.«

»Ich hätte euch in aller Freundschaft fortgeschickt, und deinen Mann trotz alledem mit Reichtümern überhäuft«, klagte er.

»Er hat uns unter vielen als einzige ausgewählt, es ist sein Wille, uns zu behüten, das ist alles, was ich weiss, Herr.«

»Also gut, nun geh schon, und dein Mann soll sich beeilen«, schickte er sie ungeduldig fort.

So wie sie jetzt auf dem Weg nach Sodom darüber nachdenkt, hatte Sara später genügend Zeit, um über die Unterredung mit dem alten Pharao nachzudenken, mit seiner schweissnassen Glatze und vor Aufregung zitternden Händen. Drei Dinge waren es, die ihr seither an ihrem eigenen Verhalten auffielen. Als erstes hatte sie aufgehört, den Knaben ›Kind‹ zu nennen. Sie nannte ihn jetzt Zauberer, so wie sie ihn von nun an und bis zu ihrem Tod immer nennen würde. Zweitens hatte sie sich mit Abrahams niederträchtigem Verhalten gemein gemacht: Als die Angst vorbei war, aufgespiesst zu werden, hatte sie vor dem Pharao die schändliche Tat ihres Mannes vertuscht, als sei sie Komplizin des Betrugs, durch den sie gegen ihren Willen ins königliche Bett gebracht wurde. Jetzt, so viele Jahre später, schämte sie sich immer noch wegen der Leichtigkeit, mit der sie da, vor ihm kniend, behauptete: Wir haben dies getan, wir haben das gemacht, wir haben dich betrogen, oh Herr, wo doch das allererste Opfer dieser schamlosen Lüge sie selbst gewesen war. Und drittens hatte sie keine Gewissensbisse gehabt, sich vor dem Pharao, so unsicher und verängstigt, wie er war, zu brüsten: Der Zauberer beschützt uns, der Zauberer behütet uns, er hat uns als einzige auserwählt, seine Gunst zu empfangen. Seit wann war sie denn auch einbezogen? Seit wann war sie Freundin und Schützling des Zauberers?

Abrahams Auftritt im Thronsaal war kurz. Der Pharao fing keinen Streit mit ihm an, machte ihm keinerlei Vorwürfe, zum Beispiel: »Oh, du Unglückseliger! Weshalb hast du gesagt, sie ist deine Schwester, und mich dazu verleitet, sie zur Konkubine zu nehmen? Du siehst ja, mit welchem Unglück ich wegen dir und ihr bedroht bin!« Oder schlimmer noch: »Ist das etwa dein Geschäft, von Land zu Land zu ziehen und den Herrschenden deine Frau als Konkubine anzudienen, indem du sie als deine Schwester ausgibst, und so deinen Reichtum zu mehren?«

Der Pharao wollte keine Zeit verlieren, das war zu erkennen. Je schneller sie die Stadt verliessen, umso besser. Es wurde schon hell und noch kamen nicht die Raben in schwarzen Schwärmen vom Himmel herabgestürzt, um dem Vieh die Augen auszuhacken, ein Zeichen, dass jener Zauberer, der aus dem Nebel heraus zu ihm sprach, ihm Gelegenheit geben wollte, die Sache in Ordnung zu bringen. So sagte er einfach zu Abraham: »Hier hast du deine Frau, nimm sie und geh!« Und durch seinen Schreiber liess er ihm ein Pergament vorlegen, auf das Abraham seinen Daumenabdruck setzen musste und mit dem er sich verpflichtete, nie mehr die Grenzen des Reiches zu überschreiten, worauf der Pharao ihn zum Oberhofmeister schickte, damit er sich aus der Schatzkammer, den Speichern, den Ställen und den Sklavenhütten nahm, was er wollte.

Dann zogen sie los, begleitet von der königlichen Garde, bis sie die ersten Dünen der Wüste erreichten, eine lange Karawane, in der die Kamele hervorstachen, die Abraham einzeln nach Alter, Aussehen, Zähigkeit und Gang ausgesucht hatte, beladen mit Stoffballen, Seide und Brokat, Teppichen und Truhen aus Ebenholz voller Gold- und Silberbarren mit dem Siegel des Pharao und andere voller Juwelen und feinstem Schmuck; Maultiergespanne, die unter dem Gewicht der Schläuche voller Öl, Wein und Wasser ächzten, der Säcke voller Hirse, Weizen, Linsen und Gerste; Stuten mit breiter Kruppe und munterem Trab, die eine Hälfte trächtig und die andere gefolgt von ihren Fohlen; Herden von Kühen mit mächtigen Hörnern und prallen Eutern, hinter denen blökend die Kälber herliefen; und tausend Schafe und noch einmal tausend Ziegen. Und damit will ich aufhören zu zählen.

Abraham hatte auch persönlich die Sklaven geprüft, die ihm übereignet wurden, Hirten, Stallknechte, Arbeiter, Treiber und Lastenträger, hatte sich von der einwandfreien Verfassung ihrer Gebisse und dem tadellosen Zustand ihrer Hoden überzeugt, denn er wollte keine Eunuchen unter seinem Gesinde haben. Es waren auch andere dabei, zart und elegant, die hatte Sara zusätzlich zu ihren Sklavinnen ausgesucht, und er musste sie akzeptieren, obwohl ihm ihr weibisches Benehmen nicht behagte. Sie taten sich mit dem Gesang von Klageliedern zum Klang der Psalter und Zimbeln hervor, trugen Heldengedichte in sumerischen Daktylen vor und erzählten, je nach Thema manchmal ernst und manchmal lustig, Geschichten ähnlich der, die der Leser hier in Händen hält. Als offizielle königliche Übersetzer, die sie waren, sprachen sie mehrere Sprachen, und niemand war besser als sie in der Kunst, bei Tisch artig aufzuwarten und den Wein einzuschenken. Und wenn es darum ging, Gerüchte in die Welt zu setzen, Intrigen zu schmieden und schlüpfrige Geheimnisse weiterzugeben, waren sie den Sklavinnen um Längen voraus.

Natürlich nahm Hagar, die immer an der Seite ihrer Herrin war, in diesem Zug eine besondere Stellung ein. Unter den Geschichten, die ich bisher zitiert habe – stütze ich mich doch auf eine Vielzahl von Quellen unterschiedlicher Herkunft und unterschiedlichen Alters –, gibt es, was sie angeht, eine, die sie als Tochter des Pharao darstellen will, der, als er sie Sara zum Geschenk machte, gesagt haben soll: »Ich gebe dir meine Lieblingstochter, es ist besser, dass sie als Sklavin im Hausstand einer tugendhaften Frau lebt, denn als Herrin in irgendeinem anderen Haus.«

Diese Version hat den schwerwiegenden Makel, das Produkt reiner Phantasie, wenn nicht völlig naiv zu sein. Selbst wenn der Pharao den Träumen glaubte, die ihm nicht selten seine Politik diktierten, wird die Furcht vor den Drohungen des Zauberers doch nicht so gross gewesen sein, dass er soweit gegangen wäre, seine Tochter als Sklavin einem Paar Vagabunden zu geben, die von Land zu Land ziehen und, mit einem Dritten als Komplizen, immer denselben Trick anwenden, sich als Geschwister auszugeben. Und ob wir Sara tugendhaft, ehrlich oder gerecht nennen sollen, so kommt es hier auf die Übersetzungen an. Den Indizien nach zu urteilen besass sie in den Augen des Herrschers keine dieser Eigenschaften, war sie doch nur ein einfaches Mitglied seines Harems und ausserdem Komplizin bei dem von ihm erlittenen Betrug.

Was Phantastereien angeht, noch ein Beispiel. Im selben Text, ganz offensichtlich kein offizieller, wird behauptet, dass Abraham seine Frau, als sie sich den Mauern von Memphis näherten, in einer Truhe versteckte, weil er wusste, wie gefährlich Saras Schönheit für ihn werden konnte. So wollte er sie an den Wächtern am Anubis-Tor vorbeischmuggeln. Doch wurde die Truhe von den Zöllnern am Tor durchsucht, die Zoll auf den Inhalt erheben wollten. Als sie die Truhe öffneten, wurden sie von Saras Schönheit geblendet, und dann entbrannte unter ihnen ein Streit darüber, wer sie kaufen durfte. Dieser Streit kam dem Pharao zu Ohren, er liess sie alle vor sich rufen, erfuhr als oberster Richter, worum es ging, entschied den Streit für sich und zahlte den Preis.

Die Ungereimtheiten liegen auf der Hand. Ich werde mich nicht hinters Licht führen lassen und glauben, dass ein paar armselige Zollbeamte in der Lage wären, viel Geld für eine Frau zu bezahlen, auch wenn sie die schönste wäre, die ihre Augen je gesehen hätten. Wir brauchen ja bloss an ihren Hungerlohn zu denken, daran ändern auch die Bestechungsgelder nichts, die sie dafür kassieren, dass sie Schmuggelware durchlassen.

Ausserdem, und damit hätte ich eigentlich beginnen müssen, würde sich ein reisendes Paar, das von soweit herkommt, vom Hunger verfolgt die Wüste durchquert hat und gezwungen gewesen ist, das letzte magere Zicklein zu opfern, das ihm geblieben ist, nicht den Luxus leisten, im Gepäck eine so grosse Truhe mitzuführen, dass darin eine Frau Platz hätte; und vom blendenden Licht, das von Saras Schönheit ausging, reden wir besser gar nicht, denn was hier wirklich schon von Weitem leuchtet, ist die Lüge.

Ich will noch eine andere Version zitieren, die ebenfalls völlig unglaubwürdig erscheint: Abraham verbreitet die Geschichte, die wir schon kennen, nämlich dass Sara seine Schwester ist; die Nachricht kommt dem Pharao zu Ohren, der sie für sich fordert, Abraham erhält den Preis oder, besser gesagt, den Vorschuss. Bis hierhin bin ich einverstanden. Doch von da an wird die Geschichte hemmungslos weitergesponnen. Da wird behauptet, der Pharao habe als Zeichen seiner Liebe Sara all seinen Besitz überschrieben, das heisst, nichts weniger als den ganzen Erdkreis, denn seiner Macht und Eigenschaft nach war er nicht nur absoluter Herrscher Ägyptens, sondern der Welt bis dorthin, wo seine Sinne es erkennen konnten.

Dass Sara als Herrscherin eines grenzenlosen Reiches dorthin zurückkehrte, von wo sie gekommen war, lässt so herzlich lachen, wie sie es zu tun pflegte. Und dann wird dort noch etwas Peinliches erzählt: Jedes Mal, wenn der Pharao sie in sein Gemach rief, stand dort schon unsichtbar der Zauberer und schlug ihm mit einem Stock aufs Hinterteil, sodass er zurückwich und sie nie berühren konnte. Nach ein paar weiteren Schlägen fiel er zu Boden, worauf er sich endlich geschlagen gab. Verwirrt und erschrocken nahm er sie ins Gebet, bis sie ihm die Wahrheit sagte: Sie war eine tugendhafte, verheiratete Frau, Abraham war ihr Mann und der, der ihn da so heftig und entschlossen schlug ihr Beschützer, der ihm nie und nimmer gestatten würde, in sie einzudringen.

Wer das behauptet, will um jeden Preis Saras Ehre retten. Abraham bekommt seinen Lohn, und sie behält ihre Tugend. Das mag glauben, wer will.

# Zehn

**Wenn** wir uns hier schon mit Klärungen beschäftigen und Sara auf ihrem Weg nach Sodom dabei ist, in ihrer Erinnerung Bilanz zu ziehen, sollten wir nicht zulassen, dass sie aus ihrem Kopf das Bild verdrängt, wie sie in die Wüste zieht, an der Spitze der grossen Karawane, die so lang ist, dass einer der Sklaven von ihrem Ende nach vorn reiten muss, um Abraham zu melden, dass sie warten sollen, weil eine Handvoll Schafe nach einem Sandsturm verloren gegangen ist oder ein Kamel sich das Bein verletzt hat. Sie reitet auf einem hoch gewachsenen Maultier mit kräftigen Hufen, hält die Zügel anmutig und mit einem Anflug von unnötiger Eitelkeit, denn die Eitelkeit ist dazu da, bewundert zu werden, und wie sie da in dieser Ödnis vornweg reitet, wer sollte sie da überhaupt zu Gesicht bekommen?

Von ihrem geflochtenen Stirnband baumeln Gold- und Silbermünzen, der prächtige Mantel, der sie umhüllt, ist perlenbestickt, darunter die feinen Kleider aus Seidentaft, Bluse und Rock, die Abraham für sie als Teil der Beute gewählt hat – denn das war es ja, die Beute einer Erpressung –, und Ketten aus Beryll, mehrmals um den Hals geschlungen, breite Armbänder an den Armen und Handgelenken, geschmiedet wie Schlangen, die sich in den Schwanz beissen, Ohrringe aus Achat, an den Fussgelenken Ketten mit Glöckchen, die bei jedem Schritt des Maultiers erklingen: die Frau eines reichen Mannes. Arm ging sie nach Memphis und kommt mit allen Anzeichen des Wohlstands zurück. Und das ist es, wovon sie viele Jahre später nichts mehr wissen möchte: Du hast ebenfalls von jenem Handel Nutzen gehabt, Sara, so rebellisch dein Herz auch sein mag, und hast dich mit Freuden herausgeputzt, wie eine Hure, die sich gut hat bezahlen lassen.

Da erhebt sich in der Wüste einer jener Sandstürme, die alles verdecken und verdunkeln. Wo Menschen sind, sieht man nur noch Schatten. Und plötzlich hört sie von ihrem Maultier aus – ein Maultier für sie selbst, ein zweites für Hagar, die hinter ihr reitet – Stimmen wie von Seeleuten, die im dichten Nebel miteinander reden: »Ist das hier dein Schaf?«, fragt eine Stimme, und die von Abraham antwortet: »Ja, es war uns verloren gegangen.« Auf einmal hebt sich der Vorhang aus Sand, die Sonne strahlt von Neuem und alles ist wieder klar zu erkennen. Da sieht Sara im hellen Licht den Wanderer mit dem vernebelten Auge, der ihnen eines Nachmittags vor langer Zeit empfohlen hatte, nach Ägypten zu ziehen. Auf seinen Schultern trägt er ein Schaf, das er an den Beinen hält.

»Man sieht, dass es euch im Land des Pharao gut ergangen ist«, sagt er und lässt seinen Blick über die endlose Karawane schweifen.

»Und dir?«, fragt Abraham und bereut gleich darauf die Frage schon, sieht man doch von Weitem, dass es dem anderen grässlich ergangen ist.

Sein Gewand aus rohem Leinen wirkt fadenscheiniger als je zuvor, der graue Nebel vor seinem Auge ist dichter geworden, die Füsse sehen immer noch aus, als starrten sie vor Vogelmist, der Kopf liegt schwer auf dem ausgemergelten Körper, die Augen schauen erschrocken drein, als hätten sie in ihrem ganzen Leben nichts als Unglück gesehen, und sein Adamsapfel hüpft, wenn er nach Luft schnappt.

»Ich bin im Gefängnis gelandet, kaum dass ich das Anubis-Tor durchschritten hatte«, antwortet der Wanderer, während er Abraham das Schaf zu Füssen legt.

»Und warum das?«, fragt Abraham.

»Weil ich verdächtigt wurde, ein Dieb zu sein. Wenn man arm und ausserdem halb blind ist, und auch keine Frau hat, die man als seine Schwester anbieten kann, dann erscheint man der Obrigkeit immer verdächtig, ein Freund fremden Eigentums zu sein.«

Sara, die vom Sattel aus zuhörte, war verblüfft. Na, so etwas! Woher weiss der denn das alles?

Abraham verscheuchte nur die Fliege vor seinem Gesicht.

»Und wie bist du wieder rausgekommen?«, fragte er.

»Weil ich mir mein Brot auf Plätzen und Strassen mit Zaubertricks verdiene. Als der Kerkermeister davon erfuhr, bat er mich um eine Vorstellung. Da habe ich das gemacht, was ich am besten kann, nämlich Tauben aus meinem Mund speien, und weil ihm das so gut gefiel, hat er mich freigelassen, aber unter der Bedingung, dass ich Memphis verlasse.«

Und ohne darauf zu warten, dass man ihn darum bat, steckte er sich den Finger in den Rachen, um ein trockenes Würgen hervorzurufen, das in Wellen hochkam, bis aus seinem Mund ein aschgraues Täubchen schlüpfte. Das säuberte er vom Schleim und reichte es Abraham mit den Worten: »Gib es Sara, Täubchen gefallen ihr sicher auch, selbst wenn sie vielleicht Ringeltauben und Wiedehopfe immer noch vorzieht.«

Obwohl es sie ekelte, beugte sie sich herab, um aus Abrahams Hand das Täubchen entgegenzunehmen, weil sie Furcht verspürte. Woher kam plötzlich dieser Einäugige, der die geheimsten Dinge ihres Lebens kannte, als sei er ihr direkter Zeuge gewesen? Zu der Zeit – wir sind ja noch zu Beginn ihrer Geschichte – hatte sie noch nicht genügend Grund, zu denken: Der hier, der mich so missachtet, als sei ich ein Kamel oder dies Maultier, auf dem ich sitze, und sich nicht dazu herablässt, mit mir zu sprechen, obwohl er mich direkt vor Augen hat, ist vom gleichen Schlag wie die Hirten, Jünglinge, Beduinen und anderen Spiessgesellen. Die gab es in ihrem Leben ja noch gar nicht. Und aus demselben Grund konnte sie sich auch noch nicht sagen: »Also bist du mir im Namen des Zauberers auf der Hinreise gefolgt und folgst mir auch auf dem Rückweg, du hast uns mit der Geschichte von den offenen Speichern nach Ägypten gelockt und hast deshalb eine Menge mit dem zu tun, was mir beim Pharao geschehen ist. Wer hat ihm im Traum gedroht, damit er mich aus seinem Harem entliess, wenn nicht der Zauberer selbst? Und dann ist auch all dieser Reichtum sein Werk, oder dein Werk, wie auch, dass ich auf fremdem Lager gesündigt habe.« Das dachte sie alles erst viel später, so wie sie es jetzt auf dem Weg nach Sodom wieder denkt, konnte aber den einäugigen Wanderer nicht richtig unter den Boten des Zauberers einordnen, die sie so sehr ärgern.

Unterdessen sagte Abraham, weil er vielleicht etwas ahnte oder das Gefühl hatte, er schulde dem Wanderer etwas oder sich auf irgendeine Weise schuldig fühlte oder einfach nur höflich sein wollte:

»Ich lade dich ein, mit unserer Karawane zu reisen, du sollst auf einem Maultier reiten. Und wenn wir dort ankommen, wo wir rasten wollen, sollst du dich von der Reise erfrischen und unser Mahl mit uns teilen. Und bevor wir uns trennen, kannst du dir einen Gold- und einen Silberbarren nehmen, eine Garnitur neuer Kleidung und einen Sack Mehl, ausserdem ein Maultier samt Zaumzeug.«

Doch der Wanderer sah ihn nur verächtlich an, während er sich den Mund von Federn säuberte. Sein vernebeltes Auge, so grau wie aufgewühltes Wasser, konnte nichts sehen, doch das andere leuchtete vor Wut und Verachtung.

»Für so wenig wert hältst du mich, dass du mir nur Brosamen von deiner Beute anbietest? Ich will ohnehin nichts von erschlichenen Reichtümern, alles Gute damit.«

Und dann erhob sich wieder ein dichter Sandsturm und er verschwand zwischen den Sandwolken, die sich unaufhörlich erhoben.

Sie schlugen hier und dort ihr Lager auf, wussten noch nicht, wo sie sich niederlassen sollten, als Abraham eines Morgens beim Aufwachen sagte: »Ich habe geträumt.« Seine Stirn war gerunzelt.

»Das werden keine schönen Träume gewesen sein, du siehst nicht gerade gut gelaunt aus«, antwortete Sara lächelnd.

»Meine schlechte Laune kommt von dem, was mir enthüllt worden ist«, erwiderte er.

»Aha, wir reden also vom Zauberer. Was für Neuigkeiten sind es denn diesmal? Hat er dir endlich gesagt, wo wir bleiben sollen? Oder sollst du erst noch einen Altar bauen? Wenn es um Opfer geht, an Schafen und Kälbern fehlt es dir ja nicht mehr.«

»Weder das eine noch das andere«, schüttelte er den Kopf, immer noch verärgert dreinblickend.

»Nun, wenn du mir sagst, worum es geht, kann ich dir vielleicht helfen«, gab sie weiter freundlich zurück.

»Es gibt Dinge, bei denen bist du nicht aufrichtig zu mir gewesen, Sara. Du hast Geheimnisse vor mir, die nicht zum Lachen sind.«

»Sagt das der Zauberer? Und was sind das für Geheimnisse, wenn man fragen darf?«

»Dass du einen Spiegel besitzt, den dir der Pharao geschenkt hat.«

»Ja, und? Das ist schliesslich nicht das einzige Geschenk von ihm, mit dem wir unterwegs sind«, erwiderte sie. »Da brauchst du dich doch nur umzusehen.«

»Lass den Spott, Sara, in meinem Traum wurde mir befohlen, dass du diesen Spiegel wegwerfen sollst, denn sich darin nackt zu betrachten, so, wie du es tust, ist abscheulich und schändlich. Ausserdem, und das füge ich selbst noch hinzu, haben nur faule Frauen einen Spiegel.«

Jetzt war es also schon soweit, dass der Zauberer ihr nachspionierte. Es stimmte, sie kämmte sich nackt vor dem Spiegel, den Hagar zuvor anhauchte und blankrieb. Und manchmal, wenn sie allein war, führte sie ihn gemächlich ihren Körper entlang, hielt ihn vor ihre Brüste, ihre Achseln, ihren Bauch, ihr Geschlecht, fuhr damit die Beine hinunter zu den Knien und kehrte dann damit zum Gesicht zurück, führte ihn nahe an ihre Lippen, ihre Augen. Nichts war besser geeignet als ein Spiegel, um sich die Zeit mit dem eigenen Körper zu vertreiben, doch manchmal hatte sie das Gefühl, dass sie eigentlich versuchte, die Spuren des Alters auf ihrer Haut zu erhaschen, bevor sie fliehen und sich verstecken konnten.

Es war ein Spiegel aus glänzendem Kupfer mit einem Griff aus Birkenholz und ein paar Flecken darauf, er gehörte zu den Sachen aus dem Harem, die in einer Truhe aus Sandelholz lagen, in der sie auch ihre Schminken aufbewahrte, den Galenit für die Augenbrauen und das bläuliche Antimon für die Lider, eine Paste aus winzigen, karmesinroten Käfern, um sich die Lippen zu schminken und schillerndes Pulver aus Meeresalgen, um sich die Wangen zu pudern.

Deshalb war jener Spiegel, genau wie die Schminksachen und

der kupferne Nachttopf, auf den sie sich setzte, um nachts nicht das Zelt verlassen zu müssen, nicht eigentlich ein Geschenk des Pharaos, und so sagte sie es Abraham auch.

»So oder so«, erwiderte der, zornig geworden, »du sollst keinen Spiegel mehr haben, und einen Nachttopf auch nicht.«

»Und warum keinen Nachttopf?«

»Weil ich es sage«, gab er barsch zurück.

»Soll ich mich etwa der Gefahr aussetzen, dass mich ein Skorpion ins Hinterteil beisst oder mich die Dienstboten sehen?«, empörte sie sich. Doch da war nichts zu machen, Spiegel und Nachttopf landeten in der Glut des verlöschenden Lagerfeuers, als sie ihre Zelte abbrachen.

Die Geschichte von dem Spiegel und dem Nachttopf und somit allem, was Saras Zeit im Harem des Pharaos betraf, war nur Edith bekannt, denn Sara selbst hatte ihr davon unter dem Siegel der Verschwiegenheit erzählt, und deshalb wusste es nicht einmal Lot. »Sag deinem Mann bloss nichts von alledem, ich will Abraham in seinen Augen nicht so schlecht dastehen lassen. Er soll lieber denken, sein Onkel sei in Ägypten durch ehrliche Arbeit zu Reichtum gekommen und nicht, weil er seine Frau verkauft hat.«

So war Edith Mitwisserin in allen Einzelheiten, ausser, was die Rolle betraf, die der Zauberer in der Geschichte gespielt hatte, indem er dem Pharao im Traum erschien. Man erinnere sich, dass das mit dem Zauberer nur eine Sache zwischen Abraham und ihr, Sara, war, und nie hatte sie irgendjemand davon erzählt, wie der Zauberer sie von Zeit zu Zeit heimsuchte und ihnen falsche Versprechungen machte.

Aber war der Zauberer wirklich in den Kopf des Pharaos eingedrungen? Im Laufe der Zeit gelangte Sara zu dem Schluss, dass jener Traum nichts weiter als ein Zufall gewesen war, einer von vielen eines abergläubischen alten Mannes, dessen Botschaft ihr in die Hände spielte und Abraham auch. Und jener einäugige Wanderer, der Täubchen spie, tauchte in ihrer Erinnerung nur noch in dem Moment auf, als er zwischen den Sandwolken verschwand, so wie auch seine Anschuldigungen über die Herkunft des Reichtums verblassten, den sie in Memphis erworben hatten.

Bis sie ihn schliesslich auf dem Baal-Platz wiedertraf, aber das soll später erzählt werden.

Abraham zog es vor, die boshaften Anspielungen des unverschämten Einäugigen bezüglich ihres Verhaltens zu vergessen, obwohl der erkennen liess, dass er genau Bescheid wusste, und er weigerte sich zu akzeptieren, dass er einer jener Boten dessen war, den er nur in seiner Gestalt als Knabe kannte. Dieser Schwindler soll ein Bote des Knaben sein? Wenn das so wäre, dann hätte ich längst irgendeinen Hinweis von ihm bekommen, oder er hätte es mir direkt oder in irgendeinem Traum enthüllt: »Ich will dir einen einsamen Wanderer schicken, den du an seinem blinden Auge erkennen sollst, der wird dich sicher nach Ägypten geleiten und dich genauso auch wieder zurückbringen. Er ist etwas komisch und manchmal auch ein bisschen frech, aber eigentlich ganz umgänglich, obwohl du das mit dem Täubchen aus dem Mund zaubern nicht ernst nehmen solltest, wie auch Sara sich nicht von seinen Tricks und Spielchen beeindrucken lassen sollte. Das ist ein Zeitvertreib, den er sich selbst einfallen lässt, weil er sich mit niemandem anfreunden darf.«

Und wenn der Einäugige nichts mit den Plänen des Zauberers zu tun hatte, dann konnte man dem auch keinerlei Einmischung in die wirren Träume des Pharao zuschreiben, zieh mich nicht da hinein, Abraham, wer weiss denn, wie viel Alraunwurzel und Stechapfelblätter dieser verrückte Mensch kaut, um den Kopf voller Heuschreckenplagen, vergifteten Flüssen, wütenden Raben und anderem Unsinn zu haben.

Schliesslich schlug Abraham, reich, wie er zurückkehrte, seine Zelte in Saba auf, so reich, dass ihm ein Bauchansatz zu wachsen begann und auch so etwas wie ein Doppelkinn, hatte er doch jetzt für alles seine Sklaven: das Melken der Kühe und Ziegen, das Ausmisten der Pferche, das Häuten der Rinder und Salzen der Felle, das Pflügen der Felder und Bewässern der Saaten, das Schützen des reifen Korns vor den Raben, das Einbringen der Ernte, das Dreschen der Garben, das Füllen der Speicher. Alles, was er noch zu tun hatte, war, von seinem hübsch aufgezäumten Maultier aus die Arbeit zu überwachen.

Und weil er reich war, wurde er hochmütig. Er liess Brunnen zur Bewässerung seiner Felder graben, die sehr fruchtbar wurden. Doch weil die Arbeiter der benachbarten Felder von seinem Wasser nahmen und er diese Schmarotzer, die auf seine Kosten lebten, nicht mit Drohungen vertreiben konnte, liess er die Brunnen wieder mit Teer verschliessen, brach seine Zelte ab und zog weit weg, wo sein Wohlstand stetig weiterwuchs. Bis er wieder alles verlor und sie zu ihrem bescheidenen Leben von früher zurückkehren mussten. Doch das ist eine andere Geschichte.

Wenn es den Zauberer wirklich gab, dann war er unberechenbar, vergesslich und launisch, wie nur irgendjemand sein konnte. Sara zweifelte und fürchtete sich gleichzeitig, und ausser ihrer Furcht hegte sie Hoffnungen, das habe ich schon betont. Furcht vor seiner Macht, für alle Fälle, und vage Hoffnungen bezüglich seiner Versprechungen muss man sagen. Wenn sie misstraute, nicht nur seiner Macht, sondern manchmal auch seiner Existenz selbst, dann war er selbst daran schuld, weil er sich ihr nicht ein für alle Mal zeigte und die Dinge zwischen ihnen klarstellte.

Auch jetzt war sie nach Sodom unterwegs, weil die Zweifel sie nicht verlassen hatten, doch vor allem, weil sie sich fürchtete. Der seltsame Tod des Mädchens aus Kyrene mochte vielleicht nicht das Werk des Zauberers gewesen sein. Doch konnte er auch dafür verantwortlich gewesen sein, die Leiche sah so schwarz aus wie ein Stück Kohle, weil sie von einem unsichtbaren Blitz getroffen worden war, als warnende Ankündigung noch schlimmerer Übel. Und der Pharao hatte gut daran getan, zu gehorchen, so wie jetzt auch sie gut daran tat, so schnell wie möglich zur bedrohten Stadt zu gelangen.

Und der einäugige Wanderer, der Täubchen spie und in dem plötzlichen Sandsturm verschwunden war, welche Rolle spielte der? Was ihn angeht, sind die Gedanken von Sara und Abraham nicht gleich. Weshalb wusste der Einäugige so viel von ihr, sogar von den Ringeltauben und Wiedehopfen?

Jetzt kommen wir zu der Episode, wie sie ihn wiedertraf, als sie einmal bei ihren Einkäufen den Baal-Platz überquerte. Er war von Publikum umgeben, das ihm bei seiner Vorstellung zusah, und als sich die Menge zerstreute, trat sie auf ihn zu: »Erinnerst du dich nicht an mich?«

Nein, er erinnerte sich nicht. Hatte er sie wirklich vergessen oder tat er nur so?

»Auf dem Heimweg von Ägypten«, sagte sie.

»Ach ja, du bist die Frau jenes guten Mannes mit der Karawane.«

»Man hatte dich gerade aus dem Gefängnis entlassen«, sagte sie.

»Mich?«, fragte er verwundert. »Ich bin in meinem ganzen Leben noch nie verhaftet worden, meine Lebensweise ist tadellos«, antwortete er dann lachend.

Ein ordentlicher Lügner, dachte Sara, sehr wohl erinnert er sich.

»Wirklich ein guter Mann, dein Gemahl«, sagte er, »wenn er dir befiehlt, folgsam zu sein, musst du ihm gehorchen, dann wird man eines Tages sagen: Gehorsam wie Sara«, und wieder lachte er.

»Woher weisst du meinen Namen?«, wunderte sie sich.

»Du siehst aus, als ob du Sara hiessest«, gab er zurück, und zwischen seinen Händen kam, diesmal ohne ausgespuckt zu werden, ein Täubchen hervor, rostrot und mit einem Band goldener Federn um den Hals.

»Ich hole es mir nicht aus dem Mund, damit du dich diesmal nicht ekelst«, sagte er. »Da, nimm es, und hier hast du auch noch einen Käfig, tue es dort hinein.«

Nicht nur ein Lügner, sondern ein Spötter dazu. Doch verdiente er sich auf dem Platz sein Geld als ganz normaler Zauberkünstler, der für jedes ausgespiene und zum Verkauf angebotene Täubchen einen Obolus verlangte. Und auch wenn ihn das nicht weniger verdächtig machte, so war doch klar, dass er nicht von der Sorte der anderen war, die sie mit ihren unerwarteten Besuchen im Zelt überraschten.

Zwischen denen und ihm war ein grosser Unterschied. Sie hatte einen von den anderen verschwinden sehen, während er sich die Sandale schnürte, nicht in einem Sandsturm, das kann schon mal vorkommen, sondern unter absolut klarem Himmel. Und mehr noch, als sie sich in Bewegung setzten, begleitete sie über ihren Köpfen jene Feuerwand, die über den Himmel rollte. Sara konnte sie zwar nur für einen kurzen Moment sehen, doch das war mehr als genug, und sie hatte den Schwefelgestank gespürt, den die Erde ausstiess. Das waren Zeichen ihrer Macht, Winke, die sie nicht einfach so übergehen konnte. Und sie trieb ihr Maultier noch mehr an. Sie wollte Lot retten, doch vor allem wollte sie Edith retten.

Wenn man Sara erlaubt hätte, eine einzige Person in den Mauern von Sodom zu benennen, die gerecht war und so viele tausend andere retten konnte, dann wäre das ohne Zweifel Edith gewesen. Und mehr noch. Falls die Jünglinge beschlossen hätten, nur ein einziges menschliches Wesen in Sodom und Gomorrha überleben zu lassen und alle anderen zu töten, würde sie auch wieder Edith wählen, eher noch als Lot selbst, trotz der Ringeltauben- und Wiedehopfkäfige von früher. Sie schämte sich für diesen Gedanken. Welches Recht hatte sie denn, einer Vernichtung zuzustimmen, um das Leben einer Person zu retten? Und war Edith wirklich diese gerechte Person?

Edith hatte einen Liebhaber, das sagte ich schon. Nur Sara wusste davon. Eber. Das war eine der Geschichten, die sie sich gegenseitig anvertrauten. Ein Maler, der sich sein Brot damit verdiente, die Wände der Freudenhäuser zu bemalen. Edith hatte Sara einmal einen seiner Entwürfe gezeigt, sie schauten ihn sich mit unterdrücktem Lachen gemeinsam in der Küche an, während Abraham und Lot draussen auf der Terrasse miteinander sprachen. Fünf, sechs nackte Personen beiderlei Geschlechts wild durcheinander in einem Bett, Frauen mit dem Kopf nach oben, Männer mit dem Kopf nach unten, alle mit entrückten Gesichtern, als hätten sie sich in einem Wald aus Armen, Beinen, Brüsten, Rücken, Hintern, Ellenbogen und Knien verirrt.

War Edith deswegen verabscheuungswürdig, weil sie einen Liebhaber hatte, der sein Brot mit dem Malen freizügiger Wandbilder verdiente, dort, wo sich Frauen für Geld anboten? Verdiente sie den Tod, weil sie untreu war? Dann verdiente auch

Abraham den Tod, weil er Hagar als Geliebte genommen hatte, derselbe, den die Jünglinge erst dazu bestimmt hatten, Zeuge der reinigenden Zerstörung zu sein, und ihn dann ermuntert hatten, den Gerechten auszuwählen, der alle anderen retten sollte. Ausserdem hatte er selbst sie auch verkauft. Und jetzt riskierten diejenigen, die dasselbe mit ihren Frauen machten, gemeinsam mit den Bordellbesitzern, Zuhältern, Gaunern und Hurenböcken und den armen Teufeln, die Phalli wie Vulkane malten, allesamt vernichtet zu werden.

Dann dachte sie wieder voller Wut an Abraham. Wenn der Zauberer mit der Verschwörung zu tun hatte, sie zu verkaufen – und wer wollte diese Möglichkeit ausschliessen –, dann hatte ihr Ehemann dafür seinen Lohn bekommen, und der alte Pharao war bestraft worden, indem er seine Lieblingskonkubine verlor und seine Schatzkammer geplündert wurde. Und dazu hielt der Zauberer beharrlich daran fest, dass Abraham ein Gerechter war, wie ein blinder Vater, der blind ist gegenüber den Fehlern eines Sohnes, dem er alles nachsieht, was es auch sei. Sie hingegen war in seinen Augen nichts wert, so wenig, dass er zornig wurde, wenn sie lachte; nicht einmal ihr Lachen war ihm recht.

Was war also die Vorstellung von Schlechtigkeit und Verderben, die der Zauberer und seine treuen Helfer hatten? Um die Strafe zu rechtfertigen, hatte der Jüngling eine lange Liste von fleischlichen Ausschweifungen genannt: Promiskuität, Inzest, Beischlaf zwischen Frauen, also Lesben, ein Wort, das damals noch nicht in Gebrauch ist, Verkehr unter Männern, was man später Sodomie nannte, in Erinnerung an die Stadt, zu der Sara jetzt unterwegs ist. Das ist, Didymus dem Blinden nach, die schändlichste aller Sünden, der Gipfel aller Verderbtheit, *Peccata contra naturam sunt gravissima,* ohne deren Begehung alle anderen vergeben werden konnten, wie zahlreich sie auch waren. Doch Edith wechselte ihre Liebhaber nicht und trieb auch keinen Inzest, sie hatte einen einzigen Geliebten und sonst nichts weiter. Und war es denn Zügellosigkeit, dass sie sich das Achsel- und das Schamhaar rasierte, um Eber zu gefallen? Sara belustigte das eher als etwas extravagantes, unschuldiges. Was für ein sonderbarer

Einfall, Edith, was sagt denn Lot dazu, wenn er sich dir nähert und das Nest so kahl und blitzblank vorfindet? Eines Tages will der Maler noch, dass du dir auch den Kopf rasierst, und dann bist du wirklich so geschoren wie ein Schaf nach der Frühjahrsschur.

## Elf

**Wenn** Edith das Geheimnis hütete, einen Bordellmaler als Geliebten zu haben, so war Abrahams Untreue für niemanden ein Geheimnis, weil alle Welt seit der ersten Nacht, als er sich zu Hagar legte, davon wusste, sogar die Stallknechte, und Sara spürte, wie ihre Ohren glühten, wenn sie den Sklavinnen des Gesindes nahe kam und die plötzlich schwiegen, weil sie sich gerade über sie das Maul zerrissen, ohne zu wissen und sich niemals vorgestellt hätten, dass sie selbst es war, die ihre Sklavin ihrem Ehemann in die Arme gelegt hatte.

Trotz der gelegentlichen Versprechen des Zauberers, dass er Abraham eine zahlreiche Nachkommenschaft schenken würde, war ihr Leib bis jetzt so verschlossen gewesen wie ein leeres Grab. Sie schämte sich ihrer Unfruchtbarkeit, doch quälte sie auch ein Gefühl der Schuld. Nicht fähig zu sein, dem Ehemann in so vielen Jahren Kinder zu schenken, war ein Fluch, den sie sich selbst auf die Schultern laden musste, Zauberer hin oder her.

Und als sie ihn einmal dabei ertappte, wie er Hagar mit lüsternem Blick verfolgte, war Hagar doch genauso schön wie sie selbst, wenn auch ein anderer Typ – dunkel, hoch aufgeschossen, mit schräg stehenden Mandelaugen, langem Haar bis zur Taille, fröhlichem Lachen und leichtfüssigem, schwebendem Gang, als laufe sie über gekämmte Wolle –, da kam ihr in den Sinn, weshalb nicht, Sara, wenn jemand deinem Mann einen Sohn schenken kann, dann sie, die Sklavin deines Vertrauens, wer könnte für eine solche Aufgabe besser geeignet sein?

Während sie ihre Entscheidung reifen liess, sich mal mehr, mal weniger damit anfreundete, wie es bei solch aussergewöhnlichen Überlegungen ganz normal ist, fragte sie sich, ob sie wohl Eifersucht empfinden würde, wenn sie wüsste, dass die beiden nachts zusammenlägen, war es doch gut möglich, dass in der Stille, in der höchstens einmal eine Krähe krächzte oder im Steineichenwäldchen eine Eule schrie, die Seufzer und anderen typischen Geräusche ihre Ohren verletzten. Sie wusste es nicht, doch war es besser, das für später zu lassen. Weshalb den Ereignissen vorgreifen? Für den Moment musste sie sich darauf konzentrieren, den Entschluss zu fassen, Gerechtigkeit walten zu lassen: Wenn sie unfruchtbar war, dann konnte sie nicht Abraham dafür bestrafen, viel weniger noch, da sie nicht wusste, womit sie bei einem so unzuverlässigen Verbündeten rechnen musste. Denn wenn es von den Versprechungen des Zauberers abhing, konnte sie gut und gerne bis in alle Ewigkeit warten.

Eines Nachmittags, als sie am Brunnen sass und ein paar Decken flickte, jetzt, wo sie nach dem Verlust ihres Vermögens wieder bescheiden leben mussten, hörte sie die Stimme von Abraham, der im Steineichenwäldchen mit dem Zauberer sprach. Die Stimme drang wie ein Murmeln zu ihr, doch ihr feines Gehör, das an diese Unterhaltungen gewöhnt war, konnte die Wörter klar unterscheiden:

»Siehst du nicht, dass ich keinen Sohn habe? So erkenne doch, dass du mir keine Nachkommen gegeben hast. Und deshalb wird ein Sklave mein Erbe sein, der in meinem Haus geboren wurde, dieser Damaszener Eliezer, mein Verwalter. Denn wenn ich sterbe, bekommt er dem Gesetz nach alles, was mein ist. Und wer weiss, wenn er sich plötzlich so reich sieht, wird er vielleicht hochmütig und will mich nicht einmal richtig bestatten, und Sara auch nicht, das kann durchaus passieren. Es ist ja typisch für Dienstboten, dass sie undankbar sind.«

Sicher hatte ihm der Zauberer so geantwortet, wie er ihm immer antwortete: »Fürchte dich nicht, ich bin dein Schild. Wenn ich dich von dort weggeführt habe, wo du auf die Welt kamst und soweit gewandert bist, dann deshalb, damit du dieses Land zu deinem machst. Und zweifle auch nicht, denn der Zweifel beleidigt mich. Du kannst sicher sein, kein Damaszenersklave wird dich beerben, sondern ein Sohn aus deinem Stamm. Und sei auch nicht kleingläubig, denn auch das beleidigt mich. Warum machst du nicht eine Probe? Warte, bis es Nacht wird, geh ins Freie hinaus, schau zum Himmel empor und zähle die Sterne.

Wenn du bei tausend angelangt bist, nimm es mit hundert mal. Dann wirst du erst einen kleinen Teil deiner Nachkommenschaft haben, die unendlich sein wird und die man nicht zählen kann, so wie man auch die Sterne am Himmel nicht zählen kann.« Dieselbe Litanei wie immer.

Zweifellos bat er ihn schliesslich wieder um ein Opfer, denn Abraham ging direkt zum Pferch und wählte ein dreijähriges Kalb, einen dreijährigen Hammel und eine dreijährige Ziege aus. Huftiere in diesem Alter bevorzugte der Zauberer für das Brandopfer, eine wahrhaftige Verschwendung in ihrer Not. Dazu holte er noch eine Turteltaube und ein Täubchen aus ihren Käfigen, befahl, dass ihm alles nachgetragen wurde, und ging an der Spitze der Knechte zu einem Hügel in der Nähe, wo es einen alten Steinhaufen gab, um dort eigenhändig die Huftiere zu töten und zu zerteilen und den Vögeln den Hals umzudrehen. Und während Sara weiter ihre Decke flickte, drang ihr der Geruch verbrannten Fleisches in die Nase, und über dem Zelt sammelten sich die Geier, die sich über die Reste hermachen wollten, obwohl die Knechte sie mit Steinwürfen zu vertreiben suchten.

Als Abraham sein Gebet, im Steineichenwäldchen kniend, beendet hatte, hörte Sara sein Schluchzen, und das war es, was sie sich entscheiden liess, egal, was der Zauberer ihm antworten mochte. Das ist nicht gerecht, sagte sie sich, meine Seele kann nicht zulassen, dass er so leidet. Für den Zauberer gibt es die Zeit nicht und er kennt auch keine Eile, wo er lebt, weiss man nicht, aber man braucht ihm nichts von Stunden oder Tagen zu erzählen, von Jahren oder Jahrhunderten gar nicht zu reden. Da könnten wir in unseren Gräbern lange warten, bis er seine Zusage erfüllt. Dein Sklave und Verwalter Eliezer soll dich nicht beerben, Abraham, sondern der Sohn von Hagar, einer Sklavin. Das nehme ich auf meine Kappe.

Am nächsten Tag ritt sie ganz früh nach Sodom, um Edith ihre Entscheidung mitzuteilen.

»Ich will dir etwas anvertrauen«, begann sie, »aber egal, was du dazu sagst, ich werde meine Meinung nicht ändern.«

»Das zeigt, dass du dir nicht sicher bist, was auch immer du vorhaben magst«, antwortete Edith. »Ich sehe, dass du mit deinem Gewissen gerungen und es noch nicht bezwungen hast, erzähle mir mal, um was es geht, und dann sehen wir weiter.« Und Sara erzählte es ihr.

»Da begehst du eine grosse Dummheit«, antwortete Edith, ohne lange nachdenken zu müssen. »Wenn du deinen Mann deiner Sklavin ins Bett legst, wirst du ihn da nie mehr rauskriegen, das garantiere ich dir.«

Edith war eine umsichtige Frau, und mit eben dieser Umsicht sprach sie auch. Man soll nicht meinen, weil sie sich einen Liebhaber zugelegt hatte, mangelte es ihr an Urteilsvermögen. Ihre Affäre, mit der sie sehr gut umzugehen wusste, tat ihrer Sittsamkeit im häuslichen Leben keinerlei Abbruch, noch vernachlässigte sie deswegen die Aufsicht über ihre beiden heranwachsenden Töchter, damit sie nicht vom Gestank der Fäulnis infiziert wurden, die in der Stadt herrschte. Sie liess sie, ganz strenge Mutter, die sie war, nie mit ihren Verlobten allein, die Lot schon wie Schwiegersöhne behandelte. Ob sie den beiden Mädchen vertrauen konnte oder nicht oder ob dieser Gestank schon in ihre Köpfe eingedrungen war, spielte dabei keine Rolle.

»Du wirst es bereuen, denk an meine Worte«, war das Letzte, was sie Sara zum Abschied mit auf den Weg gab. Doch Sara wollte keine Ratschläge hören, auch wenn sie deswegen hergekommen war. Und kaum war sie wieder zu Hause, rief sie Hagar herbei, um ohne Umschweife mit ihr über das Thema zu reden.

Vom ersten Moment an gab sie der Unterhaltung einen praktischen Ton, denn wer in einer solchen Angelegenheit Gefühle und Zurückhaltung walten lässt, wird nicht weit kommen. Je schneller also der Handel geschlossen werden konnte, umso besser. Diejenige, die sich beinahe zu Tode schämte, war Hagar, die beharrlich den Kopf gesenkt hielt, während ihr die Herrin die entsprechenden Instruktionen gab. Als sie Hagar so sah, nahm Sara sie beim Arm: »Sag mir bloss nicht, du hast noch nie mit einem Mann geschlafen!«

»Nein, Herrin«, antwortete Hagar.

»Mach dir deshalb keine Sorgen, diese Dinge lernt man auf

dem Lager, du wirst schon sehen, wie gut es dir heute Nacht ergeht.«

»Heute Nacht?«, hob Hagar erschrocken den Kopf.

»Noch heute Nacht, ich werde Kopfschmerzen vorschützen und mich entfernen, und du legst dich in der Dunkelheit zu Abraham. Das wird nur beim ersten Mal so sein, denn von da an wird er schon selbst zu dir auf dein Lager kommen.«

»Herrin«, sagte Hagar, »ich bin unrein.«

»Ist das nicht nur eine Ausrede?«, fragte Sara und sah sie prüfend an.

»Nein, Herrin, ich weiss, ich habe zu gehorchen, und es soll geschehen, was Ihr sagt, aber erst, wenn meine Periode vorbei ist.«

»Wie dumm«, sagte Sara, dachte sie doch, je länger die Sache sich hinauszögerte, umso grösser wäre das Risiko, dass sie selbst es sich anders überlegen könnte. »Aber nun gut, sag mir Bescheid, wenn du wieder rein bist, dann soll es noch in derselben Nacht geschehen. Und noch ein Letztes, kein Wort zu irgend jemand über diesen Auftrag, den ich dir hier gebe, offiziell weiss ich nichts von dem, was zwischen euch beiden passiert.«

Alles geschah schliesslich so, wie Sara es ausgeheckt hatte. Und weil sie spürte, dass ihr Abraham nach der ersten Nacht, als Hagar bei ihm schlief, aus dem Weg ging, begab sie sich zu ihm in den Pferch, wohin er sich geflüchtet hatte, unter dem Vorwand, das entzündete Euter einer Kuh behandeln zu müssen, und sagte:

»Du musst dich vor mir nicht schlecht fühlen. Was passiert ist, ist passiert, weil ich es so wollte. Ich habe sie zu dir geschickt, damit sie dir den Sohn schenkt, den ich dir nicht schenken kann; oder den der Zauberer dir nicht schenken will, darüber wollen wir jetzt nicht streiten.«

Das Letztere sagte sie ein bisschen streng, wollte sie doch nicht, dass dies alles zu einem Melodrama wurde. Das konnte sie dennoch nicht verhindern, denn Abraham bedeckte das Gesicht mit den Händen, fiel vor ihr auf die Knie, ohne sich um den vom Mist bedeckten Boden zu kümmern, und umklammerte ihre Beine. Da fuhr sie ihm mit den Händen durchs Haar, streichelte seinen Kopf, als sei er ein Kind, das getröstet werden musste. Und sie hatte das Gefühl, etwas Gutes getan zu haben. Doch war da ein leiser Zweifel in ihrer Brust, der sie nicht in Ruhe liess, so etwas ähnliches wie das Kratzen eines Katers, der gerade erst beginnt, seine Krallen auszufahren.

Hagar wurde bald schwanger. Jetzt wollen wir doch mal sehen, dachte Sara zufrieden, wie der Zauberer da jetzt rauskommt. Denn das habe ich alles ohne Anweisung von ihm oder sonst irgendjemand getan, hier steht mein Wille gegen den seinen. Er wird ganz schön dumm dastehen, wenn die Nachkommenschaft, die er Abraham versprochen hat, aus dem Bauch einer Sklavin kommt, noch dazu einer ägyptischen. Dann wird er sich beeilen und mir auch einen Sohn schenken müssen, und in diesem Falle wird der meine dem Gesetz nach Erbe sein und nicht der Bastard.

Doch ihre Freude sollte nicht von langer Dauer sein. Erstens, weil Abraham nur noch wenig oder gar nicht mehr bei ihr lag, und man werfe ihm das nicht vor. Hagar war nicht leicht zufriedenzustellen, regelmässig erhob er sich zittrig und übernächtigt im Morgengrauen, um sein Tagewerk zu beginnen, wegen der zahlreichen Wiederholungen der Übungen, denen er sich unterworfen sah. Dass die Sklavin nie zuvor bei einem Mann gelegen hatte, wie sie voller Scham Sara gestanden hatte, ist eine Möglichkeit, denn seit frühester Kindheit hatte sie unter Eunuchen gelebt. Doch gibt es ja immer dort, wo Frauen abgeschieden leben, findige Gärtner, Gittertüren, die mit irgendwo versteckten Schlüsseln geöffnet werden können und in einen verschwiegenen Garten führen, Mauern, über die jemand um Mitternacht steigt, einen Boten, einen Laufburschen, irgendeinen Wagemutigen, den die Brunst das Zischen des Krummsäbels wie von einer Schlange vergessen lässt, wenn der Säbel die Halssehnen durchtrennt. Und später, ausserhalb des Harems, hatte sie mit jenem Haufen affektierter Sklaven zu tun, den Sängern, Dichtern und Geschichtenerzählern, die Abraham verachtete, weil er sie für weibisch hielt, aber das waren sie natürlich gar nicht: Oft genug verrieten nachts die spitzen Schreie und das unterdrückte Lachen der Frauen, dass der Fuchs in den Hühnerhof gelangt war. Und selbst wenn es nicht so war und sie tatsächlich als Jungfrau auf Abrahams Lager kam, so hatte ihr Sara ja selbst vorhergesagt, dass man alles, was man für dieses Geschäft braucht, im Bett lernt, und sie bewies, dass sie eine gelehrige Schülerin war.

Ausserdem, das wurde schon gesagt, nahmen, während Hagars Bauch anschwoll, auch ihre Frechheiten gegenüber Sara zu. Sie trat ihrer Herrin aufsässig entgegen und missachtete ihre Anweisungen, und sie hatte begonnen, die anderen Sklaven mit Hochmut zu behandeln. Eines Tages hörte Sara sogar, wie sie von der Köchin verlangte, ab jetzt mit ›Herrin‹ angesprochen zu werden. Ein anderes Mal wurde sie gewahr, dass die anderen Sklavinnen, von Hagar angestachelt, sich über Saras verdorrten Leib lustig machten, dieser alte Weinschlauch voller Spinnweben, lachten sie, und da fielen ihr Ediths Worte ein: »Diese Dummheit wirst du noch bereuen, beklage dich hinterher nicht, dass ich's dir nicht vorhergesagt hätte.«

Hagar war inzwischen im siebten Monat, und die Dinge waren schier unerträglich geworden, sodass Sara zu Abraham lief, der gerade dabei war, einen Korb zu flechten, sich vor ihm aufbaute und ohne ein Wort zu sagen bitterlich zu weinen begann. »Sag mir doch, was los ist«, wollte er wissen, doch sie blieb stumm, bis sie ihm nach vielen Tränen endlich ihr Herz ausschüttete.

»Das habe ich nun davon! Meine eigene Sklavin ist anmassend geworden, weil sie mit einem Kind von dir schwanger ist, und sie missachtet und demütigt mich. Es ist nicht mehr zum Aushalten, sie hält sich für die Hausherrin und behandelt mich schlechter als einen Besen zum Kehren des Zeltes. Wann hat man solche Frechheit schon gesehen?! Sie lacht mir dreist ins Gesicht, hält mich für ihr Spielzeug und ihren Zeitvertreib, und die anderen Sklavinnen stimmen hohnlachend ein.« Und während sie sich mit dem Handrücken die Tränen abwischte, wich ihr weinerlicher Tonfall der Wut: »Sie oder ich, du musst wählen, und zwar hier und jetzt.«

Abraham hatte seine Arbeit ruhen lassen, um aufmerksam Saras Zornesrede zu lauschen, verscheuchte die Fliege vor seinem

Gesicht, nicht einmal, sondern mehrmals, und nahm sich Zeit, um zu antworten, tat dies dann aber ganz gelassen und gemächlich:

»Sara, Sara, mach nicht so ein Geschrei, du warst es doch, die sie mir ins Bett gelegt hat, ohne dass ich dich darum gebeten hätte. Von mir aus hätte ich das nie getan, deine eigene Sklavin zur Geliebten zu nehmen, du kennst mich doch. Du selbst hast es ihr befohlen und sie hat dir gehorcht, das ist also eine Sache zwischen euch beiden. Zieh mich da nicht hinein, es ist ganz und gar deine Sache, was du mit ihr machst. Verkauf sie doch auf dem Sklavenmarkt in Sodom, für eine schwangere Sklavin gibt man dir einen höheren Preis, schenke sie dem erstbesten Händler, der vorbeizieht oder setze sie auf die Strasse. Tu einfach das, was dir am meisten nützt und richtig erscheint, mir wird sie nicht fehlen.« Und ohne ein weiteres Wort fuhr er mit seiner Arbeit fort.

Worauf Sara wieder nach Sodom ritt, um sich mit Edith zu beraten, die sich nicht lange mit Vorwürfen aufhielt – »ich hab's dir ja gesagt, aber du hast nicht auf mich hören wollen, weil du dickköpfiger bist als ein Maultier« –, sondern sich gleich daran machte, einen Schlachtplan zu entwerfen: »Auf keinen Fall darfst du sie auf dem Sklavenmarkt verkaufen oder dem erstbesten Händler schenken, der vorbeikommt, und sie auch nicht mit ihrem Bündel auf die Strasse setzen, weil dir Abraham das nachher schwer ankreiden wird, auch wenn er jetzt gesagt haben mag, dass es ganz dir überlassen ist, was du mit ihr machen willst. Du kannst dir sicher sein, dass keine Ehrlichkeit in seinen Worten lag, seine Absicht ist es vielmehr, die Entscheidung auf dich abzuwälzen, damit du am Ende gar nichts tust. Er zählt darauf, dass du weich wirst, schliesslich und endlich trägt sie ein Kind seines Bluts unter dem Herzen, und er wird nicht wollen, dass dieses Kind als Sklave endet oder heimatlos umherirrt. Deshalb musst du Folgendes tun: Du musst sie ärgern, ihr das Leben unter deinem Zeltdach zur Hölle machen. Nimm ihr die Oberaufsicht über deine anderen Sklavinnen, demütige und missachte sie, wie sie dich demütigt und missachtet, gib ihr die schlimmsten Arbeiten, lass sie die Latrinen schrubben und die Pferche ausmisten.

Gib ihr das zu essen, was der Niedrigste der Dienstboten zu essen bekommt. Schrei sie wegen jeder Kleinigkeit an, züchtige sie bei der geringsten Unbotmässigkeit, und du wirst sehen, sie wird von selbst verschwinden. Eines Morgens wirst du sie suchen, und sie wird schon vor dem Morgengrauen davongelaufen sein. Und was dann mit ihr geschieht, geht dich nichts mehr an. Die Welt ist ja voller bettelnder Landstreicher, und wenn sie irgendwann einmal nach Sodom kommt und als Hure endet, dann soll das wohl so sein, das ist dann ihr Los und ihr Schicksal. Irgendwann wird Eber sie vielleicht nackt auf eine Bordellwand malen.«

Kaum war Sara zurück bei den Zelten, da begann sie, Ediths Rezept haargenau umzusetzen, und sie liess auch nicht das mit der Züchtigung aus, schlug sie ins Gesicht, bis ihr Nase und Lippen bluteten, und liess auch die Peitsche auf ihrem Rücken tanzen. So sehr setzte sie Hagar mit ihrer Strenge und ihren Misshandlungen zu, dass die Sklavin es nicht einmal einen Monat aushielt, bis sie, wie vorhergesagt, eines Morgens aus dem Lager verschwand, zu Saras Freude und Abrahams Gleichmut, der dazu schwieg und nicht einmal die schon bekannte Fliege verscheuchte. Dienstboten kamen und gingen, ein Sklave erkaufte sich die Freiheit und bekam sie auch, ein anderer floh und wurde nicht verfolgt, wenn er einen milden Herrn hatte. Und in jener Nacht kam Abraham mit einer Lust und Leidenschaft zu seiner Frau, die diese lange nicht erlebt hatte.

Alles gut, alles in Frieden, die Sklavinnen und Köchinnen, die zuvor zu Spott und Widerspenstigkeit aufgestachelt worden waren, wurden wieder brav und unterwürfig, frassen Sara aus der Hand und lasen ihr die Wünsche von den Lippen ab. Bis der dritte Tag kam und Sara beim Mittagessen erfuhr, dass Hagar zurückgekehrt war und sich ohne ein Wort und ohne, dass es ihr jemand befohlen hätte, an die schlimmsten Arbeiten gemacht hatte.

Ausser sich vor Wut, wie man sich denken kann, ging Sara Hagar suchen und fand sie beim Misthaufen, wo die Sklavin gerade einen Eimer Dung ausschüttete. Als sie Sara kommen sah, liess sie den leeren Eimer fallen und hob instinktiv den Arm, als würde sie gleich einen Schlag abbekommen, und als dies nicht geschah, fiel sie auf die Knie und flehte:

»Meine Herrin soll nicht zornig werden, ich bin nicht zurückgekehrt, weil ich es wollte, sondern weil man es mir befahl«, worauf Sara sofort ihren Mann in Verdacht hatte und fragte:

»Abraham? Hat er dir jemand hinterher geschickt?«

»Nein, Herrin, ein Knabe hat es mir befohlen«, antwortete die Sklavin.

Sara war wie vom Donner gerührt.

»Ein Knabe, der eine Herde Schafe hütete, die dann plötzlich verschwand?«

»Ja, Herrin, er hütete sie mitten in der Wüste, denn dorthin führte mich der Weg, den ich genommen hatte.«

»Und hatte dieser Knabe einen Hirtenstab, den er liegen liess und der sich dann in eine Schlange verwandelte, die im Gebüsch verschwand?«

»Ein Gebüsch gab es dort nicht, die Schlange glitt über den Sand davon.«

»Beruhige dich und erzähle mir das in aller Ruhe, ich nehme mir alle Zeit der Welt, dir zuzuhören«, sagte Sara, dabei war eher sie es, die langsam in Panik geriet.

»Da lief ich ziellos durch die Wüste, bereit, zu verdursten, wenn dies mein Schicksal sein sollte«, begann Hagar, »als vor mir an meinem Weg in einem Palmenwäldchen ein Brunnen auftauchte. Und ohne mich lange darüber zu wundern, lief ich zum Brunnen, wo ich an einem Seil einen Krug fand, und neben dem Krug einen Zinnbecher. Ich liess den Krug in den Brunnen hinab, und als ich ihn wieder hochzog, war er voller frischem Wasser, von dem ich aus dem Zinnbecher trank, bis ich meinen Durst gelöscht hatte. Damit war ich noch beschäftigt, als ich von Weitem den Knaben mit seiner Herde näherkommen sah, und ich wunderte mich nicht einmal darüber, dass die Schafe dort grasen sollten, wo es überhaupt kein bisschen Gras gibt und auch keins geben kann.

Als der Knabe vor mir stand, fragte er mich: Hagar, Sklavin von Sara, woher kommst du und wohin gehst du? Jetzt wunderte ich mich wirklich, dass er meinen Namen kannte und den Ihren auch, Herrin, doch sein Blick forderte so eindringlich, dass ich mich nicht zu schweigen traute. Und so antwortete ich, dass ich von Euch weggelaufen war, weil ich Euren Zorn mit meiner Gegenwart nicht länger anfachen wollte. Hat sie Hand an dich gelegt?, fragte der Knabe, und ich wusste, dass ich ihn nicht anlügen durfte. Man kann sehen, dass es ein sehr energischer Knabe ist, man kann ihn sich nicht bei unschuldigem kindlichem Spiel vorstellen. Ja, sie hat mich ins Gesicht geschlagen, dass mir Nase und Lippen bluteten, antwortete ich. Und wisse, Herrin, weil er mich nicht nach der Peitsche fragte, habe ich davon auch nichts gesagt.

Da setzte er mir die Spitze seines Hirtenstabs auf den Bauch und sagte: Du wirst ein Kind gebären und kannst nicht so in der Wüste umherirren, geh also dorthin zurück, woher du gekommen bist, und unterwerfe dich Saras Anordnungen, auch wenn sie dich beleidigt und demütigt, und selbst wenn sie dich ins Gesicht oder mit der Peitsche schlägt. Und dieses Kind, das du gebären wirst, wird ein Knabe sein, den du Ismael, לאֱעָמְשִׁי, nennen sollst, in Erinnerung daran, dass du erhört worden bist. Ich habe nie um einen Sohn gebeten, wagte ich zu sagen, wenn ich schwanger geworden bin, dann deshalb, weil ich meiner Herrin gehorcht habe. Das soll dich nicht kümmern, entgegnete er, dein Sohn wird an der Spitze eines anderen Volkes stehen und ein kriegerischer Mann sein, er wird gegen alle kämpfen und alle gegen ihn, das ist alles, was ich dir jetzt mitzuteilen habe, und jetzt geh. Meine Herrin will mich nicht bei sich haben, sagte ich. Das lass nur meine Sorge sein, antwortete der Knabe und zog seinen Stab von meinem Bauch zurück, geh du nur zurück, wie ich es dir befohlen habe. Und dann löste er sich in Luft auf und liess den Stab liegen, der sich in eine Schlange verwandelte.«

Sara überlegte, während ihre Sklavin da weiter vor ihr kniete. Entweder, oder, sagte sie sich, wenn es der Wille des Zauberers ist, dass dieser Sohn Hagars, der sein eigenes Volk haben soll und ein Krieger werden wird, unter dem Dach seines Vaters zur Welt kommt, dann nützt es mir nichts, wenn ich dagegen bin, denn dann wird er meinen Leib damit bestrafen, dass er ihn so taubstumm lässt wie bisher. Und wenn es Abraham selbst war, der das alles ausgeheckt und Hagar geraten hat, diese Posse zu spielen, wenn er ihr gesagt hat, sie solle vor mir fliehen, sich in der Nähe unseres Lagers verstecken und am dritten Tag mit der Geschichte von dem Knaben wiederkommen, um zu sehen, ob ich inzwischen weich geworden bin: Nützt es mir dann, meinen Mann herauszufordern?

Was würde Edith sagen? Edith, das wissen wir schon, konnte sie nichts vom Zauberer und der Furcht verraten, die sie wider Willen vor ihm hatte, und so hätte die andere ohne diese wesentliche Information einfach gesagt: »Schmeiss sie wieder raus, diese ungehorsame Sklavin, geh nicht in diese Falle, die dein Mann dir gestellt hat, sonst geht's dir wie dem Esel am Schöpfrad, der immer im Kreis laufen muss. Wenn dieser Sohn geboren wird, hilft dir auch keine Gewalt mehr gegen sie. Dann wird sie in Abrahams Augen Herrin im Haus sein, weil sie als Mutter seines Erstgeborenen jeden Schutz verdient hat.«

Sie liess Hagar im Staub knien und ging weg, ohne ein Wort zu sagen. Wenn das alles stimmte, hatte der Knabe mit seinem Hirtenstab den Bauch ihrer Sklavin berührt, als wollte er sagen: »Dass niemand diesem Kind etwas zu leide tue, es kommt unter meinem Schutz zur Welt, und man frage mich nicht, was ich vorhabe oder warum ich das tue. Ich kenne meinen Plan und habe schon genug Erklärungen gegeben.« Doch verurteilte diese Geste mit dem Stab Sara etwa dazu, niemals Kinder zu bekommen? Oder würde er, wenn sie geduldig war und sich den Wünschen des Zauberers unterwarf, auch dem, ihre Sklavin bei sich zu lassen, ebenfalls ihren Bauch mit dem Stab berühren, der sich in eine Schlange verwandelte?

Und sie schickte sie nicht wieder fort. Sagte ihr nicht. »Bleib hier und lass uns Frieden schliessen«, aber auch nicht: »Geh, hier ist kein Platz für uns beide, eine von uns ist zu viel.« Sie schwieg nur. »Du wirst einen Sohn bekommen, der Ismael heissen soll und anscheinend ein Krieger sein wird, bereite dich also besser auf die Schwierigkeiten vor, die er dir machen wird«, sagte sie zu Abraham, der weiter beim Mittagessen sass, als sei nichts geschehen. Er hatte jetzt schon den Nachtisch vor sich und biss gerade in eine violette Feige, die von allein aufgeplatzt war und ihr Fruchtfleisch zeigte, so reif, wie sie war.

# Zwölf

**Der** Nachmittag neigte sich seinem Ende zu, als Sara durch das Wollkämmertor ritt, und das Maultier, vom Strassenlärm aufgemuntert, beschleunigte seinen Schritt von selbst. Auf dem Baal-Platz stand in einem Käfig ein einarmiger Dompteur und reizte mit einer brennenden Fackel eine Wildsau mit rötlichem Fell, die, anstatt sich um ihn zu kümmern, ihre eben geborenen Frischlinge ableckte. Damit erregte er nur wenig Aufmerksamkeit, weil gleichzeitig auch ein Kampf zwischen zwei älteren Männern stattfand, der eine mit Zinnober, der andere mit Henna geschminkt. Sie trugen so kurze Tuniken, dass man, während sie sich mit dem Messer in der Hand belauerten, ihre faltigen Hintern sehen konnte, alles nur, so berichtete es Sara fröhlich ein dickes Kräuterweib in gelber Tunika, weil sie um die Dienste eines Lustknaben mit zerzausten Locken stritten. Der sass, wie die Dicke ihr zeigte, seelenruhig am Fuss einer Säule, den Finger aufreizend im Mund. »Schauen Sie nur, der ist nicht mal hübsch, doch diese beiden Dummköpfe halten ihn für einen appetitlichen Happen. Und er, nicht faul, wird mit dem gehen, der am Leben bleibt und für seinen Unterhalt sorgt.«

Sara liess die Frau samt dem Tumult hinter sich und ritt in Richtung einer Ecke des Platzes, wo ein Esel mit Grabesstimme die Fragen derer beantwortete, die vorher seinem Besitzer ihren Obolus gezahlt hatten, und der abgeschnittene Kopf eines jungen Mädchens mit langem, blutigen Haar auf einem Zinntablett forderte den Esel in der Weisheit seiner Antworten heraus. Zwischen den beiden stand ein Zwerg mit einem Wasserkopf, dessen Kunststück es war, im Stehen zu schlafen, wobei er sich auf seinen Phallus stützte, dick wie ein Holzscheit, auf den sich, angezogen vom klebrigen Saft der Eichel, Scharen von Ameisen zubewegten.

Sie zügelte den Schritt des Maultiers ein wenig, weil eine

plötzliche Neugier ihre Eile, Lots Haus zu erreichen, in den Hintergrund drängte. Sie wollte nachschauen, ob unter den Zauberkünstlern, die in der Nähe der Treppe der Geschichtenerzähler ihre Kunststücke zeigten, der Einäugige war, der Täubchen spie, und den sie schon lange nicht mehr dort gesehen hatte. Tatsächlich erblickte sie ihn. Er war allein und gerade dabei, die Täubchen, die er nicht hatte verkaufen können, in seinen Käfig zu stecken, um sich davonzumachen.

Er sieht den Jünglingen überhaupt nicht ähnlich, dachte sie. Statt jener eleganten, kurzen Tuniken, die mit übermässiger Schamlosigkeit ihre enthaarten Beine zeigten, trug er dasselbe lange Gewand aus grobem Leinen, dessen Saum den Schmutz vom Boden wischte, und der Dreck der Tauben, die emsig die Gerstenkörner um ihn her aufpickten, leuchtete weiss auf seinen Füssen mit Zehen wie Krallen.

Sein sorgloser Blick hob sich ihr entgegen, und das vernebelte Auge, das ihr einst düster erschienen sein mochte, wirkte jetzt eher unschuldig, als schütze ihn die graue Wolke vor den anstössigen Dingen, die um ihn her geschahen. Sie redete mit ihm vom Sattel aus, so wie damals in der Wüste, als sie aus Ägypten zurückkehrten.

»Es scheint, als sei es dir heute nicht so gut ergangen«, sagte sie und schalt sich sofort wegen der Vertraulichkeit, mit der sie diesen Mann ansprach.

»Es gibt gute Tage und es gibt schlechte Tage«, antwortete der. »Der deine scheint einer der guten Tage gewesen zu sein. Nichts beunruhigt dich, nichts macht dir Sorgen, das sehe ich dir an.«

»In meinem Haus gibt es nichts zu beklagen, ich bin unterwegs, um Verwandte zu besuchen«, gab Sara zurück. Er zeigte kein Interesse, schloss den Käfig, in dem jetzt alle Täubchen verstaut waren, und hob ihn auf die Schulter. »Und du, wo bist du gewesen? Ich habe dich lange nicht mehr hier auf dem Platz gesehen.«

Du meine Güte! Da stellte sie einem Einäugigen müssige Fragen und verspätete sich mit ihrer Mission, bei der es um Leben und Tod ging.

»Die Erde habe ich durchstreift, hin und her«, antwortete der Einäugige und gähnte zufrieden. »Und in letzter Zeit hatte ich in einem weit entfernten Land zu tun, das man Uz nennt, du kennst es sicher nicht. Da habe ich einen Mann ohne Fehl und Tadel in grosse Schwierigkeiten gebracht, mal sehen, ob er wirklich so ohne Fehl und Tadel ist, wie er behauptet.«

»Was ist denn das für eine Geschichte?«, fragte Sara, ohne ihn allzu ernst zu nehmen.

»Gut, ich will sie dir erzählen: Sein Besitz bestand aus siebentausend Schafen, dreitausend Kamelen, fünfhundert Ochsengespannen, fünfhundert Eseln und einer grossen Zahl von Dienstboten. Und durch Blitzschlag, feindliche Schwerter und Überfälle von Räubern hat er alles verloren. Und was seine Kinderschar angeht, sieben Söhne und drei Töchter, so sassen sie alle zusammen beim Essen im Hause des Erstgeborenen, als sich von der Wüste her ein heftiger Sturm erhob, das Haus einstürzen liess und sie alle erschlug. Jetzt ist er von Kopf bis Fuss von einer schlimmen Krätze befallen und muss sich Tag und Nacht mit einer Tonscherbe kratzen. Wollen wir doch mal sehen, ob er standhaft bleibt, wenn ihm das Unglück so nahe auf den Leib rückt. Wenn du mich fragst, wird es nicht lange dauern, bis er anfängt, den Tag zu verfluchen, an dem er geboren wurde.«

Er wandte sich schon zum Gehen mit seinem Käfig auf dem Rücken, als er noch einmal stehenblieb:

»Ich weiss nicht, ob du verstehst, was ich dir jetzt sagen will, und das nehme ich dir nicht übel, aber lass mich versuchen, es dir zu erklären: Ich habe dir eine Geschichte erzählt, die für dich noch gar nicht geschehen ist, denn in Wirklichkeit geschieht in der Welt nicht ein Ereignis nach dem anderen, gestern Vergangenheit, heute Gegenwart und morgen Zukunft. Nein, wenn die Menschen die Dinge so sehen, machen sie es sich zu einfach. Alles geschieht vielmehr zur gleichen Zeit, sodass man die Zukunft als Vergangenheit sehen kann und umgekehrt. Und die Gegenwart ist nichts als eine Illusion, eine Sache von Dummköpfen. Es gab einmal einen Mann, der lief über das Wasser, den hat man ans Kreuz geschlagen, wirklich eine merkwürdige

Art, jemand zu opfern. Ich könnte dir das in allen Einzelheiten und besser erzählen als die Geschichtenerzähler auf der Treppe in ihren roten Tuniken, und du würdest fragen: Wann ist das denn geschehen? Es geschah noch nicht, würde ich dir antworten, aber es ist schon geschehen.«

Der ist wirklich nicht ganz richtig im Kopf, dachte Sara, welch einen Unsinn redet er sich da nur zusammen! Und ich höre auch noch zu und verschwende meine Zeit. Und sie trieb mit einem Schenkeldruck das Maultier an, doch er sagte: »Warte!«, setzte den Käfig ab und wollte schon ein Täubchen speien, um es ihr zu schenken. »Nein«, wehrte Sara hastig ab, »ich habe es eilig, ein andermal.« »Ein anderes Mal wird es nicht geben«, murmelte der Einäugige düster, während sich Sara auf ihrem Maultier entfernte.

Hinter dem Platz begann das Maultier ohne Anzeichen von Müdigkeit bergan zu steigen, bis sie die Hügel von Arpachschad erreichten. Dort standen die Häuser mit ihren weiss gekalkten Mauern zwischen Kiefern und Myrten, Dattelpalmen und Orangenbäumen. Ihre Terrassen gingen auf den See hinaus, dessen Wellen dick und dunkel auf rostrote Felsen schlugen. Lot war ein reicher Mann mit modernen Gewohnheiten, im Gegensatz zu Abraham, der ein einfacher Mann geblieben war.

Nachdem er in Ägypten zu Wohlstand gekommen war, erlitt Abraham mehrere Rückschläge, einige davon wegen seines mangelnden Geschäftssinns. So rüstete er zum Beispiel eine Zeitlang Karawanen aus, die er nach weit entfernten Städten schickte, um Stoffe, Schmuck und Gewürze einzukaufen, doch kamen sie oft stark dezimiert zurück. Schuld daran waren seine eigenen Stellvertreter, die er achtlos ausgesucht hatte und die vortäuschten, unterwegs von Räubern überfallen worden zu sein. Noch schädlicher für sein Vermögen war das Würfelspiel, das er sich in den Spelunken von Memphis angewöhnt hatte, von wo er auch einen Beutel voller Würfel aus Fusswurzelknochen mitgebracht hatte. Er ging soweit, im Spiel eine ganze Karawane von Kamelen samt Baumwoll- und Leinenballen zu setzen, die er verlor, und er verlor auch eine Partie seiner zarten, eleganten Sklaven samt ihren

Zimbeln und Psaltern, von denen er sich ohne Gewissensbisse trennte. All dies geschah, ohne dass der Zauberer ihn je dafür gerügt hätte: »Abraham, was machst du denn da, gibst dich dem Laster und Verderben hin. Wie soll ich mit dir ein grosses Volk begründen? Aber weil ich dir diesen Reichtum ja nicht gegeben habe, verschwende ihn ruhig, wie du magst.« Obwohl man auch sagen muss, dass die Dürre ihm manches Mal die Ernte vernichtete, das Hochwasser seine Felder überschwemmte und Seuchen sein Vieh dezimierten, ohne dass der Zauberer auch nur einen Finger gerührt hätte, um ihn vor dem Ruin zu retten. Er überliess ihn seinem Schicksal, gab ihm nichts, nahm ihm aber auch nichts. Sollte er doch erst mal sehen, wie er allein klarkam.

Lot hatte nach dem Krieg der vier Könige gegen die anderen fünf, in dem er überfallen und gefangen genommen worden war, seine Weiden und sein Vieh verkauft und war nach Sodom gezogen, um im grossen Stil mit Stoffen und Fellen zu handeln, und er war erfolgreich in dem Geschäft, bei dem Abraham gescheitert war. Er unterhielt eine ganze Armee von Treibern und Verwaltern, die seine Karawanen führten und die er rücksichtslos mit harter Hand beaufsichtigte. Mehr als einer hatte, weil er ihn bestahl, eine oder gar beide Hände verloren, je nach Schwere des Vergehens. Dabei achtete er darauf, dass seine anderen Untergebenen Zeugen wurden, wenn der Henkerssäbel die Strafe vollzog.

Lots Arbeitstag war vorüber, und Sara traf ihn beim Beschneiden der Rosenstöcke in seinem Garten an, der geradezu ein Wunder der Gärtnerkunst darstellte. Damit vertrieb er sich die Zeit, und die Pflanzen wuchsen kräftig auf einem Boden, der die übel riechenden Dämpfe von Teer verströmte. Hinter den Fensterläden des oberen Stockwerks hörte man Edith eine melancholische Weise singen. Dort, wo sie den Text vergessen hatte, ersetzte sie ihn durch ein Summen mit geschlossenem Mund.

Als er Sara am Tor erblickte, ging er ihr voller Freude über den unerwarteten Besuch entgegen und wollte ihr aus dem Sattel helfen. Doch sie wehrte ab:

»Ich habe es eilig, ich bin nur auf Schleichwegen hergekommen, um dir zu sagen, was ich dir sagen muss. Du sollst zum Wollkämmertor gehen und dort warten, bis du Abraham in Begleitung von zwei Jünglingen kommen siehst, oder vielleicht nur einem, das kann man nicht genau sagen, oder von dreien, weil der Dritte vielleicht inzwischen wieder bei ihnen ist. Und du musst sie ohne Umschweife einladen, in deinem Haus zu übernachten. Mach das auf jeden Fall, sonst könnte es dich das Leben kosten, dich und alle, die unter deinem Dach wohnen. Und wenn das Furchtbare, das sie angeblich vorhaben, sich als Schwindel herausstellt, dann hast du auch nichts verloren, wenn du ihnen deine Gastfreundschaft anbietest.«

In ihrer sich überschlagenden Stimme waren Hast und Unsicherheit deutlich zu erkennen. Der verblüffte Lot meinte, in einen Abgrund der Verwirrung zu schauen, doch setzte gleich ein verständnisvolles Lächeln auf. Das muss die Sonne sein, die Sonne von unterwegs hat sie so verwirrt. Und so sagte er:

»Es wäre ein Fehler, wenn du nicht absitzen würdest, eine Erfrischung wird dir gut tun, ein wenig im Schatten auszuruhen. Edith wird erfreut sein, dich zu sehen.«

Doch Sara schnitt ihm das Wort ab: »Ich glaube, du hast nicht verstanden, dass keine Zeit ist für Erfrischungen und im Schatten Sitzen, wenn die Jünglinge das Tor erreichen, bevor du dort bist und sie erwartest, ist alles verloren.«

Immer noch verständnisvoll antwortete Lot: »Langsam und in aller Ruhe, Sara. Wer sind denn diese Jünglinge, die mal mehr, mal weniger sind, erst zwei, dann einer und dann drei? Und was haben sie überhaupt vor?«

Doch die Ungeduld hatte sich Saras schon bemächtigt: »Mehr kann ich dir jetzt nicht erklären, nur, dass du hingehen und sie zu dir nach Hause einladen musst. Und dann musst du ihnen bei allem gehorsam sein.«

»Wobei denn gehorsam sein?«

»Wenn sie von dir verlangen, dein Haus zu verlassen und ihnen samt deiner Familie zu folgen, so tue es.«

»Mein Haus verlassen, mit meiner Frau und meinen Töchtern? Und wohin denn überhaupt? Steig bitte ab, hör auf mich und komm herein, die Sonne kann einem in dieser heissen Jahreszeit sehr zusetzen.«

Der Zweifel, ob Sara verwirrt war oder nicht, liess sich in Lots Blick deutlich erkennen, und ihre Wut gewann die Oberhand:

»Ich habe meine fünf Sinne beisammen, doch frage mich lieber nichts weiter. Je mehr Erklärungen ich dir gebe, umso lächerlicher und verwirrter fühle ich mich selbst.«

»Ich verstehe überhaupt nichts«, sagte Lot, »doch du geniesst meinen Respekt, deswegen will ich dir Folge leisten.«

»Sag das nicht nur, um Streit zu vermeiden«, entgegnete Sara, »hier geht es nicht um Höflichkeiten.«

»Na ja, es wird nicht leicht sein, Edith so einfach zu überzeugen. Willst du nicht lieber mit ihr sprechen?«

»Ich hab dir doch schon gesagt, dass ich nicht bleiben kann. Und verstehe endlich, ich hätte mich nie auf den Weg gemacht, wenn euer Leben nicht in Gefahr wäre. Tu, was ich dir sage, du wirst es nicht bereuen.«

Lot dachte nach. »Du hast gesagt, dass Abraham bei ihnen ist.«

»Ja, das stimmt, aber er wird dir nichts von dem verraten können, was ich dir hier sage.«

»Ich verstehe immer noch nichts«, sagte Lot.

»Wenn das heissen soll, dass du nicht gehen willst, nachdem du versprochen hast, auf mich zu hören, dann bleibt nichts mehr zu sagen«, seufzte Sara.

»Nein, warte, lass mir Zeit zum Überlegen.«

»Es gibt keine Zeit mehr, wie oft soll ich dir das noch sagen?«

»Du bist deiner Sache ja selbst nicht sicher«, sagte Lot.

»Das gebe ich zu«, antwortete Sara. »Aber für den Augenblick bitte ich dich nur um eine ganz einfache Sache, nämlich dass du zu dem Tor gehst und die Jünglinge mit zu dir nach Hause nimmst. Hab keine Angst, Abraham würde nicht mit üblen Gesellen unterwegs sein, er kennt sie und vertraut ihnen.«

»Dann will ich das tun«, nickte Lot. »Ich gehe gleich zum Tor und biete ihnen meine Gastfreundschaft an.«

»Gut so«, sagte Sara, »und ich, ich muss jetzt sofort wieder los, denn weder die Jünglinge noch Abraham dürfen mich hier antreffen. Sie werden bald hier sein, und du darfst weder ihnen noch Abraham von meinem Besuch erzählen.«

»Nur eine Frage noch«, sagte Lot. Sara war schon dabei, loszureiten, zügelte aber noch einmal ihr Maultier. »Was hat Abraham denn mit all dem zu tun?«

»Diese Frage ist noch schwieriger zu beantworten. Das weiss ich selbst nicht«, gab Sara zurück und gab dem Tier die Sporen. Als sie schon ein Stück weit weg war, wandte sie sich noch einmal um: »Sobald sie nach einem Gerechten fragen, dann sagst du ihnen, dass du dieser Gerechte bist. Und wenn sie noch mehr Gerechte haben wollen, dann sag ihnen: Denkt auch an Edith, meine Frau, und an meine beiden Töchter, denn ausser uns werdet ihr keine anderen Gerechten in diesem verkommenen Loch finden.«

Sie ging nicht soweit, zu sagen: Und an Eber sollten sie auch denken, trotz seines Berufs. Und was den anging, der Täubchen spie, für den konnte sie gar nichts mehr tun.

## Dreizehn

**Immer** noch voller Zweifel begab sich Lot zum Wollkämmertor, ohne Edith zu sagen, dass sie am Abend Gäste haben würden. Es war die Stunde des Sonnenuntergangs, wenn auf den Plätzen von Sodom die Feuer aus Kamel- und Kuhmist entzündet wurden. In der Schlangengasse öffneten die Hurenhäuser, deren feuerrote Vorhänge wie Flammen aus den Türen schlugen, und die Kunden leerten an den Mauern ihre vor Bier platzenden Blasen, sodass der Urin in Strömen über die Treppe der Geschichtenerzähler floss.

Die Schenken füllten sich, an den Türen der Kasinos drängten sich die Spieler oder sie spielten einfach auf offener Strasse, wobei die Würfel über eine auf den Boden gebreitete Tunika rollten, das Geschrei der Wetter brandete auf bei den Hahnenkämpfen, die grell geschminkten Lustknaben postierten sich an den Strassenecken, um den Passanten ihre Dienste anzubieten, und überall liefen alte Weiber herum, die Haschisch aus Ägypten und Bilsenkraut feilboten.

Kaum hatte Lot sich auf eine Bank in der Nähe des Tors gesetzt, an dem ein paar halb betrunkene Wächter Wache taten, da sah er Abraham in Begleitung zweier Jünglinge auf der Landstrasse näherkommen, und das erste, was ihm auffiel, waren ihre kurzen Tuniken, die schamlos ihre Schenkel sehen liessen. Sie trugen jetzt nicht mehr langes, auf die Schultern fallendes Haar, vielmehr waren ihre Köpfe völlig kahl rasiert, die Augenbrauen mit Kohlestift nachgezogen, einer der beiden hatte einen Schönheitsfleck neben dem Mund und der andere einen Goldring durch die Nase gezogen. Sie unterschieden sich in nichts von den verkommensten Lustknaben der Freudenhäuser. Was für Leute hole ich mir da nur ins Haus, dachte Lot.

Wenn sie ihn damit in Versuchung führen wollten, dann hatten sie mit ihrem Vorhaben Erfolg. In ihm regte sich fleischliches

Verlangen, wie er es schon lange nicht mehr erlebt hatte. Er kam ja nur noch selten auf Ediths Lager, es braucht kaum erwähnt zu werden, dass die Macht der Gewohnheit es längst abgekühlt hatte. Und in welcher Verlegenheit sah er sich jetzt, die unangenehme Tatsache verbergen zu müssen, dass sein Glied unter der Tunika anschwoll! Doch gleich kam ihm die Idee, es zu überspielen, indem er vor den beiden auf die Knie fiel, kaum dass sie vor ihm standen.

»Seid willkommen, oh Herren, Eure Anwesenheit unter meinem Dach wird eine Ehre für mein Haus sein. Ich habe für Euch Zimmer für die Nacht herrichten lassen, und vor dem Abendessen, das auch schon hergerichtet wird, werden Euch meine Diener die Füsse mit warmem Wasser waschen, und morgen könnt Ihr dann ausgeruht eure Reise fortsetzen, wie es euch beliebt. Und dasselbe sage ich meinem Onkel Abraham.«

Man erinnere sich, dass die beiden Jünglinge, die Lot da einlädt, schon Namen haben, Raphael und Michael, während Gabriel derjenige ist, der sich in Luft auflöste, nachdem er seine Aufgabe erledigt hatte. Raphael, der vorne steht, scheint die schmeichelnde Rede des Unbekannten nicht gehört zu haben, der da vor ihnen im Staub des Wegs liegt. Vielmehr wendet er sich Abraham zu und befiehlt ihm in barschem Ton:

»Deine Mission ist beendet. Du hast uns den Weg gezeigt und wir sind nun am Stadttor angelangt. Du kannst also gehen.«

»Ich dachte«, sagte Abraham leise, damit Lot es nicht hörte, »wir hätten eine Verabredung.«

»Was ist das für eine Verabredung? Ich erinnere mich nicht«, gab Raphael zurück, ohne sich zu bemühen, seine Stimme zu senken.

»Du hast selbst gesagt, es solle mir überlassen bleiben, einen einzigen Gerechten zu finden.«

»Ich kann mich nicht erinnern, je so etwas gesagt zu haben. Doch wenn du das verstanden hast, dann haben dich deine Ohren getäuscht. Also geh jetzt und halte mich nicht länger auf.«

»Mein Freund«, mischte Lot sich ein, »der Weg ist lang und gefährlich, wenn es dunkel wird. Gestatte also meinem Onkel

Abraham im Haus dieses deines Dieners zu ruhen und morgen bei Sonnenaufgang den Heimweg anzutreten.«

»Ich habe gesagt, was ich zu sagen hatte, und ich schätze es nicht, wenn man mir widerspricht«, erzürnte sich Raphael.

Abrahams Ärger über diesen plötzlichen Stimmungswandel des Jünglings war von Weitem zu erkennen, doch traute er sich nicht, es zu zeigen. Mehr noch, sein Gesicht drückte Besorgnis aus, da seine Pläne zu scheitern drohten, die tatsächlich so aussahen, wie Sara vermutete. Den ganzen Weg über hatte er sich angeregt mit Raphael über alle möglichen Themen unterhalten, einige könnten wir pädagogisch nennen, zum Beispiel die Natur der Frauen, die zum Ungehorsam neigen, und darüber, wie lästig sie werden konnten, wenn sie sich nicht zügeln liessen. Andere waren banal: Wie viele Ellen hoch war der Turm, den jene Dummköpfe bis an den Himmel bauen wollten? Und wieder andere waren lustig, wie jenes, dass das goldene Kalb von Baal nur einen Hoden besass. Michael, der andere Jüngling, der vorher so eifrig geredet hatte, schwieg dabei beharrlich.

»Dann gehe ich jetzt also«, sagte Abraham, bewegte sich aber keinen Schritt von der Stelle, in der Erwartung, Raphael würde gleich loslachen: War nur ein Scherz, mein Freund, bleib ruhig da. Doch der andere sprach kein Wort, und sein Gesicht verriet eher Ungeduld: Na, worauf wartest du noch. »Ich gehe, aber zuvor möchte ich dich noch daran erinnern, dass dieser hier der Gerechte ist«, traute sich Abraham noch zu sagen, immer noch leise, und wies dabei auf Lot, obwohl er inzwischen nicht mehr viel Hoffnung hatte, etwas zu ändern.

Raphael schien nun zum ersten Mal den gebeugten Mann mit gekräuseltem Bart, geölter Stirnlocke und prächtigen Sandalen aus Antilopenleder an den Füssen zu bemerken, der da vor ihm kniete.

»In dein Haus wollen wir nicht kommen«, sagte er zu ihm. »Wir bleiben heute über Nacht auf der Strasse und suchen uns irgendeine Toreinfahrt zum Übernachten.«

»Wie könnt ihr wissen, ob dies der Gerechte ist, über den wir gesprochen haben, oder nicht, wenn ihr seine Gastfreundschaft nicht annehmt?«, flüsterte Abraham, immer noch dicht am Ohr des Jünglings. »Seht doch nur, er ist der Einzige, der zum Stadttor gekommen ist, um euch Unterkunft anzubieten.«

»Du solltest längst von hier fort sein«, erwiderte Raphael und hob dabei den Arm, um ihm den Weg zu weisen.

Das ist ein Arm, der schon seit langem daran gewöhnt ist, anderen den Weg zu weisen, sie aufzufordern, zu verschwinden, zu gehen, sich zu entfernen, oder nie wieder zurückzukehren, manchmal mit dem Zeigefinger, wie jetzt gerade; andere Male mit einem züngelnden Flammenschwert, und noch andere Male mit einem gut geschmiedeten, scharf geschliffenen Schwert, nicht um zu sagen: Nähert euch bloss nicht diesem Baum und kommt nicht auf die Idee, noch mal zurückzukommen!, sondern um Erstgeborenen die Kehle durchzuschneiden, wie es eine ganze Zeit später in Ägypten geschehen wird, alle ohne Ausnahme, vom Sohn des Pharao, der sehr stolz und mächtig auf seinem Thron sass, bis zu dem der Dienstmagd, die das Korn unter das Mühlrad schüttete, und dem des Gefangenen im Kerker. Und sogar noch alle Erstgeborenen der Tiere, ob Haustiere oder wilde.

»Der Wille meines Herrn soll erfüllt werden«, antwortete Abraham schliesslich und ging mit gesenktem Kopf in die Richtung davon, aus der er gekommen war.

Wie konnte es sein, dass sein Onkel Abraham, ein stattlicher, erwachsener Mann, jenen Grünschnabel »meinen Herrn« nannte und seine unverschämte Art so demütig ertrug? Und wie konnte es sein, dass er ihm schliesslich Folge leistete?, fragte sich Lot. Er traute sich nicht, aufzustehen, obwohl ihm die Knie zu schmerzen begannen, oder auch nur den Blick zu heben. Jede Spur von Verlangen war inzwischen aus seinem Körper gewichen, und zu seiner eigenen Überraschung sah er sich selbst den Jüngling plötzlich ›Herr‹ nennen.

»Oh Herr, es sei mir fern, mich in fremde Angelegenheiten einzumischen, doch wenn die Stadt schon tagsüber voller Gefahren ist, ist sie das nachts noch mindestens fünf Mal mehr. Es wäre also sehr unklug, in einer Toreinfahrt zu schlafen.«

»Was für Gefahren?«, wollte Raphael wissen, ohne seinen finsteren Ton abzulegen.

»Ihr könntet ausgeraubt werden«, antwortete Lot.

»Wir haben nichts, was man uns rauben könnte, ausser der Tunika, den Sandalen und unserem Wanderstab.«

»Es könnte Euch Gewalt angetan werden. Hier werden weder Geschlecht noch Alter respektiert, und Ihr kommt mir noch ziemlich jung vor.« Er traute sich nicht, hinzuzufügen: Und so aufreizend, wie ihr gekleidet seid, und mit euren kahl geschorenen Köpfen, reizt ihr jeden, Hand an euch zu legen.

»Darüber mach dir keine Gedanken, wir wissen uns zu verteidigen. Was sonst noch?«

»Man könnte Euch umbringen.«

»Das macht uns am wenigsten Sorge, aber gut, weil du so hartnäckig bist: Wo wohnst du?«

»In den Hügeln von Arpachschad, am Salzsee, dort seid Ihr wirklich sicher.«

»Kommen wir auf dem Weg dorthin durch die Schlangengasse, wo um diese Zeit die Fackeln der Freudenhäuser angezündet werden?«, fragte Raphael.

»Nicht unbedingt«, antwortete Lot.

»Wir möchten gern mit eigenen Augen ein Stück der Verderbtheit sehen, von der so viel gesprochen wird.«

»Einen solchen Abstecher kann ich nicht empfehlen«, erwiderte Lot und hob abwehrend beide Hände, als wolle er so die waghalsige Dummheit aufhalten.

»So sei es denn, wir wollen gleich zu deiner Heimstatt gehen. Aber mach nicht zu viel Aufhebens, denn unsere Frist währt nur bis Mitternacht.«

»Welche Frist denn?«, wagte Lot zu fragen.

»Eine Frist, von der du schon noch erfahren wirst. Es gibt keine Frist, die nicht eingehalten wird«, gab Raphael zurück. »Geh jetzt voraus und zeige uns den Weg.«

Kaum waren die beiden Gäste über die Schwelle getreten, da setzte sich die Dienerschaft in Bewegung, und die beiden wurden mit den Ehren und Aufmerksamkeiten empfangen. Man brachte eine Schale mit Wasser, damit sie Gesicht, Arme und Hände reinigen konnten, ebenso eine Waschschüssel und Tücher für die Füsse, und dann wurden ihnen Tabletts voller frischer Früchte und verschiedene Sorten Fleisch kredenzt, dazu eine Amphore des besten Weins, den Lot in seiner Speisekammer hatte. Und um den Genuss vollständig zu machen, kam ein Trio aus Sklaven mit ihren Musikinstrumenten, einer Harfe, einer Flöte und einer Oboe, zu deren Tönen die Jünglinge, ihr Blut erhitzt und ihre Mägen gefüllt, benommen vom Wein einzunicken begannen.

Hinter dem Vorhang standen unterdessen die beiden Töchter von Lot, deren Namen ich in keiner der Quellen finden kann, die wir aber Isara und Taora nennen wollen, und flüsterten sich, als die Musiker gegangen waren, vergnügt und bewundernd die schamlosesten Bemerkungen über die Schönheit der zwei Besucher ins Ohr, die da vor ihnen dösten, die glatte Haut ihrer kahl geschorenen Schädel, in der sich das Licht der Öllampen spiegelte, die nachgezogenen Brauen, die feinen Züge, die schmale Taille, die sanfte Rundung der Hüften. Und sie kicherten albern, während sie sich fragten, ob sie wohl gut bestückt seien. Isara hatte den mit dem Muttermal gewählt, Taora den mit dem Ring in der Nase.

Und sicher, weil ihnen im Schlaf die Kontrolle über ihre Fähigkeit abhanden kam, eine bestimmte Gestalt anzunehmen, erschienen die Jünglinge den Mädchen manchmal mit langen Haaren und dann wieder kahl geschoren, und befreit von der Kontrolle ihrer Sinne wechselte ihre Gestalt, wodurch sie nacheinander von Jünglingen zu Hirten, Wüstenbeduinen und zerlumpten Landstreichern wurden, und schliesslich sogar zu dem Knaben, der auf seinen Hirtenstab gestützt döste. Und dann das Ganze wieder von vorn.

Darüber wunderten sich die beiden jungen Frauen sehr, doch anstatt zu erschrecken, waren sie belustigt.

»Das muss wohl ihr Beruf sein, auf den Plätzen und an den Strassenecken solche Zaubertricks vorzuführen«, sagte Isara.

»Wenn sie erst richtig schlafen, sehen wir vielleicht noch einen Löwen mit einem Tiger kämpfen«, meinte Taora.

»Schlimmer wäre es, sie in der Form von Affen zu sehen«, erwiderte Isara.

»Wäre nicht schlecht, sie als diese nubischen Affen zu sehen, die sich selbst befriedigen«, meinte Taora.

»Und was wäre, wenn sie im Schlaf ihre Kleider verlören und nackt vor uns dasässen?«, lachte Isara.

»Dann könnten wir sehen, ob zwischen ihren Beinen Täubchen schlafen oder Schlangen, die sich voller Gier recken«, lachte auch Taora.

»Lass uns gar nicht so lange warten, wir wollen zu ihnen gehen, so leicht bekleidet, wie sie dasitzen, und sie ein bisschen streicheln«, schlug Isara vor.

»Es wird ihnen sicher nicht missfallen, eine warme Hand auf ihrem Schenkel zu fühlen«, stimmte Taora zu.

»Ein heisser Mund, der sich ihren Lippen nähert und ein bisschen daran knabbert«, überbot sie Isara.

»Und eine Hand, die sich ihren Weg schenkelaufwärts tastet«, fuhr Taora fort.

»Und eine feurige Zunge, die sich zwischen ihre Zähne schiebt«, sponn Isara den Faden weiter.

Und während sie sich so die Zeit vertrieben, entbrannten sie immer mehr vor Wollust. Dabei wussten sie genau, dass sie nur in ihrer brünstigen Phantasie ihre Worte in die Tat umsetzen konnten, denn Lot stand in angemessener Entfernung, wachte über den Schlaf der beiden Jünglinge und wartete darauf, dass sie wieder zu sich kämen.

So liefen sie die Treppe hinauf ins Zimmer ihrer Mutter.

»Mutter, da unten sind zwei junge Männer, deren Schönheit sich kaum beschreiben lässt.«

»Das weiss ich schon«, antwortete Edith, die gerade dabei war, ihre langen, schwarzen Haare zu kämmen, in denen bereits einige weisse Strähnen zu erkennen waren. Sie war tatsächlich sehr schön; die Töchter, das kann ich versichern, waren es nicht. Und manchmal fragte sich Edith, nach wem sie wohl kamen, so spindeldürr, wie sie waren, mit Hüften, die nicht breiter werden wollten, mageren Brüsten, Isara mit zu eng stehenden Augen,

Taora mit zu krummer Nase. Nur ihre Münder mit den vollen Lippen und weissen Zahnreihen waren einigermassen passabel.

»Sie sehen verführerisch aus«, sagte Isara.

»Für euch sieht jeder junge Mann verführerisch aus«, lachte Edith, immer noch mit ihrem Haar beschäftigt, aus dem sie einzeln mit den Fingernägeln die weissen Strähnen zog. »Ihr sollt nicht an andere Männer denken. Seid ihr etwa nicht verlobt?«

»Schauen ist doch nicht verboten«, erwiderte Taora.

»Ja«, ergänzte Isara, »schauen und träumen ist doch nicht verboten.«

Da hörte man plötzlich Stimmen, das waren ihre Verlobten, die gerade hereinkamen. Schnell liefen die beiden nach unten, und auf den letzten Treppenstufen merkten sie, dass die jungen Männer erregt klangen. Lot war bemüht, sie zu beruhigen. Die Jünglinge erwachten vom Lärm und rieben sich die Augen.

»Was ist los?«, fragte Raphael, während er sich streckte, und Lot ging zu ihnen hinüber:

»Dies sind die Verlobten meiner Töchter, Herr, sie berichten, dass ein aufgebrachter Mob hierher unterwegs ist.«

»Das ist ein wüster Haufen«, ergänzte einer der Schwiegersöhne in spe. »Sie kommen mit Äxten, Schaufeln und Schwertern. Auf dem Baal-Platz haben sie sich zusammengerottet.«

»Und was wollen sie?«, fragte Raphael, während er aufstand, und auch Michael sich erhob.

»Euch wollen sie«, erwiderte der andere Verlobte. »Lasst uns zum Haus von Lot, diesem reichen Ausländer, ziehen, er soll die beiden Fremden rausrücken, die bei ihm übernachten, haben sie geschrien.«

»Und was wollen sie von uns?«

Lot zögerte angesichts der arglosen Frage: »Die Stadt ist verdorben, Herr. Alles hier ist zügelloser Handel mit fleischlicher Lust«, antwortete er schliesslich.

»Du hast versprochen, dass dieses Haus ein sicherer Ort wäre. Deshalb haben wir deine Einladung akzeptiert«, antwortete Raphael ohne Anzeichen von Ärger. Und indem er die Schultern zuckte, sah er Michael an: »Mal sehen, wie wir jetzt aus dieser Klemme kommen«, sagte er dann.

Das Stimmengewirr und das Geschrei der Menschenmenge kam auf der Strasse näher, und kurz darauf umringte der Schein von Fackeln das Haus. Die Menge war in den Garten eingedrungen und hatte die Rosenstöcke niedergetrampelt. Der einarmige Wildschweindompteur war dabei, der zinnobergeschminkte Alte, der aus dem Messerduell um die Gunst des Lustknaben als Sieger hervorgegangen war, und der Lustknabe selbst, der Zwerg mit dem riesigen Phallus, den er jetzt um den Hals gelegt trug, Zuhälter und Diebe und ganz gewöhnliche Leute, aber auch von ihren Dienern begleitete alte Männer, die elegant gekleidet waren und sich im Hintergrund hielten, als lauerten sie auf Beute.

Aber da ist noch jemand, der sich im Hintergrund hält, keine Fackel trägt und nicht wie die anderen laute Drohungen ausstösst. Von einem Steinhaufen aus beobachtet er nur mit besorgtem und Gedanken verlorenem Blick, was da vor sich geht. Das ist der Einäugige, der Täubchen speit, von dem sich Sara vor nicht allzu langer Zeit verabschiedet hat und der Geschichten erzählt, die noch nicht geschehen sind und in denen er selbst eine Hauptrolle spielt, wie die von dem Gerechten im Land Uz, ruiniert und gegeisselt von ihm oder von wem auch immer, der ihm diesen Auftrag gegeben haben mag. Eine namenlose Person, zwiespältig, vergesslich, Saras Urteil nach vielleicht ein Wichtigtuer, und jemand, der nur schwer zu begreifen ist. Auf welcher Seite steht er, wem dient er? Vor allem jetzt, wo ich nicht zu spekulieren wage, welche Rolle er bei dieser Szene spielt, und nur sagen kann, dass er sich nicht wie ein einfacher Schaulustiger verhält. Man wird schon noch sehen.

## Vierzehn

**Auch** wenn es in Anbetracht der Eile ungünstig erscheinen mag, muss ich hier doch eine Erklärung zum Charakter der beiden angehenden Schwiegersöhne Lots abgeben, die auf jeden Fall nur zu einem flüchtigen Auftritt in diesem Kapitel bestimmt sind, nicht mehr als ein paar Stunden zwischen Abend und Tagesanbruch. Wenn das schreckliche Morgengrauen naht, werden wir bald nichts mehr von ihnen erfahren.

Einer der beiden war Pferdehändler. Mit grässlichem Temperament ausgestattet, entbrannte er so leicht vor Zorn wie trockenes Stroh im Sommer und geriet oft in Streit, weil er sich nicht darum scherte, woher die Fohlen stammten, die er zur Zucht kaufte und die nicht selten ihren Besitzern gestohlen worden waren. Doch weil er es verstand, die Richter ordentlich zu schmieren, kam er vor Gericht meist ungeschoren davon.

Der andere machte Schmuck, den er an den Haustüren verkaufte, weshalb er über einen zuvorkommenden, eilfertigen Charakter verfügte, seine wichtigste Tugend. Damit umgarnte er seine weibliche Kundschaft, wenn er das Tuch auf dem Boden ausbreitete, in dem er seine Ware verstaute. Sodass also jetzt, wo das Haus belagert wird, der Streitlustigere und Aufbrausendere der beiden zweifellos der Pferdehändler sein muss, während der Goldschmied sich diskret im Hintergrund hält, ängstlich wie nur irgend jemand sein kann. Wir können von ihm kein energisches Auftreten erwarten.

»Ich will nach draussen gehen und versuchen, sie mit freundlichen Worten zu beruhigen und dazu zu bringen, auseinanderzugehen«, sagte Lot, doch der Pferdehändler trat ihm in den Weg:

»Sie werden nicht fortgehen, wenn du ihnen nicht die hier auslieferst. Sieh ein, dass dies das beste ist, was du tun kannst. In ihrer Wut könnten sie sonst auf die Idee kommen, uns alle zu ergreifen, um uns wie Frauen zu gebrauchen.«

»Das ist also deine Meinung, dass dein künftiger Schwiegervater uns diesem gewalttätigen Mob ausliefern sollte?«, fragte Raphael, immer noch ohne ein Zeichen der Erregung.

»Ihr seid Fremde, ich wusste nicht einmal, dass es euch gibt, als ich mich auf den Weg hierher machte und hörte, wie sie von euch sprachen. Ich denke nicht, dass ich mein Leben für Leute riskieren muss, deren Namen ich nicht einmal kenne.«

»Ich glaube nicht, dass unsere Namen hier von Interesse sind«, antwortete Raphael.

»Wie ihr auch immer heissen mögt, ihr seid zur Unzeit gekommen. Auf mich braucht ihr nicht zu zählen, wenn es um eure Verteidigung geht. Sollen sie doch mit euch machen, was sie wollen, geschlechtlicher Umgang mit Männern liegt mir nicht, viel weniger noch mit Gewalt.«

Lot mischte sich ein, um ihn zu beruhigen, zog ihn zur Seite und sagte, indem er die Jünglinge anschaute:

»Vertraut mir, oh Herren, wir werden dies unbeschadet überstehen. Ich weiss, wie ich mit diesen schlechten Menschen umzugehen habe. Ein paar Münzen reichen, dann kehren sie zur Taverne und zu ihrem Wein zurück.«

Seine Rede und sein Verhalten waren mehr als entschlossen und erlaubten keine Widerrede, weshalb der Pferdehändler ihn die Tür zur Strasse gerade genug öffnen liess, um hinauszuschlüpfen, und Lot zog sie hinter sich zu.

Kaum sahen die draussen ihn im Schein der Fackeln auftauchen, da schrie der einarmige Wildschweindompteur schon:

»Wo sind die zwei jungen Burschen, die du zu dir nach Hause mitgenommen hast? Verstecke sie nicht vor uns, sonst geht's dir schlecht! Vergiss nicht, auch du bist nur ein Fremder in dieser Stadt, so reich du auch geworden sein magst!«

»Du musst sie nur ausleihen, du gibst sie mir einen Moment und dann bekommst du sie zurück!«, schrie der Zwerg, während er sein um den Hals gelegtes Instrument streichelte.

»Die Waren deiner Karawanen verkaufst du für das Dreifache, rück' uns wenigstens diese beiden umsonst heraus!«, schrie noch ein anderer.

Die Stimmen gingen wild durcheinander und wurden immer lauter, und die aufgebrachte Menge kam Lot näher und näher. Er konnte schon die Hitze der Fackeln im Gesicht spüren und traute sich nicht mehr, die Münzen zu zeigen, die er in der Faust hielt.

»Wir müssen die Tür mit einer Axt einschlagen!«, rief einer von hinten.

»Wozu haben wir Seile mitgebracht?«, brüllte ein anderer. »Damit können wir die Wände hochklettern.«

»Kommt, lasst sie uns endlich rausholen und ausziehen, sie gehören uns!«, hörte man jemand anderes rufen. Und noch einer rief:

»Ich habe Hammelfett dabei, damit schmieren wir ihnen den Hintern ein!«

»Ich kaufe sie beide, ihr könnt diesen Beutel Gold unter euch aufteilen und überlasst sie derweil mir«, liess sich einer der elegant gekleideten Alten hören.

»Kommt gar nicht in Frage!«, bekam er zurück. »Wir haben alle das Recht, sie zu besteigen!«

Die Fackeln versengten Lot schon die Brauen, als er sagte: »Ich bitte euch, meine Brüder, begeht nicht eine solche Untat.« Doch alles, was er zur Antwort erhielt, war ein Chor aus Gelächter und höhnischen Schimpfwörtern. Da rief er: »Hört mir bitte zu, ich will euch ein Angebot machen!«

Darauf schwiegen sie. »Mal sehen, was das für ein Angebot sein mag, dass es von der hier mit Freuden akzeptiert werden kann«, sagte der Zwerg und tätschelte seine schlafende Boa, als wolle er sie besänftigen, worauf wieder Gelächter ausbrach. Lot hob die Hände und rief: »Ihr wisst, ich habe zwei Töchter, die noch kein Mann erkannt hat, die will ich hierher nach draussen holen, ihr könnt mit ihnen machen, was euch gefällt. Aber dafür dürft ihr im Gegenzug meinen zwei Gästen nichts antun, sie haben unter meinem Dach Schutz gesucht, und die Gastfreundschaft ist heilig!«

Die Stimme, mit der Lot diese Worte sprach, war draussen laut und klar zu hören, bis hin zu dem Steinhaufen, auf dem der Einäugige stand, der Täubchen spie. Und sie war auch drinnen im Haus zu vernehmen, wo die Jünglinge ruhig zuhörten, während den Verlobten vor Verblüffung der Mund offenstehen blieb. Kaum hatte ihr Vater sein Angebot ausgesprochen, da liefen die Töchter wutentbrannt die Treppe hinauf zu Edith.

»Hast du gehört, Mutter?«, schluchzte Isara. »Hast du gehört, dass wir diesem Mob ausgeliefert werden sollen, damit man mit uns macht, was man will?«

»Ich habe es gehört«, murmelte Edith.

»Das soll also unsere Hochzeit sein«, sagte Taora, ebenfalls schluchzend. Und Edith zog sie an ihre Brust und versuchte sie zu beruhigen: »Lasst mich nur mit Lot sprechen. Das hat er nun davon, dass er uns Fremde ins Haus holt! Immer muss er so gutmütig und überfreundlich sein.«

Aber sie war nicht in der Stimmung, mit irgendjemand zu sprechen, ihre Stimme zitterte, und es zitterten ihr auch die Arme, mit denen sie ihre Töchter zu beschützen suchte.

Trotz der Gewalt, die dort draussen droht, ausser Kontrolle zu geraten, was Abweichungen vom Erzählstrang überhaupt nicht ratsam erscheinen lässt, und der heiklen Situation, in der sich Lot befindet und mit der er anfangs gar nicht gerechnet hat, will ich dies in Ordnung bringen, ganz leicht und im Handumdrehen. Es lohnt sich, innezuhalten und nach den Motiven zu fragen, die diesen Familienvater dazu gebracht haben, ein solches Angebot zu machen, das man, hätte man es nicht aus seinem eigenen Mund vernommen, kaum glauben kann, so wenig wie jene Geschichte, dass der Pharao seine eigene Tochter, die sein Augapfel war, einem Paar von dahergelaufenen Vagabunden überlassen wollte.

Das erste, was man, glaube ich, ausschliessen muss, ist, dass Lot so handelte, weil er, wie damals üblich, der Ansicht war, dass die Pflicht zur Gastfreundschaft über allem anderen stand und er deshalb seine Gäste um jeden Preis beschützen musste, sogar auf Kosten seiner eigenen Töchter. Ein haarsträubendes Argument, bei dem man sich nicht lange aufzuhalten braucht.

Man sollte also besser fragen: Weiss er etwa, wer diese jungen Burschen wirklich sind, die er da als Gäste hat, und was von ihrer

Macht zu erwarten ist? Weiss er um ihre Fähigkeiten, ihm und den Seinen die Rettung oder den Tod zu bringen? Das ist die einzige Erklärung: dass er irgendetwas ahnt von der Mission, mit der sie beauftragt sind. Und die unterwürfige Eilfertigkeit seines Onkels Abraham dem gegenüber, der das Wort führt, oh mein Herr hier, oh mein Herr da, könnte ihn auf die Spur gebracht haben. Gewiefter Geschäftsmann, der er war, hatte er gelernt, schon von Weitem Vor- und Nachteile zu wittern.

Irgendetwas muss er geahnt haben, denn bisher haben sie sich noch nicht zu erkennen gegeben. Hinauszugehen, um sich dem Mob mit ein paar Münzen in der Hand entgegenzustellen, im Vertrauen darauf, dass er die Randalierer so loswerden konnte, war eine Initiative gewesen, die er im letzten Moment ergriffen hatte, wusste er doch, dass die Hand eines Reichen immer respektiert wird, wenn sie sich den Bedürftigen entgegenstreckt. Und sie wussten ihrerseits, dass Lot nicht mit der Wimper zuckte, wenn die Hand eines seiner Knechte, vom scharfen Henkerssäbel abgeschlagen, in den Staub fiel, eine weitere Art, sich Respekt zu verschaffen.

Obwohl mir dabei einfällt, dass eine andere wahrscheinliche Erklärung die Angst sein könnte. Als er sah, dass seine Bitten nichts fruchteten und er so gut wie verloren war, der Belagerungsring um ihn immer enger wurde, so eng, dass er den sauren Schweiss jener aufgebrachten Männer und ihren nach billigem Tavernenwein und schlecht gebrautem Bier stinkenden Atem riechen konnte, als er fürchten musste, dass sie gleich an ihn selbst Hand legen würden, da versuchte er durch diese List zu erreichen, dass sie ihn wieder hineingehen lassen würden – nun gut, geh und hol deine Töchter, mal sehen, wie sie sind und ob sie uns gefallen, obwohl wir nicht glauben, dass sie besser ausgestattet sind als die beiden, die du da drin versteckt hältst – und er dann die Tür von innen verriegeln könnte und in Sicherheit wäre. Oh Herren, ich habe getan, was ich konnte, aber diese Leute wollen keine Vernunft annehmen, jetzt sind wir wirklich in Schwierigkeiten.

Was auch immer es gewesen sein mag, Lots Angebot entging

nicht den moralischen Urteilen, die später gefällt wurden und die viele Seiten füllen, obwohl er in der Regel gut dabei wegkommt. Augustinus von Hippo erwähnt das Durcheinander, das wegen der aussergewöhnlichen, so plötzlichen und heftigen Ereignisse im Haus herrschte, die Lots Verstand nicht zur Ruhe kommen und vernünftig überlegen liessen. Und das Konzil von Toledo entschuldigt ihn noch mehr, weil es zu dem Schluss kommt, zwischen Sodomie, wie man gleichgeschlechtlichen Verkehr damals nannte, und Missbrauch von Jugendlichen sei der Missbrauch zu wählen, ob es sich dabei um die eigenen Töchter handelt oder nicht, weil so das Begehen der Todsünde der Sodomie vermieden wird. Und es nimmt als Beispiel den Fall des Wegelagerers, dem zu raten ist, die Reisenden nicht zu töten, sondern nur auszurauben, um weniger zu sündigen.

Ende des Gedankengangs!

Der Pferdehändler trat zu den Jünglingen und sagte drohend: »Nur über meine Leiche lasse ich zu, dass diese beiden unschuldigen Jungfrauen dem tollwütigen Mob ausgeliefert werden, um euch zu retten.«

»Ja, auch über meine Leiche«, echote der Goldschmied, ebenfalls aufgebracht, doch ohne seinen sicheren Winkel zu verlassen.

»Und um die Diskussion ein für alle Mal zu beenden, geht besser gleich raus, ihr könnt wählen, ob freiwillig oder mit Gewalt«, sagte der Pferdehändler.

»Ja«, echote der Goldschmied, »ob freiwillig oder mit Gewalt.«

»Lot beeindruckt mich wirklich mit seinem Verhalten«, sagte Raphael zu Michael gewandt, als habe er die zukünftigen Schwiegersöhne gar nicht gehört: »Dieser Mann, den wir kaum kennen, hat uns am Stadttor erwartet, uns auf Knien gebeten, seine Gäste zu sein, hat uns freundlich die besten Speisen angeboten, hat dann sein Leben für uns riskiert, als er diesen Verbrechern entgegengetreten ist; und als ob das alles nicht ausreiche, bietet er jetzt seine Töchter an, um uns vor dem Missbrauch der Meute zu schützen. Da kann es doch keinen Zweifel geben, dass er ein Gerechter ist.«

»Ein Gerechter, der seine Töchter feilbietet, um ein paar Unbekannte zu schützen? Das nennt man draussen hui, drinnen pfui!«, erboste sich der Pferdehändler, stürzte sich von hinten auf Raphael und hielt ihn an Hals und Armen umklammert, während der Goldschmied einen Schritt nach vorn in Richtung auf Michael tat.

Trotz der Gewalt, die ihm angetan wurde, sprach Raphael ruhig weiter: »Lot ist ein so gerechter Mann, dass er mit seinem Verhalten von heute Nacht nicht nur sich selbst, sondern seine ganze Familie retten wird, und sogar noch euch zwei.«

Wenn der Pferdehändler etwas antworten wollte, ging sein Vorhaben in dem Lärm unter, der draussen jetzt mächtig anschwoll. »Schöner Handel, du gibst uns deine hässlichen Töchter und behältst die hübschen Burschen«, schrie der Einarmige, und der Zwerg stimmte ein: »Wer hat dich zum Richter ernannt über das, was wir bekommen dürfen oder nicht, blöder Ausländer? Jetzt sollst du mal sehen, mit dir geht das Festmahl los, als abschreckendes Beispiel, dann machen wir mit den Lustknaben weiter und schliesslich kümmern wir uns um deine Schwiegersöhne!« Und dabei zerrten sie schon an seiner Tunika, während andere versuchten, die Tür mit Äxten und Stangen aufzubrechen.

Was gleich darauf geschah, ist immer noch Gegenstand von Mutmassungen und widersprüchlichen Darstellungen, und angesichts der seither verstrichenen Zeit ist es unmöglich, Gewissheit zu erlangen. Besser ist es deshalb, einige dieser unterschiedlichen Versionen anzuführen, und zwar diejenigen, die am glaubwürdigsten erscheinen.

Mit ungeahnter Kraft befreite sich Raphael aus den Armen des Pferdehändlers, und obwohl von Michael nichts bekannt ist, vermute ich, dass er den Goldschmied in Schach hielt, dessen zaghafte Anstalten, sich einzumischen ohnehin niemanden zu kümmern brauchten. Mit raschen Schritten lief Raphael zur Tür, öffnete sie ein Stück weit, streckte den Arm durch den Türspalt, riss Lot aus den Händen der Grabscher, zog ihn am Haar nach drinnen und schlug die Tür hinter ihm zu. Vor den erschrockenen Augen der Schwiegersöhne hatte er sich von einem geschorenen Lamm in einen wild schäumenden Stier verwandelt. Doch kaum war Lot im Haus und in Sicherheit, die Tunika zerrissen und das Gesicht zerkratzt und bespuckt, da gewann Raphael seinen entspannten, geduldigen Ausdruck zurück.

Diese selbe Darstellung behauptet, die Aufrührer seien vom jüngsten bis zum ältesten mit Blindheit geschlagen worden, weil Raphael, bevor er Lot am Haar ins Haus zog, mit seiner Hand einen Blitz schleuderte, der sie blendete, sodass sie verzweifelt nach dem Tor zur Strasse suchten, worauf unter ihnen Panik und Verwirrung ausbrachen, sie übereinander stolperten und zu Boden fielen und in völliger Umnachtung den Weg nicht finden konnten, und statt der Drohungen und Beleidigungen erhob sich ein fürchterlicher Klagechor. Es wird nicht berichtet, ob es sich um eine vorübergehende Blindheit handelte oder ob jene Wüstlinge ihr Augenlicht für immer verloren; ein ›vorübergehend‹, das wir getrost als »für immer« lesen können, denn auf alle wartete die baldige und wohl verdiente Vernichtung.

Doch gibt es da welche, denen zufolge die allgemeine Blindheit einem gnadenlosen Sandsturm geschuldet war, der die Übeltäter ohne Ansehen von Alter oder Grösse einhüllte, den verkommenen Knaben und den Alten, der ihn im Messerkampf gewonnen hatte, den Zwerg mit seiner um den Hals gewickelten Boa und den einarmigen Wildschweinbändiger, die alten Lüstlinge, die mit ihren Beuteln voller Gold die Jünglinge für sich allein erstehen wollten, genauso blind wie ihre Dienstboten; alle hatten die brennenden Augen voller salzigem Sand. Und man kann sich leicht vorstellen, dass in diesem Durcheinander einer von denen, die mit Äxten versuchten, die Tür einzuschlagen, mit einem Axthieb dem Einarmigen die andere Hand abschlug oder dem Zwerg seinen Kopf und mit ihm den Kopf des Reptils, das er um den Hals trug; eine doppelte Enthauptung!

All das ist vorstellbar. Und ob dieses Naturschauspiel – denn ein Sandsturm ist ja nichts anderes als ein klimatisches Ereignis – von irgendjemand bestimmtem ausgelöst wurde, sollte man sogar noch in Momenten wie diesen zu klären versuchen, auch wenn die Ereignisse sich überschlagen und die Zeit dabei ist, abzulaufen.

Vergessen wir nicht, dass der Einäugige, der Täubchen speit, von seinem Steinhaufen aus dem Tumult zusah und beobachtete, wie man Lot bedrängte und ihn auszuziehen versuchte. Und jetzt wird klar, dass er der aufrührerischen Menge nicht gefolgt ist, um tatenlos zuzusehen, denn auch er verfügt über Kräfte, die sich nicht darauf beschränken, Täubchen zu speien. Und wenn er fähig ist, die Erde auf der Suche nach Gerechten hin und her zu durchstreifen, nicht um sie zu retten, sondern um sie, zur Prüfung, ob sie standhaft bleiben, in die Armut zu treiben und ihren Körper mit Schwären zu bedecken, dann kann er genauso auch einen Sandsturm entfesseln – was, wie wir schon gesehen haben, zu seinen Fähigkeiten gehört –, um ein paar unverbesserliche Bösewichte zu bestrafen, man frage ihn nicht nach dem hehren oder verqueren Ziel seines Tuns. Jeder an seinem Platz zum richtigen Zeitpunkt, das ist die goldene Regel jeder erfolgreichen Institution. Und manchmal nimmt sie, wenn es notwendig ist, die Dienste derjenigen in Anspruch, die einst wegen ungebührlichen oder aufrührerischen Verhaltens hinausgeworfen wurden. »Bleibt alle, wo ihr seid und habt keine Angst, diese Halunken werden jetzt ihre wohlverdiente Strafe bekommen«, sagte Raphael vielleicht, nachdem Lot in Sicherheit war und er die Tür laut zugeschlagen hatte: »Es ist jemand da draussen, der ihnen eine Lektion erteilen wird. Ihre Augen werden das Sonnenlicht nicht wiedersehen. Von jetzt an müssen sie sich mit der Dunkelheit abfinden.«

Als sich das hilflose, verzweifelte Geheul der Erblindeten in der Ferne verlor, befahl er Lot schliesslich:

»Bring alle deine Leute so bald wie möglich aus diesem Haus, und mach schnell, denn jetzt habe ich wirklich die Geduld verloren, und von dieser verfluchten Stadt soll nicht ein Stein auf dem anderen bleiben.«

»Die da auch?«, fragte Lot und wies auf seine künftigen Schwiegersöhne.

»Ich habe alle gesagt, ich mache keine Ausnahmen«, antwortete Raphael. »Geh jetzt nach oben und rufe deine Frau und deine Töchter.« Dann liess er einen enttäuschten Seufzer hören: »Und da dachte ich, die Menschen aus Sodom und Gomorrha könnten verschont werden! Ich gestehe, darüber habe ich sogar mit deinem Onkel Abraham diskutiert. Aber du hast ja die da draussen gesehen. Zu sagen, dass sie zu weit gegangen sind, wäre stark untertrieben.«

»Ich tue, was Ihr befehlt, oh Herr«, sagte Lot und schickte sich an, nach den Frauen zu gehen, als der Pferdehändler ihn am Arm zur Seite nahm und leise zu ihm sprach:

»Höre, Schwiegervater, was soll dieser ganze Unsinn? Wohin sollen wir denn gehen? Ich muss morgen ein paar Stuten schätzen, die aus Aleppo angekommen sind, und ich werde nicht ein Geschäft auslassen, weil ein Unbekannter mir das befiehlt.«

»Ob du mitkommst oder nicht, ist deine Sache«, liess sich Raphael vernehmen, der das Flüstern wohl verstanden hatte. »Nimm zur Kenntnis, dass ich dir deine Frechheiten verzeihe, und wenn du gerettet wirst, dann nur wegen deiner Verwandtschaft mit Lot.«

»Ich rede ja gar nicht mit dir«, antwortete der Pferdehändler.

»Dann tu, was du willst, jeder ist Herr seines eigenen Todes«, entschied Raphael mit so strenger Stimme, dass der Schwiegersohn erschrak, Lot losliess und ihm den Weg freimachte. »Die Frauen werden sich genauso sträuben wie die hier«, fügte Raphael hinzu, als Lot schon sie Treppe hinauflief, »doch denk dran, dass du nicht viel Zeit hast, lass also keinen Widerspruch zu.«

Ich muss zugeben, dass sich Lot in einer schwierigen Situation befand. Denn trotz der Beweise von Gutgläubigkeit und Gehorsam, die er gegeben hatte, deren bemerkenswertester das unsittliche Angebot war, seine Töchter der Zügellosigkeit des lüsternen Mobs auszuliefern, zweifelte er immer noch an jener unheilvollen Ankündigung, so, wie auch Sara gezweifelt hatte. Wie sollte er auch nicht, wo doch alles so plötzlich und aussergewöhnlich gekommen war. Und wenn er zweifelte, zweifelten seine zukünftigen Schwiegersöhne, seine Frau und seine Töchter umso mehr, so zimperlich und zögerlich, wie die beiden Letzteren waren, mitten in der Nacht die wohlige Bequemlichkeit ihres Hauses zu verlassen, ihre Kleider, ihre Schminksachen, das weiche Bett und die Aussicht auf ein appetitliches Frühstück zurückzulassen und sich aus der Stadt zu begeben. Und was die Schwiegersöhne in spe angeht, mit Geschäften wie die des Pferdehändlers.

Doch stellen für [wir] uns vor, es habe genügend Zeichen geben, um auch den grössten Zweifler umzustimmen. Zum Beispiel den Sandsturm, den der Einäugige entfesselte, indem er einfach nur die Hände ausstreckte oder mit vollen Backen blies. Ein Sturm, der, statt nachzulassen, immer stärker wurde und Wände und Dach erzittern liess, durch alle Ritzen drang, das Atmen erschwerte und mit seinen Böen alle Lampen löschte, sodass völlige Dunkelheit herrschte. Stellen wir uns vor, dass unaufhörlich Blitze zuckten, die das Haus in phosphorfahles Licht tauchten, in dem die beiden Jünglinge kalkweiss wirkten, wie sie da mit unerbittlichem Ausdruck an der Tür standen. Da war nichts mehr von Schönheitsflecken wie Amonittropfen oder Ringen in der Nase, ihre Haare wehten jetzt lodernd im Wind der Rache. Und wenn jemand von denen im Haus ans Fenster getreten wäre, dann hätte er vielleicht über dem Salzsee die purpur- und scharlachroten Wolken gesehen, eine Funken sprühende Feuerwand, begierig darauf, ihre Schleusen zu öffnen. Oder stellen wir uns schliesslich vor, ein erster Erdstoss habe das Haus in seinen Grundfesten erbeben lassen, und gleich darauf habe ein zweiter die Balken zum Brechen und die Wände zum Bersten gebracht, während die Erde jenen heissen, stinkenden Dampf aus ihren Poren entweichen liess, den schon zuvor Sara bemerkt hatte. Die machtvolle Wunderwerkstatt des Zauberers war komplett in Gang gesetzt für diesen Akt der Reinigung.

All dies sind, so wird man sagen, nichts weiter als Unterstellungen eines theologischen Laien, der nach Lust und Laune lang zurückliegende Ereignisse manipuliert, um sie zu phantastischen Geschichten aufzubauschen, in denen alles fehlen darf, ausser frei erfundene Hirngespinste, die keiner Regel gehorchen. Doch wenn jemand andere Vorschläge hat, dann sage er es besser gleich, denn schon kommt Lot wieder die Treppe herab, an seiner Seite Edith, von Kopf bis Fuss in ein langes Gewand gehüllt, und hinter ihnen die beiden Mädchen, auf dieselbe Art und Weise gekleidet, eine jede mit einem Bündel in der Hand, in das sie in aller Eile ein paar Kleider gestopft haben. Jeden Widerstand haben sie inzwischen aufgegeben, wie ihre Gestalten da im Licht der Blitze aus der Dunkelheit aufflackern und wieder verlöschen, und jetzt kann ich endlich festhalten, dass alle damit einverstanden sind, angesichts der erwähnten Umstände ohne weiteren Aufschub die Flucht aus Sodom anzutreten. Alle, ausser Edith, die überhaupt nicht einverstanden ist.

Denn wie man sich leicht vorstellen kann, dachte sie um diese Zeit an ihren Geliebten. Das war ein heftiges Dilemma für sie, weil sie sich, obwohl ihr das Herz blutete, nicht verraten durfte. Man stelle sich vor, sie hätte gesagt: »Wartet bitte einen Augenblick, ich muss Eber holen, er ist sicher gerade dabei, in einem der Freudenhäuser in der Schlangengasse eine Hure nackt zu malen, er malt ja am liebsten nachts, weil er dann dort lebendige Modelle hat.« »Wer ist denn Eber?«, würde Lot verblüfft fragen, und die beiden Töchter, die vielleicht schon so etwas ahnten oder bereits alles wussten, würden trotz der dramatischen Umstände, der bebenden Erde, des Sandsturms, der Blitze, ein unpassendes Gekicher hören lassen. Auf jeden Fall wäre dies, hätte Edith ihn gemacht, ein wenig praktischer Vorschlag gewesen, denn wie sollte irgend jemand Eber in dem Durcheinander finden, Menschen, die wie aufgescheuchtes Vieh umherlaufen, während unaufhörlich die Erde bebt, ein allgemeines Rette-sich-wer-kann. Und so blieb ihr nichts anderes übrig, als ihren Liebhaber zurückzulassen.

Als schliesslich alle unten versammelt waren, fragte Raphael, wer weiss, ob mit ironischem Unterton, weil er dabei Edith ansah: »Fehlt noch irgend jemand?«

»Es fehlt niemand, Herr«, antwortete Lot, »die Dienstboten, die ich ausgewählt habe, warten schon draussen.« Man sehe nur, wie gut sich die beiden inzwischen verstehen, dass Raphael ihm zugestanden hat, die Auswahl seiner Diener nach eigenem Gutdünken vorzunehmen. Dann öffnete Lot die Haustür, und da lag im Garten die Leiche des Zwergs zwischen den zertrampelten Rosenbeeten, der Kopf war ein Stück weit weggerollt, und sein

Instrument, auch dies ohne Kopf, lag schlaff auf seiner Brust wie der Hals einer gerupften Ente, ein Anblick, von dem die zwei Mädchen verschämt den Kopf wandten. Es bleibt keine Zeit, über die Aufrichtigkeit ihrer Geste nachzudenken.

Als sie auf die Strasse hinaustraten, stolperten sie über weitere Leichen, die des Alten mit seinem verdorbenen Lustknaben, zum Beispiel, sie waren bei dem wüsten Gerenne zu Tode getrampelt worden. Und im Gewitter der Blitze machte sich der kleine Trupp auf den Weg, während hinter ihnen die Dienstboten, die nicht ausgewählt worden waren, ohne sich darum zu kümmern, dass die Erde immer stärker bebte, daran gingen, das Haus zu plündern und mit Kleidern, Truhen, Kohlebecken, Teppichen und sogar noch den Kochtöpfen davon liefen.

Der dem Trupp folgt, ist der Einäugige, der Täubchen spie. Mich wundert es nicht mehr, dass er sich dem Gefolge anschliesst, doch den Pferdehändler anscheinend schon. »Und der da?«, fragte er. »Der kommt mit uns«, antwortete Raphael, »hier hat er nichts mehr zu tun, seine Aufgabe ist beendet«, ohne zu erklären, um welche Aufgabe es sich handelte. Und der Pferdehändler verlangte auch keine weiteren Erklärungen, das hätte noch gefehlt.

Während sie hintereinander und an den Händen gefasst einher liefen, so, wie Raphael es ihnen befohlen hatte, fielen alle möglichen Vögel tot vom dunklen Himmel, wie Steine, die ihnen auf Köpfe und Schultern stürzten, Falken, Raben, Stare, Sperber, Wiedehopfe, von denen, die Sara zusammen mit den Ringeltauben so sehr gefielen. So gelangten sie zum Baal-Platz, wo niemand mit niemandem Streit suchte und sich auch niemand um die Jünglinge kümmerte, die der Grund für ihr Unglück waren. Diejenigen, die sie auf ihrem Weg trafen, wollten nur noch so schnell wie möglich das Weite suchen.

Chaos und Angst, mit diesen zwei Wörtern kann ich es zusammenfassen. Eine Angst, die Menschen und Tiere gleichermassen ergriff: In Abwesenheit ihres Besitzers, des Einarmigen, war die Wildsau frei geworden, als bei einem Erdstoss ihr Käfig umstürzte und die Gitterstäbe brachen, liess ihre Jungen im Stich und schloss sich zahm der von Raphael geführten Prozession an, zusammen mit einem Löwenpaar, das auch seiner Gefangenschaft entkommen war und sich jetzt so folgsam benahm wie brave Hunde. Doch wenn sich diese armen Bestien Illusionen machten, überleben zu können, so waren dies vergebliche Illusionen, denn soweit man weiss, stand keine Art von Tieren auf der Liste der Gerechten. Hier gab es keine rettende Arche für ein Paar jeder Art oder etwas ähnliches, und bald würde Feuer auf sie herabregnen. Wir haben schon gesehen, wie die Vögel als erste umkamen, und ich will gar nicht erst anfangen von den Schlangen und anderer Brut, die in wildem Durcheinander aus ihren Höhlen und Verstecken gekrochen kam.

Sie verliessen die Stadt durch das Tor der Fleischer, das niemand mehr bewachte, während das strafende Feuerwerk am Himmel immer heftiger wurde, und dann wandte sich Raphael zu Lot um und sagte:

»Wir bleiben jetzt hier«, und dieses »wir« schloss Michael und den Einäugigen ein, der Täubchen spie. »Bringe du deine Leute so weit weg von hier wie möglich. Geht querfeldein über die Ebene, meidet die Wege, denn auf diese wird auch Feuer niedergehen, nicht dass jemand so zu entkommen versucht. Und haltet nicht mal an, um Luft zu holen, viel weniger noch, um einen Blick zurückzuwerfen, denn niemandem ist gegeben zu sehen, was hier geschehen wird. Und wenn jemand von euch es wagen sollte, mir nicht zu gehorchen, kann er sicher sein, dass er nicht mehr davon wird erzählen können.«

»Oh Herr«, sagte Lot, »wir sind sehr dankbar für deine Barmherzigkeit, doch bin ich voller Angst, durch die Ebene zu gehen, nicht dass uns durch irgendein Unglück das Schlimme trifft, das du vorbereitet hast, und wir doch noch umkommen.«

»Was schlägst du also vor?«, fragte Raphael.

»Lass uns nach Zoar wandern, ein Dorf ganz in der Nähe.«

»Das Problem ist, dass Zoar auch auf der schwarzen Liste steht, zusammen mit Sodom und Gomorrha«, erwiderte Raphael.

»Das ist ein unscheinbarer Ort, der deinen Zorn gar nicht verdient«, wandte Lot ein.

»Also gut, beeilt euch und geht nach Zoar. Der Ort soll verschont werden, weil du darum bittest. Und mehr noch, ich will allem Einhalt gebieten, bis ihr dort angekommen seid, auch wenn ich deshalb bis Tagesanbruch warten muss.« Und dann verabschiedete er sich mit einem Kopfnicken für jeden von ihnen, sogar die Schwiegersöhne in spe, und sagte dabei sehr höflich zu Edith: »Denk an meine Warnung und wende dich nur nicht nach Sodom um.«

Wirklich ein vornehmer Mensch, hätte Sara gedacht, wenn sie dort gewesen wäre. Der Jüngling behandelt Edith mit einer Höflichkeit, die er mir nie zuteil lassen würde, er scheut sich nicht, das Wort an sie zu richten. Doch war dies nicht die Zeit für Beschwerden, ob berechtigt oder nicht. Gleich darauf ging Raphael, gefolgt von den anderen, zum Stadttor zurück, der Einäugige immer ein Stück hinter ihnen, und dann verschwanden sie wieder in der Stadt, um auf den Tagesanbruch zu warten, wenn sie wirksam und mit kundiger Hand die Säuberungsaktion durchführen sollten, die ihnen aufgetragen worden war.

## Fünfzehn

**Die** drei begeben sich zum Baal-Platz, der jetzt zwischen den Häusern daliegt wie ein leeres Rechteck, erhellt vom purpurroten Lichtschein, der vom Himmel niederfällt, ein Glanz, in dem der einzelne Hoden von Baal, dem Wolkenreiter, so zu glühen scheint, dass man sich, wenn man sich mit seinen Lippen näherte, um ihn nach Sitte der Gläubigen zu küssen, das Fleisch versengen würde.

Raphael und Michael steigen die Treppe der Geschichtenerzähler empor, räumen mit ihren Sandalen die toten Vögel zur Seite, die auf die Stufen gefallen sind, und setzen sich, um in Erwartung der vorbestimmten Stunde die Zeit totzuschlagen. Hinter ihnen kommt auch der Einäugige die Treppe empor.

»Es wäre nicht schlecht, wenn du mal einen Blick in diese Gasse wirfst, von der so viel gesprochen wird«, sagt Raphael.

»Von dort ist keine menschliche Stimme zu hören«, antwortet der Einäugige.

»Gehorche einfach trotzdem, immer hast du irgendwelche Ausreden«, schilt ihn Raphael. Und der Einäugige verschwindet widerwillig die Treppe hinauf.

Von dort, wo die Jünglinge sitzen, lässt sich aus verschiedenen Richtungen verzweifelter Lärm hören, man könnte meinen, wie von einer Herde Hammel, die sich im Pferch drängt und mit den Klauen den Boden stampft, die Hörner gegeneinander stösst, die Leiber gegeneinander prallen lässt.

»Sind die Stadttore geschlossen worden?«, fragt Raphael, und Michael neben ihm nickt.

Sodom besitzt vier Stadttore aus Eichenholz, und ein jedes blickt in eine der vier Himmelsrichtungen, das Wollkämmertor, das Tor der Schreiber, das Goldschmiedetor und das Tor der Fleischer, alle so hoch und schwer, dass zwölf starke Männer nötig sind, um sie tagtäglich zu öffnen und zu schliessen.

Jetzt haben sie sich von selbst in ihren Angeln gedreht und mit einem einzigen dumpfen Schlag geschlossen, um zu verstummen wie Münder, die nie mehr sprechen wollen. Zu ihren Füssen drängen sich die Menschen, von denen gestossen, die in Wellen nachdrängen, treten mit den Füssen gegen die Pfosten, schlagen mit den Fäusten gegen die Torflügel, bearbeiten das Holz mit den Händen, bis ihre Finger blutig sind. Doch die vermaledeiten Tore wollen sich nicht öffnen, sind nicht nur stumm, sondern auch taub, bis sie mit den Steinen der Stadtmauern auf die Menschen niederstürzen werden, genau wie die Tore von Gomorrha, die sich auf dieselbe Weise geschlossen haben.

Die Freudenhäuser, die sich auf beiden Seiten der Schlangengasse aneinanderreihen, sind in den Stein des Hügels grabene Höhlen, die Treppenstufen, über die gewöhnlich Ströme von Urin fliessen, hat man mit Hacken in den Stein geschlagen. Jetzt liegt alles still und dunkel. Nachdem die Puffmütter, Huren, Zuhälter und Freier alle Hals über Kopf nach einem der geschlossenen Tore geflohen sind, erloschen die Öllampen durch die Böen des Sandsturms, mit dem all dies begann und der auch die blutroten Vorhänge abgerissen hat, die die Höhleneingänge verdeckten.

So dunkel es in einer Höhle auch sein mag, weil bis dorthin der helle Schein der Blitze nicht reicht, die unaufhörlich die bevorstehende Katastrophe ankündigen: Für den Einäugigen, der Täubchen speit, gibt es keine undurchdringliche Dunkelheit, und deshalb kann er, wenn er in eins dieser Freudenhäuser tritt, wie mit einer Lampe das Chaos sehen, das dort herrscht. Alles ist bei der wilden Flucht umgeworfen worden, Tische, Bänke, Weinkaraffen, Bierkrüge. Und tiefer in der Höhle, wo die Räume der Freudenmädchen sind, liegen Tuniken und Tücher in wüstem Durcheinander auf dem Boden, Krüge und umgekippte Wasserbecken für die Sitzbäder der Frauen.

In einem dieser Räume, die durch einen Schacht in der Decke mit Luft versorgt werden, liegt schlafend ein Mann auf einer Matte. Der Speichel läuft ihm aus dem Mund und in den zottligen Bart. Er ahnt nichts von der Einsamkeit um ihn her und, schlimmer noch, von dem Schicksal, das ihm bevorsteht. An einer der Wände sieht man ein Bild, das die gesamte Wand vom Boden bis zur Decke einnimmt, fünf, sechs nackte Figuren beiderlei Geschlechts durcheinander auf einem Lager, Frauen mit dem Kopf nach oben, Männer mit dem Kopf nach unten. Ihre Gesichter wirken entrückt, so, als hätten sie sich in einem Wald aus Armen, Beinen, Brüsten, Rücken, Hinterteilen, Ellenbogen und Knien verirrt.

Der Einäugige rüttelt den Schlafenden mehrfach an der Schulter, bis der schliesslich erwacht. Er stützt sich auf einen Ellenbogen, wirft einen verwirrten Blick in die Runde und trifft auf das vernebelte Auge, das ihn unbeirrt anschaut. Vergessen wir nicht, wenn der Einäugige im Dunkeln sehen kann, dann kann er auch dafür sorgen, dass andere ebenfalls sehen, warum auch nicht.

»Eber, Eber, du hast gestern Abend zu viel Wein getrunken, sieh nur, wie schwer es mir gefallen ist, dich wach zu bekommen«, sagt der Einäugige.

»Wer bist du denn überhaupt?«, fragt der, noch nicht ganz bei sich.

Auf diese Frage erhält er keine Antwort. Statt dessen hört er den anderen sagen: »Mara, bei der du für gewöhnlich hier die Nacht verbringst, ist nach Hause gegangen. Ihrem Kind geht es schlecht, es hat die Pocken, und sie muss bei ihm wachen. Sie kann nicht hier an deiner Seite schlafen.« Dann hebt er den Blick auf die Wand: »Endlich hast du es malen können, wie gut es dir gelungen ist, herzlichen Glückwunsch. Skizzen sind natürlich nur Skizzen, und die, die du Edith gezeigt hast, kommt längst nicht an das heran, was du jetzt erreicht hast. Diese entrückten Gesichter spiegeln die Überraschung angesichts des Mysteriums der Liebesakts, kein Zweifel. Das ist ein Akt, der immer wieder neu ist, so oft er auch wiederholt wird, neu und voller Staunen und Erregung. Lass sehen: Auf die Gesichter der Frauen hast du eine sehr fein abgemischte Schicht Ziegelrot gelegt. Aber diese roten Lippen faszinieren mich, wie hast du diese Farbschattierung erreicht? Das muss pflanzlich sein, vielleicht getrocknete, im Mörser zerstampfte Mohnsamen. Und den Glanz hast du mit

Eiweiss hinbekommen. Um die Brüste hervorzuheben, hast du Holzkohle von Steineichen genommen, mit Gips abgetönt, und Ocker aus der Wüste und Malachit für die Hinterteile, Lapislazuli für diese nur leicht angedeutete Scham. Das hast du alles sehr gut gemacht. Ich weiss nicht, warum sie dich einen Lüstling nennen, wo du doch so gut diese schwierige Kunst der Andeutung beherrschst, die versteckte Anspielung auf die Genitalien, die nie klar zu erkennen sein dürfen. Genau darin besteht ja der Unterschied zwischen der vulgären Darstellung und der feinen Erotik. Ich bin kein Kunstkenner, aber dein Können beeindruckt mich wirklich. Obwohl es dir vielleicht nicht ganz gelungen ist, die Frauen richtig auf der Fläche des Bettes ruhen zu lassen. Sie scheinen eher ein wenig zu schweben, abgesehen davon, dass die Figuren, wenn du genau hinschaust, nicht die richtigen Proportionen zeigen. Das Mädchen mit den noch kaum zu erkennenden Brüsten ist zu gross gegenüber dem so klein geratenen Alten, was für ein ungleiches Paar. Aber hör gar nicht auf mich. Obwohl du das vielleicht doch tun und mit mir nach draussen kommen solltest, du verpasst gerade das grösste Farbenfest deines Lebens. Vom Himmel regnet es scharlachrotes, grünes, blaues, goldenes Licht. Da siehst du purpurne, rosa und violette Explosionen, was für ein Geschenk für einen Maler. Und mehr noch wirst du verpassen, wenn es hell wird. Aber was soll man machen, schlaf nur weiter deinen Rausch aus, ich will dich nicht weiter stören.«

»Wer bist du also?, fragte Eber noch einmal, bevor er auf seine Matte zurückfiel. Und natürlich antwortete der Einäugige, der Täubchen spie, auch jetzt nicht, was das anging, hatte er nichts zu antworten. Er holte eine Decke und deckte Eber zu.

»Es ist ziemlich kalt«, sagte er, »und du liegst hier so nackt.«

Weil sie warten müssen und die Stunden lang werden, hat Raphael bis zum Tagesanbruch eine relative Ruhe verfügt. Deshalb haben die Erdstösse nachgelassen, so wie der Sandsturm auch, die feurige Wolkenwand über dem Salzsee ist blasser geworden, sodass sie kaum noch zu sehen ist. Die Menschenmenge hat darauf ihr Wehklagen an den Stadttoren eingestellt und sich aufgelöst, ohne ganz zu verschwinden. Einige sind allerdings nach

Hause gegangen, lassen dabei aber so viel Vorsicht walten, ihre Betten in die Höfe oder Toreinfahrten zu stellen, für den Fall, dass die Erde wieder zu beben beginnt. Andere, Wagemutigere, trauen sich in Prozessionen in die Tavernen zurück, mit dem Wirt an der Spitze, und dann hört man schon wieder Geschrei und lautes Gelächter, Streit und einen vereinzelten schrägen Chor von Betrunkenen.

Unterdessen sind Lot und seine Familie auf dem Weg nach Zoar, so, wie es ihnen genehmigt wurde. Edith, die an der Hand ihres Ehemanns geht, ist bemüht, nicht ihre Angst zu zeigen, kein grosses Problem, denn von der Spitze bis zum Ende des Zuges, das die Dienerschaft bildet, sieht man nur bekümmerte Gesichter. Nur der Pferdehändler schaut, statt die allgemeine Bedrückung zu teilen, nach wie vor beleidigt drein, im Gegensatz zum Goldschmied, der bereit ist, gute Miene zum bösen Spiel zu machen. Er erlaubt es sich sogar, ab und zu einen lahmen Witz zu reissen: Was sagte der Wal zu Jonas, als er ihn wieder an Land spie? Ich will dich nie wiedersehen, weil du Vielfrass alle Fische in meinem Bauch gefressen hast, schau nur, wie mager ich geworden bin. Witze, die eigentlich eher zum Weinen anregen.

Als der Morgen heraufzieht, taucht schliesslich vor ihren Augen der kleine Ort mit niedrigen Mauern auf, so niedrig, dass man sie mit einem Reittier leicht überspringen könnte. Die Lehmhütten sind weissgetüncht, Plätze oder Tempel gibt es nicht. Die wichtigste öffentliche Einrichtung ist der Viehmarkt mit Pferchen für die grösseren und kleineren Tiere und Käfigen für die Schweine. Doch vor allem leben die Menschen hier von der Fabrikation der weithin bekannten Lehmziegel aus Zoar, gebrannt aus der örtlichen, silikatreichen Tonerde, trockenem Stroh und Teer, das in Krügen aus den nahen Tümpeln geholt wird.

Dort gibt es nur ein einziges, namenloses Tor, durch das die Rinder- und Schweineherden hinein- und hinausgetrieben werden und die Ochsenkarren voller Ziegel fahren. Jetzt bewacht es ein schläfriger, mit einem Holzspeer bewaffneter Wächter, ein zerlumpter Alter, der hinkt, weil er nur eine Sandale trägt. Sein anderer Fuss ist in blutfleckige Lappen gehüllt.

Während Lot den Wächter nach einer ordentlichen Unterkunft fragt, spürt er, dass ihm etwas in seiner Hand fehlt, und als er sich umwendet, wird er gewahr, dass es Ediths Hand ist.

»Wo ist deine Mutter?«, fragt er Isara, die ihm am nächsten steht, den Kopf mit einem Tuch bedeckt und die Brauen weiss vom Staub des Weges. Die zuckt die Achseln: »Ich weiss nicht, sie war bei dir vorn«, worauf der Alte sich einmischt: »Da war eine Frau bei euch, die hat sich plötzlich umgedreht und ist eilig zurückgelaufen.«

»Es wird nicht schwer sein, sie einzuholen, ich kann mich darum kümmern«, schlägt der Pferdehändler vor. »Vielleicht hat sie unterwegs etwas verloren und ist es suchen gegangen, einen Ohrring, einen Fingerring, ein Armband, dessen Verschluss aufgegangen ist.«

»Nein«, antwortet Lot, »ihr wartet alle hier, ich werde selbst gehen.«

Unter dem feuerroten Himmel macht er sich auf den Weg, beschleunigt seine Schritte, möchte am liebsten laufen, doch für einen Mann wie ihn, der seine Tage im Sitzen mit dem Prüfen von Rechnungen verbringt, und der, wenn er Waren begutachten geht, in einer Sänfte getragen wird, ist es leicht, ausser Atem zu geraten. Diese dickköpfige Frau denkt sicher, das mit der Zerstörung und Vernichtung sind Märchen, und wird sich gesagt haben: Ich gehe einfach zurück in die Stadt und warte dort auf sie, werde das Haus aufräumen, das wir in der Eile so unordentlich hinterlassen haben, werde fegen und putzen und ein Willkommensfest organisieren. Plötzlich hält er inne, als habe ihn eine Schlange in die Ferse gebissen und lähme ihn mit ihrem Gift: Hat der Jüngling nicht gewarnt, wer zurückschaue, wird bestraft werden? Und voller Angst setzt er seinen Eilmarsch fort.

Ausser letzterem, dass der, der nicht gehorchte, seine Strafe erhalten würde, was stimmte, weil Raphael es klar verkündet hatte, sind das alles nichts als Vermutungen. Er kann ja nicht in das brodelnde Chaos in Ediths Kopf schauen. Er kann nicht wissen, dass ihre Verzweiflung ins Unermessliche gewachsen ist, kaum dass sie in Zoar ankamen: Ich bin hier in Sicherheit und

Eber ist vom Tode bedroht. Und plötzlich spürte sie, dass sie die grausame Ungewissheit nicht ertragen konnte, die sie gefangen hielt. Entweder sie durchbrach das Gitter dieses Gefängnisses oder sie würde sich, ausser sich vor Angst, vor Verzweiflung am Boden wälzen.

Dass Lots Frau sich umwandte und zur Salzsäule erstarrte, ist längst ein Allgemeinplatz, was an eine einzige Kopfbewegung denken lässt. Da gehst du vom Punkt A zum Punkt B und aus reiner Neugier oder weil jemand von hinten nach dir ruft, drehst du dich plötzlich um, ohne recht anzuhalten. Doch nein. Hier ging es nicht um einen einzelnen Impuls, sondern um einen Ablauf von mehreren Augenblicken, die ihrerseits mehrere Bewegungen beinhalten, und es ist dieses Ganze, das aus einem Beginn und einem Höhepunkt besteht, was das Zurückschauen ausmacht.

Als sie nämlich die Mauern von Zoar hinter sich gelassen hatte, lief sie, so schnell sie konnte, zurück. Und weil sie über mehr Energie verfügte als Lot, konnte sie in kurzer Zeit zum Gipfel des Hügels gelangen, von dem aus sie die ärmlichen Mauern von Zoar erblickt hatten und von wo aus man in entgegengesetzter Richtung auch Sodom sehen konnte, und ein wenig weiter dahinter Gomorrha. Vielleicht kommt Eber ja noch, er ist uns gefolgt, seit wir das Tor der Fleischer hinter uns gelassen haben, hält sich von uns fern, um nicht entdeckt zu werden. Und wenn das nicht so ist, kann mich nichts aufhalten, ihn direkt aus der Schlangengasse zu holen, wenn es nötig ist. Doch genau in dem Moment, als sie den Gipfel des Hügels erreichte, begannen aus dem Himmel Ströme von Feuer niederzuregnen, als habe jemand die Schleusen geöffnet, ergossen sich mit tosendem Donner über die beiden Städte. Und da wandte sie den Kopf und konnte ihren Blick nicht von dem wenden, was sie sah.

Was ich mit all dem sagen will, ist, dass ihr Verderben mit dem ersten Schritt begann, den sie aus den Mauern von Zoar heraus tat, und sich mit jedem Augenblick, mit jedem Schritt ihrer Füsse erfüllte. Als sie beginnt, den Hügel hinaufzusteigen, setzt sich ein Mechanismus in Bewegung, und als sie oben ankommt, den Kopf wendet und in die Ebene mit den beiden Städten hinabschaut, hält der Mechanismus abrupt inne, und es ist nichts mehr zu machen. Endlich erreicht Lot sie und sieht sie dort stehen, den Rücken ihm zugewandt. Er streckt die Hand aus, um ihre Schulter zu berühren, vielleicht will er sie fragen, ob sie den Ohrring oder den Armreif gefunden hat, den sie suchte. Doch was ihm an den Fingern kleben bleibt, sind Salzkristalle.

In diesem Augenblick erhob sich in der Ferne nur noch eine doppelte Rauchsäule von der glühenden Erde wie aus dem Inneren eines Ofens, darüber der nackte Himmel, der sich grün zu färben begann wie verwesendes Fleisch. Und was Lot angeht, der hütete sich, dorthin zu schauen, wo es ihm verboten war, eine Salzsäule war mehr als genug.

Die Frau Lots, so ist sie seither bekannt. Man kennt sie natürlich nicht als die Geliebte von Eber. Dieser Gedanke führt mich zu ein paar noch offenen Fragen, was die menschlichen Eigenschaften und die Verdienste derjenigen angeht, die ausgewählt worden sind, errettet zu werden.

Es ist verständlich, dass diese Diskussionen niemals enden: Weshalb sie und nicht andere? Was zeichnete sie besonders aus? Nach welchen Kriterien wurden sie ausgewählt? Die Jünglinge waren nicht sorgfältig genug, sie haben nicht ausreichend verglichen, sie hätten sich mehr Zeit lassen sollen. Da ging es um eine zu ernste Sache, als dass sie hätten improvisieren können. Und weshalb Edith und nicht Eber, weshalb die Schwiegersöhne in spe, dieser hochmütige Pferdehändler? Und wenn wir schon solche Fragen stellen, weshalb Lot und seine zwei Töchter, bei dem, was später zwischen den dreien noch geschehen sollte?

Aber ohne Öl ins Feuer giessen zu wollen: Wurden sie wirklich ordentlich ausgewählt, so wie es den allgemein üblichen Ansichten entspricht? Oder wollte sich der Zauberer im Grunde gut mit Abraham stellen, wo es sich um dessen Verwandtschaft handelte? War Raphaels Dankbarkeit wegen Lots selbstloser Bereitschaft, dem Mob entgegenzutreten und dann sogar seine eigenen Töchter zu opfern, ein entscheidendes Element für seinen Entschluss, ihn samt den Seinen zu verschonen?

Ich denke schon, dass diese letzte Tat entscheidend war, und dass deshalb niemand noch eine besondere Prüfung durchlaufen musste, weder Edith, die eine heimliche Affäre mit einem Bordellmaler hatte, der von ihr verlangte, sich die Scham und die Achseln zu rasieren, noch die beiden Mädchen, die sich mit schweinischen Gedanken über männliche Geschlechtsteile verschiedener Kaliber und Fähigkeiten vergnügten. Und was soll man halten von der Ehrbarkeit der angehenden Schwiegersöhne, dem schamlosen Pferdehändler, der lahmende Fohlen unter eine Handvoll gesunder Tiere mischte, dem Goldschmied, der, so feige, wie wir ihn kennengelernt haben, die Kundinnen übers Ohr haute, indem er unter den Schmuck, den er ihnen auf seinem Tuch präsentierte, Stücke aus Kupfer, Bismut und Weicheisen mischte und sie als reines Gold ausgab?

Wenn es schliesslich auf einen Gefallen gegen einen anderen hinauslief, dann darf die Art der Wahl nicht wundern, ist dies doch die Art und Weise, wie Gefallen getan werden. Der Wohltäter fragt nicht nach Verdiensten, sondern handelt vielmehr aus Dankbarkeit oder wegen eines Vorteils, wobei letzteres hier nicht der Fall ist. Und wenn man dem Faden korrekt folgt, liegt sein Ende in Saras Hand, denn ohne sie gäbe es hier kein Geben und Nehmen. Man denke dran, welch weiten Weg sie auf sich nahm, um Lot zu überzeugen, zum Stadttor zu gehen und auf die Besucher zu warten. Darauf geht alles zurück, auf diese Schläue, die sich durchs Gestrüpp der Zweifel schlagen musste, aber schliesslich und endlich Schläue blieb.

Edith wurde in die Liste der Gerechten aufgenommen, auch wenn sie später mit ihrem Leben für die Kühnheit bezahlen musste, dorthin zu schauen, wohin sie nicht schauen durfte. Das war eher eine Strafe für ihren Ungehorsam als für ihre Untreue. Der Zauberer konnte Bigamie verzeihen, Kuppelei, Ehebruch und sogar Inzest, wie wir noch sehen werden, doch keinen Mangel an Disziplin oder Respektlosigkeit von Frauen. Da sagt man ihnen, sie sollen nicht die Frucht von dem und dem Baum essen, und aus reiner schlechter Angewohnheit, nicht zu gehorchen, beissen sie gleich hinein. Schau nicht an, was du nicht anschauen sollst, und kaum hat man es gesagt, da suchen ihre flinken Augen schon das Verbotene, aus reiner Neugier. Für den Zauberer gibt es keine unschuldige Neugier, wenn sie von Frauen kommt.

Ich zweifle nicht, dass es da mehr als einen gibt, der sagt: Geschieht ihr recht, weil sie so untreu war, der Bund der Ehe ist heilig. Und seht doch nur, wen sie sich ausgesucht hat, einen Lüstling, der sich so betrank, dass er auf dem Lager einer Prostituierten einschlief. Dabei war er nicht einmal ein besonders guter Maler, hatte keine Ahnung von Vordergrund und Hintergrund und Proportionen beim Zusammenschmieren seiner Machwerke. Wer den ersten Stein auf Edith werfen will, kann das nach Herzenslust tun, in den Ruinen von Sodom und Gomorrha findet er genügend davon.

Da gibt es welche, die mit jahrhundertealter Autorität behaupten, sie sei dort zur Abschreckung so erstarrt stehen geblieben, als sei sie lebendig. Und sie hält nicht nur dem Regen stand, sondern ist aus so hartem Material wie der härteste Stein. Tertullian geht noch weiter: *Dicitur, et vivens alio sub corpore, sexus mirifice solito dispungere sanguine menses,* »es heisst, dass sie, obwohl sie in eine Salzsäule verwandelt wurde, weiter eine Frau blieb und menstruierte.« Und das Gleiche bekräftigt Iräneus von Lyon: »Die Ehefrau blieb in Sodom, nicht als verwesendes Fleisch, sondern als dauerhafte Salzsäule, wobei ihre Geschlechtsteile ihre natürlichen Aufgaben erfüllten«: *uxor remansit in Sodomis, jam non caro corruptibilis, sed statua salis semper manens, et per naturalia ea quae sunt consuetudinis homini sostendens.*

So blieb Edith also auf dem Hügel und blutete jedes Mal, wenn sie ihre Periode bekam. Lot verliess Zoar mit seinen beiden Töchtern, nicht dass Raphael vergass, Wort zu halten, und auf das armselige Nest, das nur durch Lots späte Verhandlung gerettet worden war, doch noch einen Feuerregen niedergehen liess. Von den angehenden Schwiegersöhnen ist nichts bekannt, vermutlich sind sie in Zoar geblieben und haben sich eine neue Beschäftigung gesucht. Der Pferdehändler könnte Schweinezüchter geworden sein, der Goldschmied hat vielleicht begonnen, Tonziegel zu brennen, obwohl ich das bezweifle: Wenn es um den Wiederaufbau von Sodom und Gomorrha gegangen wäre, hätten die Aussichten verlockend sein können, doch hier, in Zoar, war nicht eine einzige Mauer neu zu errichten.

Das einzig Gesicherte, was ich über sie sagen kann, ist, dass sie nicht mit in die Höhle kamen. Denn Lot und seine Töchter suchten sich eine Höhle in der Umgebung, um dort zu leben. Warum eine Höhle? Eine Höhle ist Zuflucht für diejenigen, die sich fürchten, ein Schutzraum für Entflohene, ein Ort, um sich zu verstecken. War Lots Angst vor Raphaels Launen so gross? »Geht und holt sie mir mal her, ich will mir nochmal ihren Werdegang ansehen.« Doch scheint es nicht wahrscheinlich, dass Lot irgendetwas befürchtet hätte. Deshalb kommt man zu dem Schluss, dass es von Anfang an eine Idee der Töchter war, sich eine Höhle zu suchen, weil beide schon wussten, was sie tun wollten, auch wenn sie sich nicht offen darüber verständigt hatten. Eine Höhle wie die in der Schlangengasse.

Vorsatz, Heimtücke und Vorteil, die drei strafverschärfenden Umstände eines Verbrechens. Vom ersten Tag in der Höhle an berieten sich diese beiden, wir wir wissen, wenig anmutigen jungen Frauen, nachdem sie den Boden gefegt und die Schlafmatten ausgelegt hatten, auf folgende Weise:

»Hör zu«, flüsterte Isara, die mit den eng zusammenstehenden Augen, »es ist kein Mann mehr auf Erden, zu dem wir uns legen können, um das zu tun, was zwischen Mann und Frau üblich ist.«

Das war die erste Lüge, sie brauchten ja nur nach Zoar zurückzugehen, um ihre Verlobten zu treffen, und ausserdem gab es in Zoar noch genügend andere Männer.

»Was schlägst du vor?«, kicherte Taora, die mit der krummen Nase, obwohl sie schon wusste, was ihre Schwester ihr vorschlagen würde.

»Dass wir unserem Vater Wein zu trinken geben, bis er berauscht ist, und dann abwechselnd mit ihm schlafen, damit wir Nachkommenschaft haben«, erklärte Isara.

»Einverstanden«, antwortete Taora und kicherte wieder.

Ihr Vater sprach gern dem Wein zu, und sie wussten, wenn sie ihm zu trinken anboten, dann würde er Trost im Wein suchen, als ruinierter Witwer, der er war, in einer dunklen, feuchten Höhle, nach all den Annehmlichkeiten, die er in seinem Haus genossen hatte.

»Ich soll die erste sein«, sagte Isara, »das gebührt mir, weil ich die Ältere von uns beiden bin.«

Und so, wie sie es gesagt hatten, taten sie es auch: Noch in derselben Nacht gaben sie Lot Wein zu trinken, und als er berauscht war, legte sich die Ältere zu ihm aufs Lager, ohne dass er es bemerkte, nicht einmal, als er in sie eindrang und sie sich schliesslich befriedigt erhob. Seltsam, dass ein Mann, vom Wein benebelt und so gut wie besinnungslos, noch eine Erektion bekommen kann, doch will ich nicht darüber streiten, ob Lot selbst nichts dazu beigetragen hat. Die offiziell anerkannte Meinung von Basilius dem Grossen zu diesem Fall lautet, dass der einzig Schuldige der Rausch ist, ein böser Geist, der sich wie ein unverantwortlicher Vater aller schlechten Tat und Erzfeind der Tugend verhält, der den Starken schwach macht und den Massvollen lüstern, die Vernunft im Handumdrehen tötet und heimtückisch die Flammen zügelloser Geilheit entfacht. Damit stimmt der heilige Hieronymus überein, der zum selben Fall die Ansicht vertritt, dass der berauschte Mann mehr tot als lebendig ist und man den keiner Schuld zeihen kann, der diese Art von Tod erleidet.

In der folgenden Nacht geschah das gleiche, nur dass jetzt die Reihe an Taora war, und auch dieses Mal merkte Lot nichts, als sie sich zu ihm legte, er in sie eindrang und sie sich befriedigt erhob. Und auf diese Weise empfingen die beiden Töchter Kinder von ihrem Vater und gebaren sie. Für weniger wurden in Sodom und Gomorrha tausende vernichtet. Doch wie man sieht kam Raphael nicht auf die Idee, die Höhle in Flammen aufgehen zu lassen, mit all ihren Bewohnern darin.

## Sechzehn

**Als** Abraham sich seinem Zelt näherte, immer noch betrübt und verwirrt über den unmissverständlichen Befehl zur Rückkehr, den Raphael ihm so unfreundlich gegeben hatte, wurde er wenigstens dadurch getröstet, dass der Zauberer sich ihm zeigte. Es war inzwischen Nacht geworden, und der abnehmende Mond ging zwischen schmutzigen Wolken am Himmel auf, als er am Wegrand einen Dornbusch gewahrte, aus dem die Flammen so heftig schlugen, als blase jemand mit vollen Backen in sie hinein. Dann donnerte in seinen Ohren die Stimme, die er schon kannte, und wie er es in diesen Fällen zu tun pflegte, kniete er sich in den Staub: »Ich höre, Herr, befiehl du deinem Diener.«

»Ich will dich nicht lange aufhalten, ich weiss, du bist müde vom Weg, und Sara erwartet dich ungeduldig«, hörte er.

Der Zauberer war vorsichtig, wenn er meinte, es sein zu müssen, und deshalb sagte er jetzt nicht: »Sara, die Unverbesserliche, erwartet dich. Sie ist aus eigenem Entschluss nach Sodom gegangen und hat es gewagt, sich in meine Angelegenheiten einzumischen. Warum sind die Frauen nur so, versuchen immer, zu intrigieren und Unruhe zu stiften? Weiss sie denn nicht, dass Lot mich nur deshalb am Wollkämmertor erwartete, weil ich es so beschlossen hatte?« Und als ob am Ufer des Salzsees nicht gerade etwas geschah, das zu erwähnen sich lohnte, befahl er Abraham wie immer:

»Brich vor Sonnenaufgang deine Zelte ab und ziehe gen Gerar, wandere den ganzen Tag und halte nicht an, bis du die Sonne untergehen siehst. Sorge dich nicht, du wirst Wasser und Weide für deine Herden finden, dort, wo du rastest. Und dies sollst du tun, bis du an den Ort gelangst, den ich dir noch nennen werde.«

Wieder eine unmissverständliche Aufforderung, weiterzuwandern, doch nie zuvor hatte der Zauberer so ausführliche Anweisungen gegeben. Tief in Abrahams Kopf entstand eine Frage. Willst du mich, Herr, etwa in ein entlegenes Land führen, damit ich nie erfahre, was tatsächlich in den zwei Städten geschehen ist? Hat mich vielleicht auch deshalb dein Bote in Sodom so unfreundlich weggeschickt? Aber natürlich traute er sich nicht, diese Frage zu stellen, und als er schon aufstehen wollte, weil das Feuer erlosch und er dachte, der Zauberer sei verschwunden, hörte er noch einmal dessen Stimme, ein wenig weiter entfernt, so, als sei er schon unterwegs, erinnere sich an etwas, das er noch sagen wollte, und tue dies, ohne anzuhalten:

»Du sollst Hagar und deinen Sohn Ismael mitnehmen, und vergiss nicht, unterwegs Altäre für mich zu errichten und mir jede zweite Woche ein Kalb zu opfern, das gefällt mir immer. Und vergiss auch nicht, heute Nacht deine Frau zu begatten und die nächsten sieben Nächte eurer Reise auch, jetzt ist die Zeit, da ihr Leib Frucht tragen wird. Und jetzt geh.«

Dieses letztere, dass er so und so oft Sara begatten sollte, hatte der Zauberer wie nebenbei gesagt, so wie etwas, das man auf einer Liste von Anweisungen an den Schluss stellt, weil es nicht so wichtig wäre, wenn man es vergisst. Das deprimierte Abraham ein wenig. Er sagt das nur so, dachte er, wohl hat er mir noch nie so genau aufgetragen, wie ich mich Sara nähern soll, heute Nacht und sieben weitere Nächte, also acht insgesamt, keine leichte Angelegenheit. Aber beim genaueren Hinsehen ist es doch das alte Lied vom Erstgeborenen, das er nie eingehalten hat. Und wenn er mir gleichzeitig aufträgt, Ismael nicht zurückzulassen: Was will er denn eigentlich?

Wie zu erwarten war, murrte Sara über die Nachricht, dass der Zauberer Abraham unterwegs aufgehalten hatte: »Hat er dir noch eine Katastrophe verkündet? Eine weitere Stadt, die er zerstören will?«

»So etwas hat er mir nicht angekündigt«, erwiderte Abraham, »vielmehr hat er mir einen Befehl gegeben, und zwar müssen wir gleich morgen Richtung Gerar ziehen.«

»Schon wieder!«, empörte sich Sara. »Das ist ja furchtbar weit weg von hier! Und dieser König Abimelech hat keinen guten

Ruf, ganz im Gegenteil. Ausserdem, was haben wir überhaupt in Gerar verloren?«

»Er hat mir auch gesagt, ich solle dich heute Nacht und in den nächsten sieben Nächten begatten«, gestand Abraham und verscheuchte die Fliege vor seinem Gesicht.

»Also wirklich«, lachte Sara bitter, »jetzt mischt er sich sogar dabei ein, ob ja oder ob nein und um welche Uhrzeit.«

Doch sie gehorchte. Sie wäre nicht darauf gekommen, ihrem Mann zu widersprechen: »Ich bewege mich keinen Schritt von hier, ich habe die Nase voll von dieser endlosen Geschichte.« Also gab sie die entsprechenden Anweisungen an die Dienerschaft, alles für die Abreise im Morgengrauen vorzubereiten. Und sie verweigerte auch nicht ihre ehelichen Pflichten, »mit mir wirst du nicht auf fremden Befehl schlafen«, und inmitten des Lärms, der nun von draussen hereinkam – Truhen, die geschlossen wurden, Töpfe und Pfannen, die in Körbe verstaut wurden, Blöken, Wiehern und Muhen –, machten sie sich daran, das Befohlene auszuführen, allerdings ohne Leidenschaft und Begeisterung, so, als gehöre es zu den Reisevorbereitungen.

Und selbst wenn sie sich die Zunge hätte abbeissen müssen, wäre sie auch nicht darauf gekommen, ihn nach den Erfolgen seiner Reise zu fragen und warum er so früh zurückgekommen war, ob Lot sie am Wollkämmertor erwartet und die Jünglinge zum Übernachten in sein Haus eingeladen hatte, wollte sie doch keine unfreundliche Frage als Antwort erhalten: »Woher weisst du überhaupt, dass Lot uns dort am Tor erwarten würde? Und dass er uns zu sich nach Hause einladen würde?« Und schon gar nicht sagte sie: »Erzähl mir doch, was mit Sodom und Gomorrha passiert ist, sind sie noch da oder nicht?« Nicht, dass sie die Antwort bekommen hätte, die sie nicht hören wollte: »Von denen ist nichts mehr übrig, nur der Gestank nach verbranntem Fleisch und Schwärme von Geiern.«

Ihre Unruhe, Neugier, Besorgnis oder wie auch immer wir es nennen wollen liess immer mehr nach, je weiter sich die Karawane vom Steineichenwäldchen entfernte, und als sie den ersten Rastplatz erreichten, den der Zauberer bestimmt hatte, löste sich das alles in einem leichten Nebel auf: die Jünglinge, die das Unglück ankündigten, das langsame Nahen der feuerroten Wolkenwand, die sich über dem Salzsee zusammenzog wie ein riesiger, stummer Scheiterhaufen, ihr hastiger Ritt zu Lot, der bei seinen Rosenstöcken war, Ediths Stimme, die hinter den Fensterläden ihr melancholisches Lied sang.

Nach drei Wochen der Wanderung wurden die Erinnerungen noch verschwommener, und weil sie in so entlegenen Gegenden Halt machten, weit entfernt von belebten Strassen, erfuhren sie auch nichts aus dem Rest der Welt. Manchmal lauschte sie von Weitem den Reisenden der Karawanen, die von Zeit zu Zeit ihren Weg kreuzten und die am Lagerfeuer von den Tempeln, Gärten und Monumenten von Sodom und Gomorrha schwärmten, in deren Mauern keiner von ihnen je gewesen war, und vor allem von dem freizügigen Leben, das dort herrschte und das sie nie genossen hatten. Sie hatten ihren Spass dabei, die Namen der verrufensten Freudenhäuser in der Schlangengasse aufzuzählen, als seien sie schon oft dort gewesen, vor allem in einem, wo auf einer fünfzig Ellen breiten Wand ein riesiges Bett gemalt war, in dem drei Dutzend Männer und Frauen munter durcheinander tollten, sodass man nicht erkennen konnte, welcher Arm, welche Brust, welches Bein, Hinterteil oder Knie zu wem gehörte.

Einmal hörte sie, wie ein Kameltreiber, der mit einer dieser seltenen Karawanen zog, den Frauen aus der Dienerschaft die Geschichte einer Stadt erzählte – er sagte nicht zwei, sondern eine –, die als Strafe für die Liederlichkeit ihrer Bewohner mit einem Regen aus Feuer und Schwefel hinweggefegt wurde, und wie eine Hure, die vor der Vernichtung floh, zur Salzsäule erstarrte, als sie sich umwandte, und dort auf einem Hügel stehen blieb, ohne sich aufzulösen, so viel Regen auch auf sie niederfiel und so lange die erbarmungslose Sonne sie auch beschien. Und das Erstaunlichste war, dass sie menstruierte, eine Geschichte, die statt Mitleid den Zorn der Zuhörerinnen erregte: »Jetzt übertreibst du aber wirklich mit deinen Spinnereien. Statuen, die das Leiden von uns Frauen bekommen, wann und wo soll das denn geschehen sein? Hast du es etwa mit eigenen Augen gesehen?« Und der Kameltreiber machte zerknirscht einen Rückzieher: »Gebt mir nicht die Schuld, ich wiederhole nur, was ich von einem Geschichtenerzähler auf dem Markt in Uruk gehört habe. So, wie er sagte, war das lange bevor die grosse Flut die Erde überschwemmte. Als sich das Wasser zurückzog, war die Statue immer noch da, trocken und unbeschadet, als wäre nichts geschehen, und am selben Ort steht sie immer noch. Wenn sich ihr ein Reisender nähert und ihr aus der Wange ein Stück Salz herauskratzt, dann stöhnt sie kurz auf, doch gleich darauf wächst das Herausgekratzte nach, sodass die Statue immer ganz bleibt.«

Tertullian, das haben wir schon gesehen, sollte viele Jahrhunderte später dieselben Dinge behaupten, die den Frauen der Dienerschaft so albern vorkommen. Was Sara angeht, so erregte sie sich nicht darüber, sondern lachte nur über ein solches Hirngespinst: Die Geschichtenerzähler auf den Märkten kommen aber auch wirklich auf Sachen! Eine Salzsäule, die ihre Tage hat! Ein Lachen, das sie sich nicht erlaubt hätte, wäre ihr die Nachricht von jemand so Ernstem und Bedächtigem wie Tertullian gegeben worden, einem erklärten Feind so oberflächlicher Dinge wie fleischlicher Lust. Nicht zu reden davon, wenn es ihr Cyprian von Karthago erklärt hätte, der gleichfalls nicht für Spielchen oder Scherze zu haben war, schon gar nicht, wenn es um die Frauen ging, Werke des Teufels. Diese beiden waren dem Lachen genauso wenig zugeneigt wie der Zauberer. Und Sara hätte sicher noch weniger gelacht, wenn sie erfahren hätte, dass es sich bei der Person, die der Kameltreiber meinte, um niemand anderes handelte als Edith, die im Repertoire der Geschichtenerzähler zur Hure geworden war, und die jedes Mal vor Schmerz aufstöhnte, wenn man ihr ein Stück Salz aus der Wange kratzte.

Doch kein Kamel- oder Maultiertreiber erzählte je die Geschichte von der Höhle und den beiden Töchtern, die in trauter Eintracht den Rausch ihres Vaters ausnutzten, um abwechselnd bei ihm zu liegen, und die inzwischen wie Ehefrauen mit ihm lebten, ohne ihm die Sinne mit Wein vernebeln zu müssen; und der Alte passte auf die Kinder auf, die er mit ihnen gezeugt hatte.

Schliesslich und endlich ging es hier um eine sehr private Geschichte, von jener Art, die den Geschichtenerzählern auf den Märkten und den Reisenden der Karawanen für gewöhnlich nicht zu Ohren kam.

Die Tage gingen vorüber, und Sara fühlte, dass sie immer weniger Kraft besass, gegen die sinnlosen Befehle zu protestieren, die ihr Mann unterwürfig befolgte, und man konnte es ihr nicht verdenken. Jetzt schaute sie mit ohnmächtiger Resignation über die steinige Wüste, wo sie ihr Lager aufgeschlagen hatten, ohne Hoffnung auf den Befehl, weiterzuziehen. Der Zauberer war Abraham nur kurz im Traum erschienen, nur um ihm mitzuteilen, dass dies die nächste Station sei, wo er halten und auf neue Anweisungen warten musste. Was sollte der Unsinn? An den vorigen Plätzen hatte es Wasser und Weide in Hülle und Fülle gegeben, doch hier konnte man nur Ziegen halten, die das kümmerliche Gras zupften, während die übrigen Herden, dem Hunger und Durst ausgesetzt, immer mehr dezimiert wurden.

Inzwischen mussten sie auch schon das Essen rationieren, ausser für Ismael, für den sein Vater das bisschen Milch reservierte, das aus den schlaffen Eutern gepresst werden konnte, was Sara mit wütendem Schweigen hinnahm. Beim Steineichenwäldchen waren sie vielleicht nicht wohlhabend gewesen, doch schlecht war es ihnen auch nicht ergangen. Dass der Zauberer sie hierher geführt hatte, drückte eher Groll aus als die Absicht, sie zu beschützen. Das entfachte in ihr Widerwillen und Zorn, den sie schweigend hinunterschluckte. Es Abraham zu sagen, war, wie gegen eine Wand zu reden. Und der Zauberer hörte ihr bekanntlich auch nicht zu, eine weitere Wand.

Obwohl ihm der Zauberer nicht wieder erschienen war, schichtete Abraham Steine aufeinander, von denen es, wie wir schon gesehen haben, hier mehr als genug gab, und baute immer neue Altäre. Mindestens ein Dutzend hatte er inzwischen errichtet, was Sara mit Sorge erfüllte, sah sie es doch wie eine fixe Idee, die statt besser nur noch schlimmer wurde. Und das Schlimmste war, dass er dabei jedes Mal eins der schwächlichen Kälber opferte. Von den gesunden, wohlgenährten war keines mehr übrig.

Der Zauberer mochte es, wenn beim Opfer das Fett in der Glut zischte, doch das konnten sie ihm jetzt nicht mehr bieten.

»Sind das etwa die Befehle, die du erhalten hast, dass du das letzte Vieh, das uns geblieben ist, durch Opfer verschwenden sollst?«, fragte ihn Sara eines Tages ausser sich vor Zorn, worauf er den Kopf schüttelte:

»Befohlen hat er es mir nicht. Aber ich weiss, dass es ihm gefällt.«

Ein paar Tage später zog dort Abimelech, der König von Gerar, an der Spitze seines Heeres vorbei, er führte gerade einen seiner vielen Kriege. Im Eingang ihres Zeltes sah er Sara stehen. Sie war herausgetreten, um die vorbeiziehenden Truppen zu bestaunen, mit ihren Standarten und Pauken an der Spitze jeder Abteilung, am Schluss Abimelech in seinem Streitwagen, umgeben von einem Trupp Reiter. Kaum hatte er sie gesehen, da entbrannte er in Leidenschaft für sie, obwohl sie weder schöne Kleider trug noch geschminkt war, wie denn auch in jener Armut.

Das Verlangen ergriff so stark Besitz von ihm, dass er trotz der kargen Gegend ganz in der Nähe sein Lager aufschlug und Abraham rufen liess, der wieder die Geschichte erzählte, dass Sara seine Schwester war. Und auch diesmal erhielt er eine stattliche Summe Geld, während Sara unter den Klängen von Trompeten zu Abimelechs Zelt geleitet wurde. Die gleiche Geschichte, doch kürzer, denn der Zauberer erschien dem König gleich darauf im Traum, als dieser seinen Mittagsschlaf hielt, übrigens ohne Sara angerührt zu haben, wollte er doch die Nacht abwarten, um sich nach Monaten im Felde ausgiebig an ihr gütlich zu tun.

Diesmal nahm der Zauberer die Gestalt eines alten Mannes mit struppigen Brauen, silbergrauem Haar und ebensolchem Bart an. Über seinem ehrwürdigen Kopf schwebte ein leuchtendes Dreieck, das in alle Richtungen Strahlen aussandte. Er trug eine weisse, goldbestickte Tunika und einen blauen Mantel voller winziger Sterne und sass auf einem prächtigen Thron. In der rechten Hand hielt er ein schweres Zepter, mit dem er Abimelech drei Mal auf den Kopf schlug. Dann sagte er:

»Wenn du diese Frau anrührst, bist du ein toter Mann. Die

zwei sind keine Geschwister, sondern Mann und Frau. Also gib das Geraubte nur ja schnell zurück, denn auch wenn du einen Preis bezahlt hast, so ist das ein Raub. Die Frau eines anderen hat keinen Preis.«

Jener Traum spielte im Thronsaal eines seltsamen, menschenleeren Palastes, dessen Säulen sich endlos in den Himmel reckten. Abimelech, der durch die heftigen Schläge zu Boden gestürzt war, während ihm das Blut über die Stirn lief, hörte eine Stimme, die vom jetzt leeren Thron erklang, der Alte war verschwunden:

»Wenn du mir nicht gehorchst, verlierst du dein Leben, und dein Reich wird auch verloren sein. Und bevor du stirbst, wirst du erleben, wie der Feind dich besiegt, dem letzten deiner Soldaten die Kehle durchschneidet und alle Frauen in die Gefangenschaft führt, angefangen bei denen deines Hauses.«

Da fasste er sich ein Herz und fragte: »Würdest du etwa einen Unschuldigen töten? Denn es sind die beiden gewesen, sie und ihr Mann, die mich glauben gemacht haben, sie seien Geschwister. Ich trage daran keine Schuld.«

»Trotzdem«, hörte er vom Thron herab. »Erzähle mir nicht, du hättest mit unschuldigem Gemüt und reinem Herzen gehandelt, du musst ja nicht die erstbeste Frau auf dein Lager zerren, die du auf deinem Weg triffst.«

Kaum war er aus dem Schlaf erwacht, da beeilte er sich, Sara zurückzubringen. Als er sie an Abraham übergab, schleuderte er ihm eine Klage entgegen, die auch an Sara gerichtet war:

»Ich weiss nicht, was eure Absicht war, als ihr euch so gegen mich verschworen habt. Was wolltet ihr denn erreichen, als ihr euch diesen Schwindel ausgedacht habt?«

Da antwortete Abraham so, wie wir es schon von ihm kennen:

»Ich habe dich nicht belogen, oh mein König! Es stimmt, dass sie meine Schwester ist, aber nur auf Seiten meines Vaters, nicht meiner Mutter.«

»Und sie ist gleichzeitig auch deine Frau?«, fragte Abimelech ziemlich verwundert. »Ich nehme an, der, der mir als alter Mann im Traum erschienen ist und von seinem leeren Thron zu mir gesprochen hat, weiss nicht, dass du mit einer Frau umherziehst, von der du vergisst, dass sie deine Schwester ist, wenn sie in deinem Bett liegt, und wenn du sie Fremden vorstellst, dann ist sie es doch.«

»So haben wir es zwischen uns verabredet, als wir aus unserem Land fortgezogen sind«, antwortete Abraham, »dass wir das sagen würde, was wir gesagt haben, wenn wir uns in Gefahr sähen, weil jemand so Mächtiges wie du sie für sich haben will.«

»Warum solltest du denn vor mir in Gefahr sein?«, fragte Abimelech.

»Weil du sie mir vielleicht mit Gewalt und auf Kosten meines Lebens weggenommen hättest, wenn ich mich als ihr Ehemann zu erkennen gegeben hätte.«

»Das würde ich niemals tun«, antwortete Abimelech und dachte dabei an jenen strengen Alten auf seinem Thron in dem Palast mit den Säulen, die bis in den Himmel hinaufragten, und an die heftigen Schläge, die der ihm mit seinem Zepter auf den Kopf gegeben hatte. »Aber gut, wir wollen das alles hinter uns lassen. Deiner Frau, das heisst deiner Schwester, will ich vor deinen Augen tausend Gold- und zweitausend Silbermünzen geben, geprägt mit meinem Siegel, die der Schatzmeister zählen wird. Und dann soll dir der Oberhofmeister Vieh aus dem Bestand der Truppe zuweisen, ausserdem eine Anzahl Sklaven. Und du kannst ohne Furcht an diesem Platz bleiben, aber du darfst seine Grenzen nicht überschreiten. Sonst würde ich riskieren, noch einmal auf dich zu treffen, und ich will dich nie wieder vor Augen haben.«

Die Gold- und Silbermünzen, die Sara sofort ihrem Ehemann übergab, nützten wenig in der unwirtlichen Gegend, die Abimelech ihnen wie ein Gefängnis zugewiesen hatte und wo man nichts kaufen oder verkaufen konnte. Das Vieh, das sie als Geschenk erhalten hatten – Esel, Hammel, Ziegen und Kälber, Schafböcke und Schafe –, begann bald zu verenden, weil es in der dürren Gegend kein Gras zum Fressen fand. Und die Sklaven liefen fort oder mussten von Abraham freigelassen werden, weil er nicht wusste, wie er sie ernähren sollte. Es geht uns schlechter als zuvor, dachte er, und du, Herr, machst keine Anstalten, dich zu zeigen und mir zu sagen, was ich tun soll. Wenn ich es entscheiden könnte, würde ich keinen Moment zögern und zum Steineichenwäldchen zurückkehren. Und ausserdem würde ich gern von dir erfahren, ob du dieser Alte vom Thron bist oder nicht, und wie ich mir dich also vorstellen soll, als alter Mann oder als Knabe.

Edith hat wenigstens nach ihrem eigenen Geschmack einen Bordellmaler als Liebhaber gewählt, und mir zwingt mein Mann die Liebhaber auf, sagte sich Sara, während Abimelech mit seinem Heer eilig davon marschierte, als flöhe er vor der Pest, und die letzten Echos der Trompeten verklangen. Wer weiss, was das für Drohungen waren, mit denen der Zauberer ihn so erschreckt hat, denn dass es der Zauberer war, da bin ich mir sicher. Und was ist ihm jetzt wieder in den Sinn gekommen, statt als Hütejunge mit seinem Hirtenstab tritt er als alter Herrscher auf, der mit seinem Zepter auf Köpfe einschlägt.

Sie sprach von Edith in der Gegenwart und sah sie vor sich, wie sie gemächlich ihr langes Haar kämmte, während sie ihr von den Fähigkeiten und Künsten ihres Bordellmalers im Bett erzählte. So, mit dem Elfenbeinkamm in der Hand, würde sie ihr bis ans Ende ihrer Tage in Erinnerung bleiben, das noch viele Jahre entfernt war. Jetzt hätte sie Edith gern an ihrer Seite gehabt, um ihr zu erzählen, da siehst du, Abraham ist wieder losgezogen, hat sich als mein Bruder ausgegeben, um mich mit dem König Abimelech zu verkuppeln. Aber das Schlimmste von allem ist, dass ich selbst einverstanden war, bei dem Schwindel mitzumachen. Und ausserdem, wenn damals das Bargeld für Abraham bestimmt war, so hat es der königliche Schatzmeister jetzt an mich ausgezahlt, womit ich akzeptiert habe, dass ich käuflich bin, was für eine Schande. Dabei könnten das Gold und Silber ebenso gut aus Kupfer sein, denn wozu sind sie schon nütze in dieser gottverlassenen Gegend? Ehrlich gesagt, Edith, jetzt sind wir wirklich ruiniert, hier in dieser armseligen Einöde, wo es so still ist, dass ich manchmal sogar über den Klang meiner eigenen Stimme erschrecke.

Und sie würde ihr auch sagen: Hagar hat innerlich gejubelt, als sie mitbekam, dass mich Abraham Abimelech ausliefern würde. Das habe ich an ihrem Blick gemerkt, als ich das Pferd bestieg, das mich ins Lager des Königs bringen sollte. Sie freute sich über meine Schande und mein Unglück und über die Aussicht, Abraham ganz für sich zu haben. Aber jetzt, wo ich so unerwartet zurückgekehrt bin, bin ich es, die jubelt, wenn ich sehe, wie sich ihr Antlitz vor Enttäuschung verdunkelt.

Und was ist mit dem Bastard?, würde Edith vielleicht fragen. Den ertrage ich von Tag zu Tag weniger. Das bisschen Milch, das die armen Tiere hergeben, ist nur für ihn, und wenn die Schüssel nicht randvoll ist, beschwert er sich auf die frechste Art und Weise. Aber das ist noch gar nichts: Er kommt, ohne um Erlaubnis zu bitten, in mein Gemach, weil man ihn ja immer noch als ein Kind ansieht, und wenn er mich in Unterkleidern sieht oder einen Blick auf meine Brüste erhascht, dann leuchten seine Augen wie die eines lüsternen Erwachsenen. Und als sei er hier der Herr über alles, langt er vor seinem Vater nach dem Teller, wenn wir uns zu unserem kargen Mahl setzen, manchmal eine Schwarte mit ein bisschen Fett daran, die Innereien eines alten Ochsen, gekochte Disteln, Brennnesseln mit Ei, wenn wir Glück haben und die Hennen legen. Ich sag dir, ich ertrage ihn nicht mehr lange.

Eines Morgens ging Abraham ins Feld hinaus, weil man ihm gemeldet hatte, dass der Wolf eine Ziege gerissen hatte, Wölfe gab es tatsächlich mehr als genug in dieser Steinwüste. Und während Sara am Waschtrog stand und Kleider wusch, überkam sie plötzlich ein Anfall von Übelkeit. Ich will mich jetzt nicht lange darüber auslassen, ob sie schon vorher einen Verdacht bezüglich ihres Zustands bekommen hatte, weil vielleicht ihre Regel ausgeblieben war, oder ob dies das erste Anzeichen war. Da wird es ja immer diejenigen geben, die eifrig versichern, dass sie längst nicht mehr blutete, dieser Streit wird nie ein Ende nehmen.

Als Abraham sehr aufgebracht vom Feld zurückkehrte, weil es nicht nur eine, sondern zwei Ziegen waren, die den Fängen des Wolfs zum Opfer gefallen waren, sagte sie ihm nichts von ihrem Übelkeitsanfall, nicht dass er sich falsche Hoffnungen machte.

Und wenn es nur der Magen war? Irgendeine Folge musste es ja haben, wenn man sich nur von Disteln und Brennnesseln ernährte. Doch als sie am nächsten Morgen im Schatten eines kümmerlichen Feigenbaums sassen und sich ansahen, ohne etwas zu tun oder sich etwas zu sagen zu haben, wiederholte sich die Sache.

Als Sara sich erholt hatte, fragte Abraham sie vorsichtig: »Könnte es sein?«

»Hat der Zauberer dir irgendetwas dazu gesagt?«, fragte sie zurück.

»Er hat zu mir gesprochen, aber davon hat er nichts erwähnt.«

»Wann hat er zu dir gesprochen?«, fragte Sara.

»Gestern, als ich mich um die Schafe gekümmert habe, die der Wolf gerissen hatte. Was von ihnen übrig war, konnte man nicht mehr gebrauchen, so aufgedunsen wie sie durch die Verwesung waren. Ich war also schon dabei, sie den Geiern zu überlassen, als mich eine so grosse Müdigkeit überkam, dass meine Glieder mir nicht mehr gehorchen wollten. Da lehnte ich mich an den Stamm eines Johannisbrotbaums und schlief ein, und im Schlaf fiel eine grosse Dunkelheit auf mich nieder, so, als sei ich weit weg getragen worden, weiter als das Firmament, oder ich sei in einen tiefen Abgrund gestürzt.«

»Und da hörtest du seine Stimme«, warf Sara ein.

»Woher weisst du das?«, fragte Abraham verblüfft.

»Na, das zu erraten ist doch keine Kunst, ist es etwa das erste Mal? Das einzig Neue scheint mir zu sein, dass er dich auf freiem Feld einschlafen lässt, um in deinen Kopf zu kommen, statt zu dir zu sprechen, wenn du wach bist.«

»So sind seine Wege eben«, erwiderte Abraham.

»Und du sagst, er habe dir nicht angekündigt, dass ich einen Sohn gebären werde.«

»Nein, das hat er nicht.«

»Na, das ist ja eine Überraschung, damit fängt er doch sonst immer an.«

»Meine Nachkommenschaft soll in einem fremden Land leben und dort vierhundert Jahre lang versklavt sein, doch nach dieser langen Zeit der Unterdrückung werden die meinen von dort mit grossem Reichtum und Besitz zurückkehren, das hat er gesagt.«

»Bring mich nicht zum Lachen, du weisst ja, wie teuer mich das zu stehen kommt«, gab Sara zurück.

»Ich habe es dir erzählt, ohne ein Wort hinzuzufügen oder wegzulassen, und ich sehe darin keinen Anlass zum Lachen.«

»Also, dieses neue Unglück, mit dem dein Freund jetzt daherkommt, Unterdrückung und Sklaverei, ist mir ziemlich egal, um ehrlich zu sein«, sagte Sara und stand auf. »Was geht's mich an, wenn diese Nachkommenschaft, mit der ich nichts zu tun habe, irgendwann einmal in Ketten gelegt wird. Ist es etwa nicht die Nachkommenschaft, die dir der Sohn der Sklavin geben wird, der, der die ganze Milch bekommt? Seht doch zu, wie ihr fertig werdet.«

»Vielleicht bekommen wir bald Besuch und der gibt uns die Bestätigung«, sagte Abraham.

»Vergiss es, durch diese Gegend kommen weder Hirten noch Beduinen noch Vagabunden oder Bettler, schon gar keine Jünglinge, denen ist das allen zu entlegen«, sagte Sara.

»Wenn sie kommen sollen, dann kommen sie auch, für die ist kein Ort zu weit, so entlegen er auch sein mag«, erwiderte Abraham verdriesslich. Doch er schluckte seinen Ärger hinunter, weil Sara sich wieder übergeben musste und er sich beeilte, ihr den Kopf zu halten.

»Fühlst du dich schon besser?«, fragte er dann.

»Mir dreht sich alles«, antwortete sie.

Da führte er sie ganz vorsichtig zum Zelt, und dabei sagte er: »Verzeih meinen Zorn, aber ob er mir eine Botschaft schickt oder nicht, um zu bestätigen, dass du mir einen Sohn schenken wirst, das ist seine Entscheidung. Und ausserdem ist es doch gar nicht nötig, wir wissen ja sogar schon seinen Namen, Isaak soll er heissen.«

»Wenn er wollte, hätte er es dir direkt bestätigen können, als er dich unter dem Johannisbrot einschlafen liess, und alle wären zufrieden«, wollte Sara sagen. Doch da überkam sie wieder die

Übelkeit, nur, dass sie jetzt nichts mehr im Magen hatte, und das trockene Würgen, das rau aus ihrer Kehle drang, war wie das des Einäugigen, der Täubchen spie.

## Siebzehn

**Saras** Leib begann anzuschwellen, da gab es keinen Zweifel mehr. Und als erstes verfügte Abraham, dass es niemand wagen sollte, die wenige Milch anzurühren, die gemolken wurde. Als sich Ismael einmal traute, ein paar Schlucke zu stibitzen, wurde er von Abraham mit der Peitsche bestraft, worauf er es nicht noch einmal versuchte und Hagar wusste, was sie zu erwarten hatte.

Während sie das Garn für die Kleidung ihres Kindes spann, sprach Sara manchmal voller Freude mit dem Zauberer, auch wenn sie wusste, dass er ihr gar nicht zuhörte. »Ob du zuhörst oder nicht, ich will dir sagen, dass es lange gedauert hat, aber du hast Wort gehalten. Manchmal scheint es, als hättest du deine Versprechen vergessen. Und dann bin ich plötzlich ohne eine Vorwarnung von dir oder deinen Boten schwanger. Und natürlich sollen deine Weisungen befolgt werden und das Kind Isaak heissen. Ich könnte an tausend andere Namen denken und überlegen, welcher davon mir am meisten gefällt, auch wenn's nur zum Spass wäre, aber dann könntest du ja vielleicht zornig werden und mir das als Wankelmut auslegen. Ausserdem kann ich dir sagen, dass der Name mir gefällt. ›Der, der das Lachen bringt‹, wirklich ein schöner Name. Wer soll dich verstehen, du hast etwas gegen Leute, die lachen, und dann befiehlst du, dass mein Sohn ›der Lachende‹ genannt werden soll. Und hoffentlich bringt es ihm keine Tränen, so zu heissen, wenn ich an deine Gewohnheiten denke, dann muss man ›schwarz‹ verstehen, wenn du ›weiss‹ sagst. Und weisst du auch, warum ich dir das noch sage? Weil dieses Kind kein Werk von dir, sondern ein Werk des Schicksals zu sein scheint; es wird ohne mich heranwachsen, die Jahre gehen ja nicht umsonst ins Land, und wenn es in die Pubertät kommt, bin ich vielleicht schon tot, und davor noch sein Vater, der mir ein paar Jahre voraus ist. Dann ist er schutzlos seinem Stiefbruder ausgeliefert, der ihn schlecht behandeln oder vielleicht sogar umbringen lassen wird, weil er sein Recht als Erstgeborener durchsetzen will. Es wäre nicht das erste Mal, dass jemand seinen Bruder aufs Feld lockt und ihn dann erschlägt. Wenn du also nicht gerade damit beschäftigt bist zu überlegen, welche Stadt du als nächste zerstören willst, dann kümmere dich bitte um diese Angelegenheit, denn sonst muss ich sie selbst in die Hand nehmen.«

Die Geburt verlief schmerzfrei, und es war Hagar, die ihr dabei half; welche Ironie des Lebens! Und man solle nicht denken, dass die Sklavin auf die Idee gekommen wäre, Isaak mit der Nabelschnur zu erwürgen. Ganz im Gegenteil, sie schnitt sie so durch, wie sich's gehört. Abraham beschnitt den Knaben acht Tage nach der Geburt, wie es seine Pflicht war, und als er den Schmerz spürte, schrie und strampelte der Knabe mit der Kraft eines kleinen Stiers. Obwohl sie vielleicht nicht mehr blutete, brachten Saras Brüste viel Milch hervor, und sie war so glücklich, ihren Sohn auf dem Arm zu halten und zu säugen, dass sie bei einem ihrer Selbstgespräche wieder mit dem Zauberer redete:

»Zwei Mal hast du mich lachen lassen: das erste Mal, als du die drei Jünglinge schicktest, um mir zu sagen, dass ich gebären würde, weil ich dachte, du wolltest dich über mich lustig machen; und jetzt, weil ich Mutter geworden bin. Und wer mich hört, wird, angesteckt von meinem Glück, mit mir lachen, nach all der Unsicherheit, all dem Warten und allem Zweifel.«

Wenn der Zauberer sie gefragt hätte: »Und nun zweifelst du nicht mehr, Sara?«, dann hätte sie geantwortet: »Darüber wollen wir jetzt nicht reden.« Und an dem Tag, als Isaak abgestillt wurde, feierte Abraham ein grosses Fest mit allem, was er hatte, einer mageren Ziege am Spiess und Broten aus altem Mehl voller Würmer.

Mit Hagar wurden die Dinge immer schlimmer, und so sehr sich Abraham auch bemühte, zwischen den beiden Frauen zu vermitteln, wollte es ihm nicht gelingen, Frieden zwischen ihnen zu stiften.

»Diese Sklavin soll verflucht sein, sie hetzt ihren Bastard gegen

Isaak auf, obwohl er noch so klein und schutzlos ist«, beklagte sich Sara bei ihm, »dauernd macht er sich über den Kleinen lustig, zum Vergnügen der Dienerschaft. Weisst, welchen Spitznamen er ihm gegeben hat? Kröte.«

Das hatte damit zu tun, dass der Knabe einen ziemlich breiten Mund hatte, nicht umsonst war es ein Mund, um viel zu lachen. Doch was das Fass zum Überlaufen brachte, war, dass Ismael eines Morgens in einem unbeaufsichtigten Moment den Knaben nahm und in der prallen Sonne auf einen Ameisenhaufen setzte, worauf es zum offenen Streit kam.

»Dein Sohn ist ein Mörder!«, schrie Sara Hagar ins Gesicht, nachdem sie mit ihren Händen die Ameisen von Isaaks kleinem Körper gewischt hatte.

»Und deiner ist ein Tölpel, dem der Rotz aus seinem grossen Maul läuft«, schrie Hagar zurück.

Da schaute Sara, den plärrenden Isaak auf dem Arm, Abraham an, der wie immer zwischen den beiden stand und die Fliege vor seinem Gesicht verscheuchte, und zischte:

»Entweder sie oder ich. Entweder du schickst diese fremde Hure mit ihrem Bastard fort oder ich gehe mit meinem Sohn. Und keine halben Sachen, ich werde nicht zulassen, dass der Bastard auch etwas erbt, wenn Isaak dein Erbe antritt.«

Sprach's und zog sich ins Zelt zurück, wohin ihr Abraham schnurstracks folgte. »Warte einen Moment«, sagte er zu ihr, »ich will Rat einholen.«

»Du kannst dir so viel Rat holen, wie du willst«, antwortete sie. »Egal, welchen Rat man dir gibt, und ob du dabei wach bist oder schläfst, das macht mir alles nichts aus. Ich habe meine Entscheidung schon getroffen.«

Abraham entfernte sich zu einem der vielen schon errichteten Steinhaufen, wobei er einen braunen Feldhasen an den Ohren hinter sich herschleifte, der noch benommen war vom Steinwurf mit der Schleuder, kniete vor dem Altar nieder und fragte:

»Bist du da?«

»Ich bin so schnell wie möglich gekommen, weil ich weiss, dass du mich brauchst«, antwortete gleich darauf der Zauberer.

»Wäre dir dieser Hase genug, statt eines fetten Zickleins oder eines Kalbs von drei Jahren? Es ist alles, was ich dir bieten kann.«

»Lege hin, was du hast«, antwortete der Zauberer.

Da drehte Abraham dem Hasen den Hals um, liess ihn ausbluten und zog ihm das Fell ab, und nachdem er ihn geviertelt hatte, legte er die Stücke auf die Glut. Und während der Rauch langsam in die Luft stieg, beugte er den Kopf.

»Du hast sicher schon bemerkt, in welcher Klemme ich stecke. Wenn Sara sagt, bis hierhin und nicht weiter, dann bringt sie niemand davon ab.«

»Das erste Mal schienen dir ihre Forderungen nichts auszumachen, da hast du gleich nachgegeben und zugelassen, dass Hagar weglief«, antwortete der Zauberer.

»Das waren andere Umstände, keiner der beiden Knaben war geboren.«

»Damals trug die arme Frau schon deinen Sohn unter dem Herzen, und trotzdem hast du sie in die Wüste ziehen lassen, ohne Wasser und Nahrung.«

»Ich wusste, dass Saras Wut schnell vorübergehen und Hagar bald zurückkehren würde, und dass alles wieder in Ordnung kommen würde, wie es dann ja auch geschah.«

»Das wusstest du nicht, sie kam zurück, weil ich es ihr befahl«, sagte der Zauberer.

»Genau das wollte ich doch sagen, Herr«, erwiderte Abraham, »und deshalb bitte ich dich auch jetzt, dass du eingreifst.«

Während der Hase in der Glut schmorte, wurde die Rauchwolke immer dichter, und wie er da so im Feuer lag, unterschied sich der Hase in nichts von einer Beutelratte.

»Auf jeden Fall hast du dich ja schon zu entscheiden begonnen, als du Ismael die Milch weggenommen hast«, seufzte der Zauberer.

»Sara brauchte sie dringender«, rechtfertigte sich Abraham.

»Wir wollen nicht nutzlos streiten, was geschehen ist, ist geschehen. Nimm es auch nicht als Schelte.«

»Hier knie ich und warte auf deine Entscheidung«, sagte Abraham, immer noch mit gesenktem Kopf, »sag mir, was ich tun soll, und es wird geschehen.«

»Höre auf Sara«, sagte der Zauberer nach einer Weile des Schweigens.

»Wie denn, oh Herr?«, fragte Abraham überrascht.

»Die Sache ist nicht so schlimm, wie du sie siehst. Es ist die Zeit gekommen, die Dinge in Ordnung zu bringen. Ich denke, dass Isaak, der dein rechtmässiger Nachfolger ist, bei dir bleiben sollte, während die Sklavin mit Ismael gehen muss. Eine andere Lösung gibt es nicht.«

»Aber sieh doch, wo wir hier sind, Herr, dies ist ein unwirtliches Land, das keine Früchte trägt. Wenn sie sich aus meinem Schutz entfernen, werden sie Hunger und Durst erleiden, und je weiter sie sich fortbegeben, umso leichter können sie den Wölfen zum Opfer fallen.«

»Darüber mach dir keine Sorgen, ich will sie beschützen und sie nicht umkommen lassen. Aber bei dir können sie nicht bleiben. Eine Sache ist eine Ehefrau und ihr rechtmässiger Sohn, und eine andere eine Konkubine und ihr unehelicher Sohn.«

»Ist das dein letztes Wort, Herr?«

Der Rauch begann sich aufzulösen, und der Zauberer sagte nichts mehr. Er war verschwunden.

»Du hast gewonnen«, sagte Abraham, als er zum Zelt zurückkehrte. »Du sollst deinen Willen haben.«

Am nächsten Morgen stand er früh auf, liess Hagar und ihren Sohn rufen, gab ihr einen Beutel mit ein paar harten Fladenbroten, hängte ihr einen Lederschlauch voll Wasser über die Schulter und schickte die beiden fort. Ob er dabei Tränen in den Augen hatte? Man kann es sich vorstellen. Wer sicher weinte, war Ismael, aber vor Wut, während Hagars Augen trocken blieben. Wie vor langer Zeit würde sie wieder ziellos umherwandern, nur dass jetzt ihr Sohn an ihrer Seite und nicht mehr in ihrem Leib war. Sara stand, Isaak auf dem Arm, am Zelteingang und sah, wie sie fortgingen, hob innerlich jubelnd die Augen zum gleissend hellen Himmel und lachte noch einmal.

»Wenn du mich hörst, was ich nicht glaube, dann höre, wie

ich zum dritten Mal lache, weil du Abraham, diesem Hasenfuss, recht geraten hast, hier die Ehefrau, und dort die Konkubine, hier der rechtmässige Erbe und dort der Bastard.«

Nachdem Hagar und Ismael meilenweit ziellos gewandert waren, unter einer Sonne, die den Sand mit ihrer Glut zu entzünden schien, gab der Lederschlauch keinen Tropfen mehr her, weil Ismael andauernd über seinen Durst klagte, und vom Brot war im Beutel kein Krümelchen übrig, es war ja ohnehin wenig genug gewesen. Da verlor Hagar, als die Mittagsstunde vorüber war, jegliche Hoffnung, liess ihren erschöpften Sohn unter einem Myrtenbaum voll weisser Blüten und setzte sich selbst einen Steinwurf weit weg aufs freie Feld, wo in der prallen Sonne ihr Haar so heiss wurde, dass es schien, als wolle es Feuer fangen, wobei sie sich sagte: »Er wird nicht überleben, aber ich habe nicht die Kraft, ihn in meinen Armen sterben zu sehen. Und wenn er tot ist, werden bald die Schakale kommen oder die Wölfe oder die Löwen und mich auffressen.« Und als sie ihn jammern hörte, hielt sie sich die Ohren zu.

Plötzlich hörte sie das Bimmeln von Glöckchen, und als sie den Blick hob, sah sie, wie sich der Knabe an der Spitze seiner Schafherde näherte, bei jedem Schritt stützte er sich auf seinen Hirtenstab. Ich muss wohl schon den Verstand verlieren, die Sonne versengt mir das Hirn, sagte sie sich. Aber es ist derselbe Knabe, und wenn er so daherkommt, will er mich sicher zu Abraham zurückschicken. Da stand er auch schon vor ihr, das Glöckchengebimmel war verstummt, weil die Schafe sich im gleissenden Licht in Luft aufgelöst hatten und nur noch ihr Kot im Sand verstreut lag.

»Hagar, Sklavin von Sara, woher kommst du und wohin gehst du?«, fragte der Knabe freundlich lächelnd.

»Ich gehe nirgendwohin, nur in den Tod«, antwortete Hagar. »Mich kannst du sterben lassen, aber rette meinen Sohn.«

»Niemand soll hier sterben, ich habe sein Weinen gehört und deshalb bin ich gekommen. Steh auf, hole ihn und lass ihn an jenem Teich zu deiner Linken trinken, neben dem Stein.«

Hagar wandte den Kopf und sah keinen Teich.

»Das letzte Mal war es ein Brunnen«, sagte sie.

»Aber jetzt ist es ein Teich«, antwortete das Kind. »Brunnen oder Teich, es geht darum, dass sie euren Durst stillen.«

»Du machst dich lustig über mich in meiner Not, oh Knabe«, sagte Hagar, »da ist kein Teich.«

»Tu, was ich dir sage«, antwortete er, »hol deinen Sohn.«

Sie gehorchte und brachte Ismael zum Stein hinüber, während der Knabe, der vorausgegangen war, mit seinem Hirtenstab darauf schlug, worauf Wasser aus ihm zu sprudeln begann und einen Teich entstehen liess. Da warfen sich Hagar und ihr Sohn zu Boden, um zu trinken, und als sie ihren Durst gestillt hatten, füllte Ismael den Lederschlauch.

»Dieser Schlauch soll immer voll sein, so lange euer Weg auch sein mag und so viel ihr auch aus ihm trinkt«, sagte der Knabe, »und in eurem Beutel soll immer frisch gebackenes Brot sein.«

»Der Weg zurück zu Abrahams Zelt?«, fragte Hagar hoffnungsvoll.

Der Knabe schüttelte heftig den Kopf: »Das kommt leider nicht in Frage, dorthin könnt ihr nicht mehr zurückkehren. Geht nach rechts, dort gelangt ihr in ein fruchtbares, von Hügeln umgebenes Tal. Da könnt ihr in Frieden leben und es soll euch an nichts mangeln.«

»Dann wird mein Sohn nichts vom Erbe seines Vaters empfangen?«, klagte Hagar.

»Ich fürchte, nein«, erwiderte der Knabe. »Aber er wird ein guter Bogenschütze werden.«

»Was habe ich davon, dass er ein guter Bogenschütze wird«, erboste sich Hagar, »ein Söldner, willst du wohl sagen.«

»Nein, Frau, ein Krieger wird er sein und an der Spitze eines eigenen Volkes stehen. Und mehr noch, aus seinem Samen sollen zwölf Könige hervorgehen.«

»Du erzählst mir etwas von weit entfernten, zukünftigen Zeiten, die mich nicht interessieren. Diese Könige können von mir aus unter dem Gewicht ihrer Kronen zusammenbrechen, ich werde dann ohnehin nur noch ein Häufchen Knochen sein.«

»Wer nicht über seine Nasenspitze hinaussieht, ist ein hoffnungsloser Fall«, lächelte der Knabe.

»Und was soll unterdessen aus Isaak werden?«, fragte sie mit zänkischem Unterton.

»Was geht es dich an, was aus Isaak wird? Gerade hast du beinahe deinen Sohn sterben sehen und wärst fast selbst gestorben. Nun bist du gerettet worden, ich zeige dir einen guten Weg für dich, und du denkst an Isaak.«

»Ich denke an ihn als den Dieb, der meinem Sohn das stiehlt, was ihm gehört«, erwiderte Hagar.

»Die Kröte«, sagte Ismael, der bis dahin geschwiegen hatte.

»Du solltest diesem Kind bessere Manieren beibringen«, sagte der Knabe und begann, sich in Luft aufzulösen, so wie sich seine Herde in Luft aufgelöst hatte. Der weissblühende Myrtenbaum verschwand auch, zuerst die Krone, dann der Stamm, und der Teich verdunstete, doch ein Fisch blieb zappelnd im Sand liegen, bis er erstickte. Der Zauberer hatte ihn vergessen, als er die Fata Morgana beendete.

»Jetzt hat diese Frau doch bekommen, was sie wollte«, sagte Hagar und legte ihrem Sohn die Hand auf die Schulter. »Sie hat mich aus Ägypten mitgenommen und mich Abraham ins Bett gelegt, und ich habe ihr gehorcht, weil ich ihre Sklavin war. Und jetzt entlohnt sie mich auf diese Weise.«

»Erbitte gar nichts mehr von diesen Hunden«, sagte Ismael, spuckte in den Sand und machte sich, ihr voraus, wieder auf den Weg, den Lederschlauch über der Schulter.

# Achtzehn

**Ab** hier will ich Hagar und Ismael ihren Weg in die Verbannung ziehen lassen. Einige spekulieren besonders kühn, Ismael sei Jahre später zurückgekehrt, um seinen Vater auf dem Sterbebett zu begleiten, und habe ihn dann gemeinsam mit Isaak in der Höhle begraben, wo schon Sara ruhte, beide durch dieselbe Trauer brüderlich vereint. Doch dass Ismael, von der Bitternis geheilt, zurückgekehrt sein soll, klingt nach einem allzu glücklichen Ende, weshalb hier Zweifel angebracht erscheinen. Wie wir gehört haben, wollte er ja schon als kleines Kind, dass seinen Bruder die Ameisen auffrässen. Und später nahm er voller Groll die Rolle des Bastards an, dem so unmissverständlich der väterliche Schutz verweigert wird, nannte seinen eigenen Vater, seine Stiefmutter und seinen Stiefbruder ›Hunde‹ und spuckte danach zum Zeichen seiner Verachtung aus.

Wir wissen auch nicht, ob Hagar noch lebte, als diese angebliche Rückkehr stattfand. Wäre es so gewesen, dann hätte sie, so alt sie auch sein mochte, ans Bett gefesselt und von der Gicht gequält, aber mit glasklarem Verstand, sicher nicht zugelassen, dass ihr Sohn diese ehrlose Reise antrat, so stolz, wie sie war. Man weiss ja, wie hartnäckig die Erinnerung an erlittene Kränkungen sein kann. Die Jahre vergehen, doch die Glut will einfach nicht verlöschen, lodert vielmehr immer wieder von Neuem auf, wenn die Erinnerung sie anfacht, und das Geschehene hämmert wieder und wieder im Kopf: Geht und kehrt niemals zurück, nehmt diesen Lederschlauch voll Wasser für den Weg, diese Brotfladen, und seht zu, wie ihr zurecht kommt. Die Beziehung zwischen uns war ein Fehler von mir, oh Sklavin, und dieses Kind eine Folge dieses Fehlers. Aber so ist das mit der sprichwörtlichen Schwäche des Fleisches, doch jetzt habe ich meinen Erben bei mir, der mir geschenkt worden ist und der meine Nachkommenschaft vervielfachen soll; und immer so weiter.

Diejenigen, welche diese unwahrscheinliche Geschichte von Ismaels Rückkehr erzählen, um die Augen dessen zu schliessen, der ihn als Kind mit seiner Mutter hinausgeworfen und der Gefahr des Todes ausgesetzt hatte, erklären nicht, ob er reich und mächtig zurückkehrte oder bettelarm. Doch nehmen wir einmal an, er kehrte arm zurück. Wenn das der Fall war, schon im fortgeschrittenen Alter, was seine Armut noch erniedrigender machte, kann man ihn sich nur in der Rolle als Zweitgeborener vorstellen, der mit der Dienerschaft in der Küche isst und bei der Hausarbeit hilft, um sich beim rechtmässigen Erben Liebkind zu machen. Der würde ihn mit herablassender Nachsicht behandeln, was schliesslich und endlich eine versteckte Form der Verachtung ist. Unmöglich, dass Isaak nicht denkt: Irgendwas will der hier, wenn er im letzten Moment auftaucht, aber von mir wird er nicht so viel bekommen. Und dabei zeigt er einen winzigen Abstand zwischen Daumen und Zeigefinger.

Anders sähe es allerdings aus, wenn Ismael steinreich wäre, mit bestickter Tunika und verziertem Turban, und alles haben könnte, wonach ihm der Sinn steht. Dann würde ihn Hagar an ihr Lager rufen: »Dein Vater liegt im Sterben, nimm eine Abteilung deiner stolzesten Sklaven, kleide sie in die besten Gewänder, wähle die jüngsten und stärksten Kamele aus und belade sie mit deinem prächtigen Zelt, das du neben dem von Isaak aufschlagen sollst, damit ihn der Neid zerfrisst. Nimm im Gepäck ein so prächtiges Totenhemd mit, dass er nicht ausschlagen kann, Abrahams Leichnam darin zu kleiden, verbrenne Myrrhe und bezahle den Leichenschmaus, gib den Bettlern Almosen. Und wenn das Begräbnis vorbei ist, brich dein Zelt ab und ziehe davon, ohne dich zu verabschieden, nur an den noch rauchenden Feuerstellen sollen sie erkennen, dass du fort bist.«

Abgesehen von all diesen Spekulationen kam der Tag, an dem der Zauberer Abraham schliesslich befahl, mit seinen Zelten nach dem Land der Philister zu ziehen, in ein bewässertes Tal, wo er einen Tamariskenbaum pflanzen und wo er bleiben sollte, bis er neue Anweisungen bekäme. Und wieder gehorchte er, voller Freude, dass er diese Einöde verlassen durfte. Isaak war damals neun Jahre alt. Abraham schlug sein Lager am neuen Ort auf, pflanzte den Baum, wie es ihm befohlen war, und bald konnte er sich wieder des Wohlstands erfreuen, dank des Schatzes, den er vom König Abimelech erhalten hatte und mit dem er Ländereien, Vieh und Sklaven erstand.

Eines Morgens war Sara dabei, trockene Rebenäste zu sammeln, um das Feuer zu entzünden, denn sie mochte nie müssig sein, auch wenn sie wieder reich war. Da näherten sich zu ihrer Überraschung auf dem Weg, der zwischen den von Trauben schweren Reben entlang führte, die Boten. Sara hatte gerade noch Zeit, im Zelt und hinter dem Vorhang zu verschwinden. Sie kamen zu dritt und sahen aus wie die Jünglinge vom letzten, inzwischen so weit zurückliegenden Mal. Es waren dieselben zarten Jünglinge, so zart wie junge Mädchen, sie trugen ihre seidenen Tuniken und goldfarbenen Sandalen, und weil ein Wind wehte, war ihr offen auf die Schultern fallendes Haar von Staub bedeckt. Ein Stück weit hinter ihnen kam ein Vierter heran, setzte seinen Wanderstab ohne Eile auf, als habe er kein grosses Interesse daran, bis zum Zelteingang zu kommen.

Sie erkannte ihn von Weitem. Es war der Einäugige, der Täubchen spie. Er lief barfuss, die Füsse bedeckt von weisslichem Vogeldreck, und trug seine alte Tunika aus rohem Leinen mit schmutzigem Saum. Als er endlich zu den anderen aufgeschlossen hatte, schien sein gesundes Auge aufzuleuchten und das andere sich zu verdunkeln, während er die Augen von Sara erriet, die aus ihrem Versteck hervorspähte, so als wolle er ihr sagen: »Sieh dich in ihnen an, das eine ist der Spiegel des Himmels, das andere der schwarze Abgrund«, während auf seinen Lippen ein mitleidiges Lächeln lag.

Abraham, der sich bei den Pferchen aufhielt, kam sofort herbei und warf sich den Vieren zu Füssen, ohne dass ihn die Gegenwart des neuen Boten zu stören schien. Als sie gegessen und getrunken hatten, schickten sie sich an, den Grund ihres Besuchs zu nennen, und Sara war entschlossen, kein Wort davon zu verpassen. Vielleicht brachten sie ja Nachrichten über Sodom und Gomorrha, die beiden Städte, die jetzt so weit entfernt und fremd schienen, als seien sie nur ein vor langer Zeit geträumter Traum, und über Lot und seine Familie. Ob sie wohlbehalten davongekommen waren? Ob Lot immer noch seine Rosenstöcke schnitt und dabei Edith hinter den Fensterläden singen hörte? Dass der Einäugige, der Täubchen spie, hier dabei war, bedeutete, dass es nicht die grosse Vernichtung gegeben hatte. Doch dieser Schluss liess sie plötzlich erschrocken zusammenfahren. Wenn er hier mit den anderen Boten dabei war, dann vielleicht gerade deshalb, weil ihm genau wie ihnen der Tod nichts anhaben konnte.

»Wir kommen diesmal mit einem etwas heiklen Auftrag«, fing Gabriel an, der Bote für die familiären Angelegenheiten, der keine falsche Scham kennt, wenn es um den Befehl geht, sich die Vorhaut zu beschneiden. Doch kaum hatte er zu reden begonnen, da war er nicht mehr der Jüngling von vor ein paar Augenblicken, sondern ein Hirte mit wirrem Haar und zotteligem Bart, und die schlecht gegerbten Felle, in die er gekleidet war, rochen so übel, dass der Gestank bis an Saras Nase drang. Unterdessen blieben die beiden anderen dieselben Jünglinge wie vorher. An jenem Abend in Lots Haus änderten sie, weil sie einnickten und unachtsam waren, ständig ihre Gestalt, doch dass Gabriel jetzt vom Jüngling zum Hirten wechselte, wirkte so, als tue er dies ganz willentlich, wie ein Spiel oder wie eine Drohung, sollte Sara doch wählen, was ihr besser erschien.

»Was immer mein Herr auch befiehlt, der mich mit so viel Güte überhäuft hat«, antwortete Abraham und senkte den Kopf, ohne auf die Verwandlung zu achten oder vielleicht, ohne sie zu bemerken.

»Weisst du, wo die Gegend von Moriah liegt?«

»Ja, das weiss ich«, antwortete Abraham.

»Gut, es ist noch früh am Tag, wenn du dich gleich auf den Weg machst und schnell vorankommst, kannst du übermorgen Mittag dort sein.«

»Es geht noch schneller, wenn ich reite«, erwiderte Abraham.

»In diesem Fall sollst du deinen Sohn Isaak hinter dir auf dem Maultier mitnehmen, und deine Knechte sollen euch zu Fuss folgen. Such dir zwei aus, die kräftige Beine haben.«

»Und warum soll Isaak mitkommen?«, fragte Abraham mit einem leicht unterwürfigen Lächeln, als wolle er sagen: Ich frage aus reiner Neugier, ich weiss ja, dass der Wunsch meines Herrn für mich ein Befehl ist, den will ich auch nicht in Zweifel ziehen. Ausserdem macht Isaak gern solche Ausflüge, vor allem, wenn wir dabei Hasen jagen, und auf dem Rückweg haben wir sicher genügend Zeit dazu.

»Der Junge soll mit dir gehen, weil du ihn mehr liebst als alles andere auf der Welt«, war Gabriels knappe Antwort auf diese Frage. Dann fuhr er fort: »Du begibst dich also an diesen Ort, den du kennst, wie ich sehe. Und auf einem Berg, den du daran erkennst, dass er aus rötlichen Sand besteht, machst du ein Brandopfer.«

»Isaak kommt sicher gern mit«, erwiderte Abraham, jetzt noch unterwürfiger, »und ich werde ihn bitten, selbst das Lamm für das Opfer auszusuchen.«

»Ein Lamm wirst du nicht brauchen«, sagte Gabriel.

»Das verstehe ich nicht«, wunderte sich Abraham, immer noch bereitwillig.

Da näherte sich der Hirte seinem Ohr, so wie man es tut, wenn man ein schmutziges Geschäft vorschlägt, einen Komplizen sucht oder etwas Schamloses sagen will, und hüllte Abraham mit seinem schlechten Atem fauler Zähne ein, um ihm etwas zuzuflüstern, was Sara nicht verstehen konnte, so sehr sie sich auch anstrengte. Oder vielleicht war es schon wieder der Jüngling mit seinem Atem eines eben abgestillten Kindes, beides ist möglich.

»Meinen Sohn? Ich soll meinen eigenen Sohn opfern?«, fragte Abraham erschrocken. »Ich verstehe immer noch nicht, Herr.«

Dabei sah er Gabriel voller Entsetzen an, und schaute dann auch genauso flehentlich zu den anderen hin. Doch sie blieben alle völlig ungerührt, es ist, wie es ist, und Punkt. Nur der Einäugige verliess das Zelt, ging zu den Reben hinüber, suchte sich unter den Trauben die schönste aus und pflückte sie. Dann kehrte er, gierig die Beeren essend, ins Zelt zurück, während ihm der Saft in den Bart lief. Dabei suchte sein Blick Sara wieder hinter dem Vorhangspalt, und sein gesundes Auge schien noch einmal aufzuleuchten, während das andere sich verdunkelte. Da beugte sie sich weiter vor, als es klug gewesen wäre, und erwiderte flehend seinen Blick: Ich weiss wirklich nicht, weshalb du in Begleitung dieser Mörder hergekommen bist, sicher nicht, um mir eins von den Täubchen zu schenken, die du immer speist. Das Einzige, was ich verstanden habe, ist, dass mein Sohn wie ein unschuldiges Lamm geschlachtet werden soll. Und wenn du über irgendeine Macht verfügst, was ich nicht weiss, dann nutze sie und rette ihn. Er jedoch tat so, als habe er sie nicht gesehen, wischte sich die Lippen ab, ging noch einmal aus dem Zelt, warf den Traubenstengel fort, nachdem er sich vergewissert hatte, dass keine Beere mehr daran war, und blickte in den Himmel hinauf.

Unterdessen liess Gabriel mit einer Antwort auf Abrahams verzweifelte Frage warten, weil er damit beschäftigt war, ein Stückchen Fleisch aus seinen Zähnen zu entfernen. Als er endlich sprach, tat er es, ohne auf solche Feinheiten zu achten wie seinen Mund dem Ohr des Zuhörers zu nähern:

»Na, ich denke, du hast mich wohl verstanden. Du sollst deinen Sohn genau deshalb auf dem Altar opfern, weil er das Liebste ist, was du besitzt. Genau deshalb wird es uns ja auch erfreuen. Und weil wir dich nicht bei deinen Reisevorbereitungen aufhalten wollen und du jetzt weisst, was wir dir zu sagen hatten, wollen wir jetzt gehen, allerdings nicht, ohne dich zu bitten, Sara für die köstliche Erfrischung zu danken, die frische, schäumende Milch, den Hammelrücken, aussen so schön goldbraun gebraten und innen noch so zart, nicht zu viel und nicht zu wenig gesalzen. So versteht nur sie es zuzubereiten, auch wenn ihr manchmal ein Fehler unterläuft. Aber auch die kundigste Hand kann einmal irren.«

Hinter dem Vorhang fiel Sara auf die Knie und hielt sich den Mund zu, nicht, weil sie Angst hatte, dass ein Schrei von ihr diesen Unholden zu Ohren käme – sie konnten sie schreien hören, so viel sie wollten –, sondern weil sie ihr Herz daran hindern wollte, aus ihrer Brust zu springen wie einer der erschrockenen Hasen, denen Isaak so gern im Buschwerk nachstellte. Doch die Besucher waren schon fort, und Abraham stand stumm im Zelteingang, wo er sie verabschiedet hatte. Sie sprang auf und rannte hastig zu ihm:

»Er ist verrückt geworden!«, schrie sie, während sie ihn an den Schultern packte und schüttelte. »Der Zauberer ist verrückt geworden! Jetzt will er, dass du mit eigener Hand den Sohn tötest, den er mir erst so spät geschenkt hat!«

Abraham sprach auch jetzt kein Wort, sondern starrte nur stumm zu Boden.

»Wir müssen von hier fliehen, uns am Ende der Welt verstecken!«, schrie Sara wieder. Doch obwohl er jetzt wieder bei Sinnen zu sein schien, beachtete ihr Ehemann ihr Geschrei gar nicht, sondern rief den Vorarbeiter herbei und gab ihm Anweisung, das Maultier zu satteln und zwei starke Knechte auszuwählen, sie wollten sofort nach Moriah aufbrechen. Zum Schluss befahl er noch, ein Bündel Brennholz zu binden, das einer der Knechte tragen sollte.

»Jetzt bist du also auch verrückt geworden!«, schrie Sara wieder, während sie ihn noch stärker schüttelte.

»Ich kann den Gehorsam nicht verweigern«, antwortete Abraham schliesslich und liess zum Zeichen seiner Ohnmacht die Arme sinken.

»Du kannst den Gehorsam nicht verweigern?«

»Nein, das kann ich nicht.«

»Und weshalb kannst du das nicht, wo doch alles von Anfang an eine Lüge gewesen ist? Da hat er uns aus unserem Land geführt unter dem Vorwand, er wolle dir grosse Nachkommenschaft schenken, und welche Nachkommenschaft wirst du jetzt haben, wenn du deinen Sohn ermordest?«

»Ich ermorde ihn nicht, ich biete ihn als Opfer dar.«

»Ein toller Unterschied, wirklich, so oder so schneidest du ihm die Kehle durch, bis er verblutet ist.«

»Er verlangt es von mir«, erwiderte Abraham.

»Er, sie – wie viele sind es denn eigentlich? Jetzt hat er vier geschickt, um dir eine solche Grausamkeit zu befehlen, erst sind es alles Jünglinge, dann wird einer zum Hirten, hübscher Zeitvertreib. Und um den Spott noch grösser zu machen, ist dieser heruntergekommene Einäugige von den Täubchen dabei, verschlingt Weintrauben, während das Todesurteil für meinen Sohn verkündet wird.«

»Seine Pläne sind nicht grausam«, gab Abraham geduldig zurück.

»Er hat mir nie verziehen, dass ich gelacht habe, als er dir verkündete, dass ich schwanger werden würde, und jetzt rächt er sich, indem er mir meinen Sohn nimmt«, jammerte Sara und merkte nicht, dass ihr Gesicht tränenüberströmt war, bis sie spürte, wie ihr die Wangen brannten.

»Er ist nicht rachsüchtig«, erwiderte Abraham.

»Ach, nein? Ich habe nie jemand gesehen, der rachsüchtiger und nachtragender wäre. Er kann nicht einmal vergessen, wie das Fleisch bitter schmeckte, weil es mir über dem Feuer in die Glut gefallen war.«

»Rede nicht auf diese Weise«, bat Abraham.

»Jetzt soll ich also auch noch höflich sein«, schimpfte Sara, »rachsüchtig, nachtragend, falsch, treulos und lügnerisch. Es war von Anfang an sein Plan, deine Nachkommenschaft mit dem Sohn einer Sklavin zu beginnen. Bestimmt hat er sie beide irgendwo in Sicherheit gebracht und sie leben herrlich und in Freuden, während ich schnurstracks ins Grab gehe. Denn wenn du meinem Sohn die Kehle durchschneidest, kannst du sie auch gleich mir durchschneiden.«

Auf einmal fühlte sie sich erschöpft und ging ins Zelt und hinter den Vorhang zurück. Dort warf sie sich aufs Lager und hielt sich die Ohren zu, weil jedes Geräusch sie störte, das Zirpen der Grille, das Gurren der Tauben, das Blöken der Schafe, das vom Pferch herüberkam, die Stimmen und das Gelächter der Dienerschaft. Und trotzdem hörte sie noch das Wort ›Hase‹ aus dem Mund des Vaters und des Sohnes. Auf dem Rückweg wollten sie Hasen jagen, es war die Zeit des Jahres, in der die Hasen fett waren und deshalb nicht schnell laufen konnten. Sie würden die toten Hasen am Sattel des Maultiers festgebunden nach Hause bringen, gleich nach ihrer Rückkehr abziehen und einen von ihnen in der Linsentunke mit Pfefferschoten, schwarzem Kümmel und Koriander zubereiten, die Isaak so gut schmeckte. Und aus den Fellen wollte der Vater dem Sohn eine Mütze und Hausschuhe für den Winter nähen lassen.

Da spürte sie, wie sich ihr eine Hand auf die Stirn legte, als wolle jemand fühlen, ob sie Fieber hätte. Sie öffnete ein wenig die Augen und erahnte eine Gestalt, die neben ihr kniete, das Gesicht im Halbdunkel verborgen. Sie sah die nackten Füsse, die wie Krallen gebogenen Zehen und dann den schmutzigen Saum der Tunika aus rohem Leinen voller Taubendreck.

»Ich habe deinen flehenden Blick gesehen, als du hinter dem Vorhang hervorschautest«, hörte sie, und die warme Hand bedeckte ihre Augen.

»Rette ihn«, bat sie mit erstickter Stimme, »rette meinen Sohn vor dem Tod.«

»Die ihn retten kann, bist du selbst«, antwortete er leise.

»Auf mich hört doch niemand, mein Mann nicht und viel weniger noch der Zauberer.«

»Steh auf und folge deinem Sohn, ohne dass Abraham es merkt. Du hast doch schon Erfahrung in dieser Art von Ausflügen.«

Die Hand auf ihren Augenlidern liess sie sich benommen fühlen, so als löse sich ihr Körper auf im Dunst einer Sumpflandschaft. Wie konnte sie seine nackten Füsse und den schmutzigen Saum seiner Tunika gesehen haben, wo sie doch auf dem Rücken lag und die Hand ihre Stirn niederdrückte? Und wie konnte sie immer noch diese Füsse und diese Tunika sehen, obwohl ihr jene Hand die Augen bedeckte, wenn nicht so, wie man die Dinge in einem Traum sieht?

»Ich träume, lass mich«, sagte sie und wälzte sich hin und her, um sich von der Hand zu befreien. Aber es war zwecklos.

»Überlege nicht lange, ob du schläfst oder wach bist. Die Zeit rast, sie ist kein fetter Hase. Und folge deinem Mann leichten Fusses, damit die anderen dich nicht hören. Sie sind zwar schon ein Stück weit weg, haben aber gute Ohren. Und ich darf auch nicht zu lange machen, damit sie mich nicht vermissen.«

»Ich habe nicht die Kraft dazu«, klagte Sara.

»Doch, die hast du. Und gehe auf jeden Fall zu Fuss, es wäre nicht gut, wenn du auf dem Maultier reitest, weil dich sein Hufschlag verraten würde. Wenn Abraham zum vereinbarten Ort gelangt, lass ihn den Altar errichten. Und genau in dem Moment, wo er Isaak das Messer in den Hals stossen will, fällst du ihm in den Arm.«

»Ich werde mit ihm kämpfen müssen, um ihm das Messer zu entwinden.«

»Du wirst tun, was du tun musst, na los, steh auf und zögere nicht länger.«

»Weshalb tust du das, wo du doch zu denen gehörst?«, fragte Sara.

»Törichte Frauen füllen ihren Mund mit törichten Fragen, so vielen, dass sie sie ausspeien müssen. Dich habe ich jedoch immer für klug gehalten. Deshalb will ich so tun, als habest du mich das nicht gefragt.«

»Werde ich dich wiedersehen?«, fragte sie, plötzlich von Dankbarkeit erfüllt.

»Auf dem Baal-Platz sicher niemals mehr.«

Und bevor die Füsse im Zwielicht verschwanden, mitsamt dem Saum der Tunika, wie es gleich darauf auch geschah, hätte Sara ihn nach Sodom fragen wollen und nach Edith, etwas musste er doch wissen, wo er zu den Leuten des Zauberers gehörte. Doch hatte sie keine Zeit zu verlieren und auch nicht den Kopf für Dinge, die nicht mit ihrem dringenden Problem zu tun hatten. Und so stand sie auf und machte sich auf den Weg.

## Neunzehn

**Wie** ich schon erwähnt habe, besassen die drei Fremden, die manchmal mit der Figur und dem Gesicht junger Mädchen daherkamen und gleichzeitig ein einziger waren, jeder einen eigenen Namen, Raphael, Michael und Gabriel. Vielleicht waren dies aber auch nur Decknamen, wie es sich für erfahrene, gut trainierte Kundschafter gehört, die nicht zögern, das auszuführen, womit sie beauftragt werden. Das können häusliche, anscheinend harmlose Aufgaben sein, zum Beispiel einer unfruchtbaren Frau ohne Hoffnung, zu gebären, anzukündigen, dass sie gebären wird: Wie soll das gehen, wo ich doch schon seit langem nicht mehr fleischlicher Lust fröne? Oder dasselbe bei einer Jungverheirateten, die keinen geschlechtlichen Verkehr mit ihrem Ehemann hat und deshalb ganz überrascht ist: Wie kann das sein, wo mich doch noch nie ein Mann berührt hat? Unter diesen Aufgaben gibt es auch etwas schwierigere, wie zum Beispiel einem armen Elternpaar dringend mitzuteilen, dass es sofort fliehen muss, um den Sohn vor einem Massaker zu schützen, das ein wahnsinnig gewordener König gegen alle kleinen Kinder befohlen hat: Steh auf, nimm den Knaben und seine Mutter, flieht nach Ägypten und bleibt dort, bis ich es euch sage. Wobei diese rettende Warnung leider nicht auch den anderen Eltern verkündet werden kann, sodass es ein grosses Heulen und Zähneklappern geben wird, wenn sie die Köpfe ihrer Sprösslinge über den Boden ihrer Häuser rollen sehen oder über die Strassen, Höfe und Plätze, wo die Mütter auf der Flucht erwischt wurden, als sie ihre Kinder vor dem Henkersschwert in Sicherheit bringen wollten.

Sie führen auch öffentliche Aufträge aus – ich habe schon Beispiele dafür genannt –, wie die Zerstörung einer oder mehrerer Städte bei gleichzeitiger Rettung der einzeln ausgewählten Gerechten: Beeilt euch und kommt ja nicht auf die Idee, zurückzuschauen, da garantieren wir für nichts. Oder ein anderes Mal beim Schutz der Auserwählten durch die allgemeine Anweisung, mit einem in Schafblut getauchten Ysopzweig ein Zeichen an ihre Türen zu malen: Hört gut zu, wir sagen es euch nicht zwei Mal. Wenn jemand vergisst, zur bestimmten Stunde seine Tür zu kennzeichnen, wird es zu spät sein, nachzubessern, und er wird mitsamt seiner Familie und Dienerschaft denselben erbarmungslosen Tod erleiden wie die Ungläubigen.

Unter den genannten Raphael, Michael und Gabriel befindet sich, obwohl seine Rolle nicht frei von Problemen ist, jetzt auch der Einäugige, der Täubchen speit. So nennt ihn Sara, weil sie seinen Namen nicht kennt. Sie hat ihn danach gefragt, und er hat ausweichend geantwortet. Wenn er zu der Zeit eine weltliche Aufgabe auf dem Baal-Platz auszuführen hatte, dann lässt die Logik vermuten, dass er dabei die Rolle eines Spions spielte, der wahrheitsgetreu über die allgemeine Verkommenheit berichten sollte, die schliesslich zur Vernichtung von Sodom führte. Und ebenso hatte er in Gomorrha in unterschiedlicher Verkleidung – als Eselstreiber, Wasserverkäufer, Hausknecht oder Diener in Kneipen und Freudenhäusern – den Grad der Perversion zu beobachten, zu dem die Einwohner herabgesunken waren, wie jemand, der Tag für Tag die Wassertemperatur misst, um seinem Vorgesetzten zu melden, wenn der Siedepunkt erreicht und die Stunde der Bestrafung gekommen ist.

Jetzt ging es nicht mehr darum, in einer Flut von Wasser und Schlamm die gesamte Menschheit zu ertränken, sondern darum, ein Exempel zu statuieren: Seht euch selbst in diesem Spiegel, die beiden verkommenen Städte sind zufällig gewählt worden, um vom Antlitz der Erde getilgt zu werden. Schaut euch genau an, was euch bevorsteht, wenn ihr auf diesem krummen Weg weiter fortschreitet, auf dem ihr so sorglos unterwegs seid und von den Bäumen am Wegesrand die reifen Früchte der Sünde schüttelt und schamlos esst. Doch der Einäugige, der Täubchen speit – und hier beginnen seine Schwierigkeiten –, glaubte nicht, dass diese gezielte Strafaktion ausreiche, um die Menschen zu erschrecken und ihr Verhalten zu ändern, sodass von nun an alle fleissig und ordentlich würden, von jeder Hemmungslosigkeit geheilt, Städte ohne Freudenhäuser, Tavernen, Spielhöllen oder Verkaufsstände für berauschende Pülverchen und Elixiere auf den Strassen, mit Menschen, die früh aufstanden und früh zu Bett gingen, verantwortungsbewussten Vätern und folgsamen Kindern, treuen Ehefrauen und Töchtern, die jungfräulich ihre Hochzeit feierten, gesunden, sittsamen Paarungen, nicht aus fleischlicher Lust, sondern nur für die Zwecke der Ehe, das heisst die Fortpflanzung und gegenseitige Unterstützung; und vor allem keine sündhaften Paarungen zwischen Männern oder Frauen.

Der Einäugige hatte den Fall sehr genau untersucht, sich jede Menge Notizen gemacht und war zu dem Schluss gekommen, dass diese unglückseligen Wesen nicht zu retten waren. Die Menschen kommen voller Sünde zur Welt, weil sie mit schlechter Hefe gemacht sind, und kaum hatten sie die Strafaktion vergessen, würde sich das Rad wieder genauso drehen wie vorher. Wenn überhaupt die Nachricht von der harten Strafe den Übeltätern auf der ganzen Welt im notwendigen Ausmasse zu Ohren kam, was er stark bezweifelte.

Und damit hat er völlig recht. Die Geschichtenerzähler auf den Märkten und Plätzen pflegten jene Nachrichten, die abschreckende Beispiele sein sollten, auszuschmücken und zu verfälschen, bis sie sich ganz anders anhörten und keine Wirkung mehr erzielten, weil sie wie wahrhaftige Lügen klangen. Oder sie verlegten die Ereignisse in so weit entfernte Zeiten, dass niemand mehr auf die Idee kam, daraus Lehren zu ziehen oder darüber zu erschrecken. Und diejenigen, die mit solchen Geschichten unterwegs waren, die Reisenden der Karawanen, machten die Situation nur noch schlimmer, gab es doch kaum grössere Lügner und gleichzeitig Zweifler als sie, es wurde schon berichtet, dass Sara im hintersten Winkel des Reiches von König Abimelech hörte, wie sie vom freizügigen Leben in Sodom und Gomorrha erzählten, so als existierten die beiden Städte noch. Und mit wie vielen unterschiedlichen Fälschungen erzählte der Kameltreiber den Dienerinnen von ihrer Zerstörung – auch das hörte Sara damals. All das trug der Einäugige vor, als er seinen Lagebericht erstattete. Doch er wurde nicht gehört, und von da an behielt er seine Meinung für sich, änderte sie jedoch nicht.

Der Einäugige ist jemand, der Zugang zur Werkstatt des Zauberers besitzt, wo die heikelsten und wichtigsten Entscheidungen getroffen werden. Und jetzt werden wir Zeuge, wie er, statt Haltung anzunehmen und zu gehorchen, heimlich in Saras Schlafgemach geschlichen kommt, um sie anzustiften, sofort hinter Abraham herzugehen, der schon fast nach Moriah aufbrechen will, und so den Lauf der Ereignisse zu ändern, so, wie sie eigentlich befohlen worden sind.

Um Klartext zu reden, hat der Einäugige etwas getan, was ihm nicht aufgegeben war, als er sich vor seinem Herrn versteckt hat. Und indem er Sara dazu verleitet, sich in die bestehenden Pläne einzumischen und sie zu durchkreuzen, hat er eine wahrhaftige Verschwörung begonnen, anders kann man es nicht nennen. Was sein Handeln im Verborgenen und sein Ungehorsam im Grunde offenbaren, ist sein nicht gestillter Machthunger, so einäugig, zerlumpt oder wie auch immer wir ihn kennengelernt haben. Eines Tages wird es zur offenen Rebellion kommen, denn es ist nicht dasselbe, dem Thron nahe zu sein, oder auf ihm Platz zu nehmen. Und wenn der Rebell nicht das Glück auf seiner Seite hat, sondern vom Pech verfolgt ist und seine Pläne dank gelungener Gegenspionage aufgedeckt werden, dann fällt er unweigerlich in Ungnade und wird in die Verbannung geschickt. Und der Einäugige fiel tatsächlich, und zwar tief. Ob sein Fall vor oder nach seinem Besuch in Saras Schlafgemach stattfand: Was macht das schon für einen Unterschied? Ich habe ja schon erklärt, dass die Zeit in jenen Sphären auf andere Weise gemessen wird oder vielleicht gar nicht.

Aber ist nicht der Einäugige Teil des Zauberers, zusammen mit dessen anderen drei Vertretern, an deren Treue tatsächlich bis heute niemand zweifeln kann? Kann der Zauberer gegen sich selbst rebellieren oder in seinem Inneren von seiner eigenen Meinung abweichen, soweit, dass ein Teil von ihm auf eine Weise handelt, die seinem eigenen Willen widerspricht? Da dies ein Roman und keine theologische Abhandlung ist, will ich lieber nicht versuchen, dies näher zu untersuchen und Irenäus, Basilius, Hieronymus, Augustinus und weitere Doktoren zu Rate ziehen. Obwohl dies schliesslich Sara versuchen wird, wenn sie, ganz am Schluss, ausführlich mit dem Zauberer spricht.

Aber jetzt müssen wir ihr ohne weitere Umschweife folgen. Sie tritt ins Freie hinaus, bedeckt sich den Kopf und beginnt, energisch auszuschreiten, lässt das Zelt hinter sich, geleitet von der kleinen Staubwolke, die Abrahams Reittier aufwirbelt, der seinen Sohn nicht vor sich, sondern hinter sich hat aufsitzen lassen, sogar hierbei hat er gehorcht. Ihnen folgen zu Fuss die beiden kräftigen Knechte, wie ebenfalls befohlen worden ist, einer von ihnen trägt das Bündel Feuerholz auf dem Rücken. Da geht Sara nun und hört nichts anderes in ihrem Kopf als den schrillen Klageton jenes Opfermessers, das auf dem Wetzstein geschliffen wurde, während sie sich die Sandalen mit den festen Sohlen aus Ochsenleder schnürte.

Eine grässliche Wanderung für sie, wie sie da ausser Atem unter der glühenden Sonne einherläuft, mit vom Staub geröteten Augen, steifen Beinen und schmerzenden Füssen, voller Angst vor den wilden Bestien, wenn sie sich nachts, vor Kälte zitternd, zum Schlafen auf die nackte Erde legt, während sie in der Ferne den Schein des Lagerfeuers erahnt, an dem sich jetzt die anderen wärmen. Und zu essen und zu trinken hat sie auch nichts, weil sie in der Eile ohne Proviant losgegangen ist. Wenn sie überhaupt etwas isst, dann Blätter und Kräuter, die manchmal bitter schmecken, und ihren Durst stillt sie in Pfützen. Der Einäugige lässt ihr nicht etwa inmitten der Einöde einen Baum voller saftiger Früchte wachsen oder einen Brunnen mit frischem Wasser sprudeln, an dessen Rand ein sauberer Trinkbecher steht.

Am dritten Tag erreichten sie den Fuss des Berges aus rötlichem Sand, auf dem keine Bäume, sondern nur Büsche wuchsen. Sara sah von Weitem, wie Abraham das Maultier zügelte, abssass, Isaak ebenfalls absitzen liess und ihm das Bündel Feuerholz auflud, das er dem Knecht abgenommen hatte. Dann begannen beide, den Berg hinaufzusteigen, und verschwanden nach und nach im Gebüsch. Sie wollte nicht von den Knechten entdeckt werden, durfte aber auch keine Zeit verlieren und suchte deshalb nach einer Abkürzung. Die fand sie auch bald und gelangte über sie zum Gipfel, wo sie sich im Gebüsch versteckte.

»Wir wollen Steine sammeln, um den Altar zu errichten, bring du die mittleren, ich hole die grösseren«, hörte sie Abraham sagen.

»Ich kann auch die grösseren tragen, Vater«, hörte sie Isaak antworten, und wenige Schritte von ihnen entfernt, ohne einen Blick aus ihrem Versteck zu wagen, lauschte sie, während die beiden den Altar aufschichteten.

»Das reicht«, hörte sie wieder Abraham sagen. »Bring jetzt das Feuerholz und schichte es auf den Altar.« Und dann hörte sie, wie Isaak die Holzscheite aufschichtete, so, wie ihm befohlen war.

»Vater«, sagte Isaak.

»Ja, mein Sohn, ich höre«, antwortete Abraham.

Zitterte Abrahams Stimme und verriet, dass er unsicher wurde? Von ihrem Versteck aus vernahm Sara kein Zittern.

»Du hast das Feuer für das Opfer, du hältst das Messer in der Hand, um das Lamm zu töten, doch wo ist das Lamm?«, fragte Isaak. »Ich kann es nirgendwo entdecken!«

Da hörte Sara Abraham tief seufzen und schöpfte Hoffnung. Dieses Seufzen konnte bedeuten, dass sein Wille dabei war, zu brechen. Doch es war nicht so.

»Wir werden das Lamm für das Brandopfer haben«, antwortete Abraham, »mach dir deshalb keine Sorgen. Und jetzt lege dich auf den Boden und frage nicht warum und weshalb, denn ich bin dein Vater und du schuldest mir Gehorsam.«

Als der Knabe auf dem Boden lag, wie es ihm befohlen worden war, kniete Abraham nieder und band ihn an Händen und Füssen. Sara sah alles von ihrem Gebüsch aus, er band ihn mit Lederriemen, die sonst zum Anschirren der Ochsen an das Joch benutzt wurden. Isaak lachte dabei, weil er alles für ein Spiel hielt. »Warum bindest du mich an Händen und Füssen, Vater?«

Abraham sagte jetzt nichts mehr, sondern hob ihn liebevoll auf und legte ihn auf das Feuerholz des Altars, während sein Sohn immer noch nicht verstand, welches Spiel das sein sollte. Dann sah Sara, auf alle Viere geduckt wie ein Panter vor dem Sprung, dass ihr Mann das Messer zog, das er im Gürtel der Tunika trug, und es sich vor die Augen hielt, um im Sonnenlicht seine Schärfe zu prüfen.

»Vater, was tust du da?«, fragte Isaak und lachte, als ob ihn jemand in der Leiste kitzelte.

Und als Abraham, das Messer fest in der Faust, mit den Fingern der anderen Hand nach dem genauen Punkt an der Kehle des Knaben tastete, in den er das Messer stossen wollte, sprang sie mit einem Satz aus ihrem Versteck und packte die Faust, die schon ihren tödlichen Bogen in der Luft beschrieb. Im Handgemenge fiel das Messer zu Boden, und nach ihm fiel Abraham auf seinen Hintern und blieb benommen sitzen, ohne sich rühren zu können, während Sara entschlossen Isaaks Fesseln löste, ihn vom Altar zog, ihn in ihre Arme schloss und ihren Kopf an seine Wange legte.

»So höre, Abraham, es ist genug«, erklang eine dröhnende Stimme, doch diese Stimme drang wie immer nur an Abrahams Ohr. Was Sara und Isaak, von ihr beschützt, hörten, war ein einzelner Donner im leuchtenden Himmel, der keinen Gewittersturm erahnen liess. Und Isaak, schon genügend verwundert wegen all dessen, was bisher geschehen war, konnte nicht verstehen, warum sein Vater auf Knien und mit gesenktem Kopf wie zu sich selbst sprach: »Oh Herr, ich bin gekommen, um das, was du befohlen hast, aus ganzem Herzen zu erfüllen.« Und dabei schielte er zu seiner Frau hinüber, ein Blick, den sie herausfordernd erwiderte, die Augen von Tränen verschleiert, unaufhörlich strömten sie ihr über die Wangen. Sie hatte vor Freude zu weinen begonnen, doch jetzt weinte sie aus Wut, während sie ihren Sohn noch fester an sich drückte. »Einverstanden, du herzloser, feiger Mann, sag ihm ruhig, dass das alles meine Schuld ist, klage mich vor ihm an, so viel du willst, ich habe keine Angst vor ihm.« Ein erneutes Donnern im Himmel liess sie verstummen. »Lass dich nicht durch Vorwürfe und Klagen ablenken, Abraham, höre, was ich dir sagen will. Ich weiss jetzt, dass du mich fürchtest, weil du dich nicht geweigert hast, zu tun, was ich dir befahl. Du hast nicht gezögert, Isaak, deinen einzigen Sohn, in meinem Namen zu opfern, und das spricht sehr für dich, du hast mir einen Beweis deines Gehorsams gegeben. Und jetzt sollst du mein ganzes Vertrauen haben und ich das deine, von jetzt an werden wir unzertrennlich sein.« Abraham wusste, dass dies das letzte sein würde, was die Stimme ihm diesmal sagen würde, weil jetzt noch ein weiter entfernter Donner erklang, zur Wüste hin, und da wusste auch Sara, dass der Zauberer verschwunden war.

»Sieh nur, Vater«, sagte da Isaak und befreite sich aus Saras Armen, »ein Hammel. Jetzt haben wir einen Hammel für das Opfer.«

Abraham schaute in die Richtung, in die sein Sohn wies, und richtig, dort stand ein prächtiger, ungefähr drei Jahre alter Hammel, der sich mit seinen Hörnern in einem Dornbusch verfangen hatte. Doch Sara hatte vorher schon durch den Schleier ihrer Tränen gesehen, wie der, der Täubchen spie, sich im Gebüsch näherte, wobei er den Hammel hinter sich herschleifte, den er mit den Hörnern im Dornbusch verhakte. Dabei zwinkerte er ihr zu und legte den Finger an die Lippen zum Zeichen, dass sie schweigen sollte.

»Wahrhaftig«, staunte Abraham, »das ist nicht das Lamm, das ich dir versprochen habe, aber ein Hammel ist gerade so gut.«

»Diesen Hammel hat mit seinen Hörnern dort der Einäugige verhakt«, lächelte Sara und trocknete sich die Tränen. Jetzt, wo ihr Sohn gerettet war, wünschte sie sich nichts mehr, als sich mit ihrem Ehemann zu versöhnen, denn ein grosser Frieden hatte von ihr Besitz ergriffen.

»Von welchem Einäugigen sprichst du?«, fragte Abraham. »Phantasierst du jetzt vielleicht?«

»Der, der keine Tunika aus Seide trägt, sondern aus rohem Leinen, der, der sich auf dem Baal-Platz Täubchen aus dem Mund zog und sie dann paarweise verkaufte, der, den wir auf der Reise nach Ägypten und auch bei der Rückkehr getroffen haben.«

»Ich kann mich an niemand erinnern, der so ausgesehen oder so etwas getan hätte, und habe hier auch niemand sonst gesehen.

Und du, mein Sohn, hast du jemand gesehen?«, fragte Abraham und legte Isaak die Hand auf die Schulter.

»Nein, Vater, hier ist niemand gewesen«, antwortete der Knabe.

»Der vierte Bote«, beharrte Sara, »einer von denen, die vor drei Tagen zum Zelt kamen, um dir zu sagen, dass du hierher kommen solltest.«

»Die Sonne von unterwegs und die schlaflosen Nächte lassen dich Hirngespinste sehen«, sagte Abraham.

Da verflog der Frieden, der von ihr Besitz ergriffen hatte, und sie fühlte, wie sich ihre Augen wieder mit Tränen der Wut füllten.

»Der hier Hirngespinste sieht, bist du!«, schimpfte sie. »Dieses Spiel ist zu weit gegangen! Du bist sein Spielzeug und willst es nicht wahrhaben, weil es keinen Blinderen gibt als den, der nicht sehen will!«

Abraham schaute sie lange schweigend an, dann sagte er: »Du warst mir ungehorsam, als du mir gefolgt bist, aber ich habe dir verziehen. Provoziere mich also nicht mit solchen Unverschämtheiten.«

»Du hast es mir nie verboten«, gab Sara heftig zurück. »Doch selbst wenn es so gewesen wäre, hätte ich dir nicht gehorcht.«

»Es ist egal, ob ich es dir verboten habe oder nicht«, sagte Abraham, »eine Frau verlässt ihr Haus nicht ohne Erlaubnis ihres Mannes.«

Ich bin schon andere Male aus dem Haus gegangen, ohne dass du es gemerkt hast, dachte Sara, immer dir hinterher, um die zu retten, die gerettet werden mussten. Und in diesem Fall mit noch mehr Grund, denn es geht um meinen einzigen Sohn, und du wolltest ihn mir nehmen, wo du doch weisst, dass ich nie wieder einen empfangen werde. Doch sie sagte:

»Wenn ich nicht aus eigenem Entschluss hierhergekommen wäre, hätte dich niemand gehindert.«

»Sprich nicht vor meinem Sohn, was er nicht hören soll«, fiel ihr Abraham ins Wort.

Sara lachte voller Verachtung, ein verächtliches Schnauben, das er nur zu gut kannte. Sieh mal an, dachte sie, jetzt redet er so, und wollte ihm eben noch das Messer in die Kehle stossen. Doch sie sagte:

»Jetzt willst du mir wohl erzählen, dass dich der Zauberer prüfen wollte, um zu sehen, ob du fähig bist, seine Befehle auszuführen, so verrückt sie auch sein mögen.«

»Genau das glaube ich, dass es eine Prüfung war, und der, der mir in den Arm gefallen ist, war in Wahrheit er, du hast ihm nur als Werkzeug gedient.«

»Das ist lächerlich, wozu soll er dich prüfen, wenn er doch zur Genüge weiss, dass du sein treuer Diener bist!«

»Das bin ich«, sagte Abraham, »ich bin sein Diener.«

»Gut, dass du es zugibst«, erwiderte Sara.

»Er hält den Lauf der Sonne im Himmel auf, wenn er nur will, und er hält auch jede Hand auf, wenn er will, und benutzt andere zu diesem Zweck«, sagte Abraham und versuchte so zu sprechen, dass Isaak es nicht verstand. »Wer sich also brüstet, dass seine eigenen Taten nicht von ihm bestimmt werden, Früchte seines Willens sind, der betrügt sich selbst.«

»Sich selbst betrügt, wer glaubt, dass man ihn ernst nimmt, wenn man ihn nur dazu benutzt, um sich mit makabren Scherzen auf seine Kosten zu amüsieren«, erwiderte Sara.

»Du schweigst jetzt besser, törichte Frauenworte sind überflüssig«, sagte Abraham, während er dem Hammel die Beine mit denselben Riemen zusammenschnürte, mit denen er seinen Sohn gebunden hatte.

Doch niemand konnte Saras Zunge zähmen, jetzt, wo sie sich frei in ihrem Mund bewegte wie eine Peitsche:

»Sicher hat er dir wieder dasselbe wie immer von deiner Nachkommenschaft erzählt, nicht einmal viel Phantasie hat er für seine Versprechungen, immer das Gleiche vom Sand am Meer und den Sternen im Himmel. Nur dass manchmal diese Nachkommenschaft jahrhundertelang in Gefangenschaft leben soll und andere Male das Genick ihrer Feinde beugen wird, das verstehe, wer will.«

Doch während Sara so weiterschimpfte, sagte Abraham nichts mehr. Er sagte nicht: »Nein, das stimmt nicht, er hat mir verkündet, dass der Bund zwischen ihm und mir unzerstörbar ist, dass ich sein Vertrauen geniesse, dass wir jetzt unzertrennlich sind.« Stattdessen rief er seinen Sohn zu sich und gab ihm das Messer: »Da, nimm, dir steht es zu, das Blut des Hammels zu vergiessen, tu es mit geschickter Hand, so, wie du es oft bei mir gesehen hast.«

Isaak nahm das Messer, sah seine Mutter erschrocken und unruhig an und schaute dann das Tier an, das nicht weniger erschrocken und unruhig schaute, während es unter seinem Fell heftig, beinahe stossweise atmete. Und dann zögerte der Knabe nicht länger, suchte mit den Fingern die Schlagader, die am Hals des Tieres pochte, stiess mit voller Kraft das Messer hinein, und das Blut strömte unaufhaltsam aus der Wunde und über seine Hände und Arme. Der Hammel hörte auf, die Augen zu rollen, und seine Atmung wurde schwächer. Der Wind, der durch das Gebüsch wehte, begann gleichgültig sein Fell zu bewegen, und eine blaugrün schillernde Fliege flog herbei und setzte sich auf seine Nüstern.

## Zwanzig

**Was** Sara betrifft, so geht diese Geschichte ihrem Ende entgegen. Es wird behauptet, dass sie einhundertsiebenundzwanzig Jahre alt wurde, was man wohl glauben könnte, wären da nicht die gut dargelegten Argumente, die ich schon erwähnt habe. Ausserdem brächte solche Langlebigkeit die Berechnungen bezüglich der Lebensalter ihrer Angehörigen durcheinander. Ihr Sohn Isaak zum Beispiel wäre schon in seinen Achtzigern gewesen, als Abraham einen Knecht losschickte, um unter Abrahams eigener Verwandtschaft eine Frau für Isaak zu suchen, und der Knecht dabei auf Rebekka traf. Als er an einem Brunnen Rast machte, kam sie herbei, um ihren Krug zu füllen, eine ebenfalls über achtzigjährige, aber wunderschön anzusehende Frau, die noch von keinem Mann erkannt worden war. Wenn wir so weiter machen, verlieren wir uns wieder im Labyrinth der alten Ungereimtheiten.

Es wird auch erzählt, dass Isaak kurz vor Saras Tod Rebekka gegen Reichtümer tauschte, indem er sie als seine Schwester ausgab, kaum zu glauben, weil sie beide fast schon hundert gewesen wären. Ich glaube deshalb, dass es angebracht ist, Sara eine etwas geringere Zahl von Lebensjahren auf dieser Erde zu geben, damit alles einen Sinn ergibt. Dann sehen wir Isaak im passenden Alter, um wie sein Vater den Trick anzuwenden, jemand anderen zu betrügen, indem er ihm seine eigene Frau verkauft, wie man sieht, eine alte Familientradition. Eine solche Wiederholungstat wird Sara keine schönen Erinnerungen beschert haben, vor allem, wenn wir bedenken, dass es derselbe König Abimelech war, dem ihr Sohn Rebekka zuführte, womit die Berechnungen wieder durcheinander geraten, ausser, es handelte sich um einen anderen Abimelech, den Thronfolger, was durchaus möglich ist, eine Dynastie, in der sich die Namen und die offenen Hosenschlitze wiederholen.

Aber wer weiss. Trotz der durch diese List doppelt erlittenen Demütigungen – einmal beim Pharao, dann noch einmal bei Abimelech – kennen wir Saras Reaktion in Wahrheit nicht, als sie erfuhr, dass Rebekka ihr gleiches Schicksal erlitten hatte; das heisst, ob sie den Übergriff oder eher die Schwiegertochter verurteilte, weil sie nicht züchtig gewesen war. Es gibt Mütter, die ihre eigenen bitteren Erfahrungen vergessen und nichts Eiligeres zu tun haben, als die Vergehen ihrer Söhne zu entschuldigen, weil sie ihnen durch die Bank alles zugestehen. Und so haben sie schon von dem Tag an eine Abneigung gegen die Schwiegertochter, wenn sie, noch im Hochzeitskleid, über die Schwelle des Hauses der Schwiegereltern kommt, wo sie leben soll, bis ihr Ehemann auf eigenen Füssen stehen kann. Und gleich beginnen Zank und Streit, die kein Ende und keinen Ausweg finden.

Auch wird berichtet, dass Abraham nach Saras Tod, als er schon einhundertfünfundsiebzig Jahre gelebt hatte, noch einmal heiratete, und zwar eine gewisse Ketura, mit der er sechs Söhne zeugte. Er hatte auch mehrere Konkubinen, mit denen er viele weitere zeugte. Eine erstaunliche Angelegenheit, wenn sie denn wahr ist, denn während die Nachkommenschaft von Ketura und jenen Konkubinen so zahlreich wahr, wurde der Fluch der Unfruchtbarkeit, der auf Sara lag, im Laufe ihres Lebens nur ein einziges Mal aufgehoben, woran wir erkennen können, wie teuer es manchmal zu stehen kommt, wenn man ungläubig lacht, selbst wenn es ohne Absicht geschieht.

Wie diese Ketura gewesen sein mag, wissen wir nicht, und auch nicht, woher Abraham sie holte, aus welchem Land sie kam oder wie alt sie war. Wobei es unwahrscheinlich ist, dass es sich um eine junge Frau handelte, ich denke eher an eine Matrone, die sich wie eine Haushälterin oder Wirtschafterin mit allen Feinheiten der Haushaltsführung auskannte. »So jemanden braucht mein Vater, wo er unbedingt noch einmal heiraten will«, könnte Isaak gesagt haben; eine Frau mit starken Muskeln und praktischen Fähigkeiten, die mit den dringendsten Bedürfnissen eines alten Mannes fertig wird, den man nach draussen in die Sonne tragen muss, den man sauber machen muss und dessen Laken man waschen und aufhängen muss, wenn er ins Bett macht, dem man seinen Brei füttern muss, und nicht zuletzt eine Person mit der nötigen Geduld und Ruhe, um all die Verfallserscheinungen des Alters zu ertragen, zu denen, als sei die Inkontinenz nicht schon schlimm genug, auch der Starrsinn und die Wut wegen jeder Kleinigkeit gehören.

Doch wenn wir es recht bedenken, kann nichts ausgeschlossen werden, und wer weiss, vielleicht war Ketura doch nicht die fleissige Pflegerin, die Isaak wollte, sondern jene attraktive, junge Frau, die, wenn sie die Decken hebt und dort, wo einst stolze Freude herrschte, im toten Büschel der Haare nur noch unschuldige, harmlose Schlaffheit findet. In diesem beschaulichen Sinn kann es durchaus sein, dass wir uns Ketura als junge Frau vorstellen müssen, weiss ich doch, dass es dort in der Nähe Jahre später Könige gab, die sich, alt und impotent, weil ihnen die Schaffelle nicht ausreichten, um die Kälte des Alters zu vertreiben, die schlimmste Kälte überhaupt, gleicht sie doch der Kälte des Grabs.

Bis hierher ginge alles sehr gut, ein paar Mutmassungen mehr oder weniger, wenn nicht diese zahlreiche Kinderschar wäre, die man Abraham zuschreibt, und die mit Ketura und den Konkubinen entstanden sein soll. Denn das liesse uns vermuten, dass er sich im Vollbesitz seiner Kräfte befand wie ein ungestümer, junger Ziegenbock. Und das führt uns wieder ins Reich der Übertreibungen, wo die Lüge ihr Unwesen treibt. Wollen wir lieber die blutjungen Konkubinen weglassen und nur Ketura, die Matrone, an seiner Seite lassen, die er vielleicht tatsächlich noch hat schwängern können? Die schlechteste Anstrengung ist ja bekanntlich die, die man nicht unternimmt. Einverstanden! Und geben wir uns damit zufrieden, ihm einen oder auch zwei Söhne zuzugestehen, ohne nachzufragen, ob sie wegen des hohen Alters ihres Vaters schwach an Körper und Geist auf die Welt kamen und deshalb geistig behindert und lahm, bucklig oder kleinwüchsig blieben.

»Von unersättlichen jungen Frauen erzählt mir lieber nichts, die könnten meinen Tod bedeuten«, würde Abraham mit vollem Recht sagen. »In dem Alter kennt der Körper der Frau keine

Müdigkeit, wogegen in dem meinen die Zügellosigkeit eine schlimme Feindin ist. Und keine von ihnen würde den Greisengestank ertragen, den man verströmt. Ehrlich gesagt ertrage ich mich ja selbst nicht mal, obwohl Ketura noch schlimmer ist, die riecht wie ein alter Kochtopf. Egal, wie weit weg sie ist, weht mir immer dieser säuerliche Geruch wie von längst verschütteter Milch in die Nase, der aus ihrem Schritt dringt. Und man könnte wirklich sagen, dass das Alter nichts weiter ist als ein Gestank, die Jugend dagegen ein wunderbarer Duft. Der Atem, die Haut, der Schweiss riechen dann so wunderbar, und das Wasser, das man lässt, wirkt wie der goldene Strahl einer Quelle. Hagar ging nachts aufs Feld hinaus, um ihr Wasser abzuschlagen, ich schlich hinterher, und wenn sie sich hinhockte, machte ich mir einen Spass daraus, meine Hand unter ihr Hinterteil zu halten, um zu fühlen, wie es mir kräftig über die Finger strömte. Sie dagegen liess, wenn wir wieder im Bett lagen, Wein über ihr Geschlecht rinnen, den schlürfte ich dann. Und dort, wo meine Zunge eindrang, roch es so gut, dass mir der betörende Duft die Nase kitzelte. Was wird dagegen der Körper am Ende seines Lebens, ausser einem Sack von Darmwinden, fauligen Rülpsern und üblen Gerüchen, und der Samen zum schwachen, wässrigen Rinnsal einer versiegenden Quelle?

Ich lasse Abraham die Litanei seiner bitteren Wahrheiten weiterbeten und nehme den Faden der Geschichte wieder auf, die sich nun ihrem Ende nähert. Einige Jahren zuvor hatte er seine Zelte im fruchtbaren Tal von Hebron im Land Kanaan aufgeschlagen. Inzwischen war er so wohlhabend wie nie zuvor geworden, ein reicher Grossgrundbesitzer mit riesigen Ländereien und zahlreichen Herden. Sara, die weder in guten noch in schlechten Zeiten gern müssig war, kümmerte sich persönlich um die Kontrolle von Soll und Haben, hatte sie doch ein besonderes Talent für die Buchführung.

Ausser dem Verkauf von Vieh hielt sie in den Büchern Schafschuren, das Decken der Muttertiere, Geburten und Kastrationen von Bullen fest, die als Zugochsen dienen sollten, notierte den Tod von Tieren durch natürliche Ursachen oder Unfälle, durch das Schlachten zur Nutzung von Fleisch und Fellen oder weil sie nutzlos oder alt geworden waren, und verzeichnete auch die Tiere, die für die Brandopfer bestimmt wurden. Die gefielen dem Zauberer nach wie vor, was sie jetzt ohne Groll geschehen liess. ›Wenn das Abrahams Wunsch und Wille ist, soll es mir recht sein.‹

Die Frage, ob Abraham Schweine züchtete oder nicht, könnte Anlass zu Streit geben, doch um der Wahrheit die Ehre zu geben, muss man sagen, ja, als er sein unstetes Leben aufgab und sich in Hebron niederliess, züchtete er auch Schweine, die er mit Gerstenschrot, Weintrester und Eicheln mästete. Dann verkaufte er sie, doch weder er noch die Seinen assen sie, das will ich klarstellen, denn einmal hatte ihm der Zauberer in einer seiner Ansprachen Ratschläge dazu gegeben:

»Ich sage es dir als dein Freund, sieh doch nur, wie aggressiv und kampfeslustig sie sind, sie können dich ohne weiteres in die Wade beissen. Und ausserdem sind sie abscheulich schmutzig, eine gerade gewaschene Sau wälzt sich gleich wieder im Schlamm. Und genau so, wie ein Hund sein Erbrochenes frisst, fressen auch sie ihre Exkremente. Und ihre Pfoten sind, wenn du genau hinschaust, genau so gespalten wie die der Kamele – würdest du etwa vom Kamel essen? Verkaufe sie zum besten Preis, den du erzielen kannst, doch verzichte darauf, von ihrem Fleisch, ihren Innereien, ihrem Blut oder ihrem Speck zu essen, so schmackhaft es dir auch erscheinen mag, denn nicht alles, was in der Pfanne glänzt, ist meinen Regeln nach Gold.«

Es waren friedliche Zeiten, und der Zauberer schien bei ihnen zu wohnen wie ein Verwandter, der viel Freizeit hat und Unterhaltung braucht. Seine häufigen Gespräche mit Abraham schienen schlichter Natur zu sein. Man hörte Abraham lachen, wenn er da kniete oder auf dem Lager träumte, als erzählten sie sich harmlose Witze, und der Zauberer pflegte ihm Ratschläge für Landbau und Viehzucht zu geben, wie die bezüglich der Schweinezucht. Er liess ihn wissen, wann er Alfalfa und Sesam säen oder die Weinlese beginnen sollte, wie er die Bohnen lagern musste, damit sie besser keimten, warnte ihn, wenn es regnen oder hageln würde, und manchmal milderte er auch die Dürrezeiten. Keine Spur von willkürlichen Anweisungen oder Befehlen, die Schrecken einjagten, wie: »Nimm das Messer und du weisst schon, was du dann mit der Kehle deines Sohnes zu tun hast.«

Eines Morgens, als aus der Wüste ein Sandsturm heraufzog und den Himmel verdunkelte, als wolle die Nacht kein Ende nehmen, war Sara zu träge, um aufzustehen, blieb auf ihrem Lager liegen und dachte über alte, längst vergangene Zeiten nach, während sie hörte, wie die Sturmböen auf das Zeltdach niedergingen, die Zeltbahnen aneinander klatschten und in der Luft erschrocken die Krähen krächzten und die Habichte schrien, während sie vom Sturm zum Meer hin abgetrieben wurden.

Abraham war noch vor Sonnenaufgang mit seinem Vorarbeiter und seinen Knechten losgegangen, um ein paar Schafe zu suchen, die seit dem Vortag vermisst wurden, und um diese Zeit mussten sie irgendwo in einer Höhle Schutz gesucht haben, um das Ende des Sturms abzuwarten. Da lag sie also allein auf ihrem Lager und dachte an Edith. Wie lange war es her, seit die Jünglinge mit der Ankündigung kamen, dass sie schwanger werden würde, was sie für eine Lüge hielt, und mit der zweiten Ankündigung, dass Sodom und Gomorrha zerstört werden sollten? Sie wusste es nicht mehr genau, doch es waren viele Jahre, so viele, dass ihr der eilige Ritt über die Salpeterebene, um noch vor Sonnenuntergang das Stadttor von Sodom zu erreichen, wie ein flüchtiger Traum vorkam oder wie eine trügerische Erinnerung; genau wie das Bild ihrer leprakranken Eltern, die in den Strassen von Ur vor den Steinwürfen flohen, etwas, das sie die anderen Dienstboten im Haus von Terach erzählen hörte, doch nie selbst sah. Sie wusste auch nicht, ob das, was sie über Ediths langen Haarschopf im Kopf hatte, noch stimmte oder nicht. Ob sich Edith schliesslich doch die Haare abrasiert hatte, weil der Bordellmaler wollte, dass sie für ihn als Hure Modell stand, in einer violetten Tunika, die vorne offen stand und eine ihrer Brüste entblösste? Wie auch immer, die Erinnerung an Edith verlor sich im Nebel des Sandsturms wie eine Krähe oder ein Habicht, den der Sturm in Spiralen davon trägt, immer weiter fort.

Und sie dachte auch an Hagar. Sie hatte Hagar davongehen sehen, Ismael an der Hand, und nie wieder etwas von ihr gehört. Vielleicht hatte sie, in einer fremden Stadt angekommen, wo niemand wusste, dass sie eine Sklavin war, irgendwann einen guten Ehemann gefunden, irgendeinen Geldwechsler oder Goldschmied, der Ismael an Sohnes Statt annahm, und der Bursche würde die Wechselstube oder die Goldschmiedewerkstatt erben. Doch vielleicht waren sie auch verdurstet oder in den Klauen eines wilden Tiers umgekommen, alles konnte geschehen sein. Manchmal, wenn sie es am wenigsten erwartete, überkam sie das schlechte Gewissen, wie ein unangenehmes Kitzeln in der Magengegend. Aber um den Schlaf brachte es sie auch nicht. Entweder Hagar oder ich, zusammen konnten wir nicht an Abrahams Seite leben, und ihr Bastard durfte Isaak auch nicht das Recht des Erstgeborenen streitig machen. Und wenn es nicht so gekommen wäre, wie es kam, dann wären es jetzt meine Knochen und die meines Sohnes, die irgendwo in der Steinwüste verblieben. Und was ist mit ihren Intrigen, um die Dienerschaft gegen ihre Herrin und Meisterin aufzuhetzen, ihrem Spott, ihrer Verachtung? Was damit, dass sie einmal in die Milchschale spuckte, die sie mir bringen sollte, was ich nur erfuhr, weil eine treue Dienerin die Schale austauschte und es mir erzählte? Ihrer unter lautem Gelächter in der Küche verkündeten Hoffnung, dass Isaak eines Tages von einer Steineiche fallen und zum Krüppel werden würde, oder schwachsinnig vom Tritt eines Ochsen gegen seinen Kopf? Welche Frau hätte solchen Terror von einer Sklavin hinnehmen können, ihrem Sohn auch noch den Spitznamen Kröte zu geben, was auch zur allgemeinen Belustigung diente. Und dass Ismael Isaak auf einen Ameisenhaufen setzte, hatte sicher auch Hagar ihm befohlen, da hatte Sara keinen Zweifel.

Während der Sturm draussen noch kräftiger wehte und das Zelt in die Luft zu heben schien, als sei es ein Schiff auf dem Kamm einer Welle, roch sie plötzlich so etwas wie Taubendreck, und eine raue Hand legte sich auf ihre Stirn.

»Ach, du bist das«, sagte sie lächelnd, ohne die Augen zu öffnen.

Der Einäugige antwortete nicht, strich ihr nur liebevoll über die Stirn.

»Danke,« fuhr Sara fort, »du hast mir einen Gefallen getan, den ich nicht vergessen werde.«

»Ich habe nur versucht, dir den Weg zu weisen, den du wählen solltest. Wenn du damals liegen geblieben wärst und nur gejammert hättest, wäre die Sache vielleicht anders ausgegangen.«

»Zu meinem Schlechten«, antwortete Sara.

»Zu deinem Schlechten«, stimmte er zu.

»Du bist der Einzige von euch allen, der sich dazu herabgelassen hat, mit mir zu sprechen.«

»Jetzt übertreibe aber nicht, das eine oder andere Wort ist schon ab und zu an dich gerichtet worden.«

»Ja, um mich zu schelten, weil ich gelacht hatte.«

»Das wird nicht mehr vorkommen. Ich bin hier, um dir anzukündigen, dass du Besuch bekommen wirst.«

»Wann denn?«

»Jetzt gleich.«

»Mitten im Sandsturm?«

»Wenn er kommen will, kommt er«, antwortete der Einäugige.

»Kommen die Hirten oder die Jünglinge?«, fragte Sara.

»Ob Hirten, Jünglinge, Beduinen oder Bettler, das ist gleich«, lachte der Einäugige leise. »Aber diesmal wird es keiner von ihnen sein. Er selbst wird es sein, der zu dir spricht, wie er immer zu Abraham gesprochen hat.«

»Der Zauberer wird zu mir sprechen?«, fragte Sara und versuchte, sich aufzurichten, doch die Hand drückte sie nieder.

»Wie auch immer du ihn nennen möchtest«, antwortete der Einäugige.

»Also endlich«, seufzte Sara.

»Ja, endlich«, pflichtete der Einäugige bei.

»Ich hoffe nur, dass er diesmal nicht um den heissen Brei herum redet«, sagte Sara und seufzte wieder.

Als einzige Antwort strich ihr die Hand noch einmal über die Stirn.

»Dieser Besuch bedeutet, dass ich sterben werde«, sagte Sara und öffnete die Augen.

Da sah sie, dass sie allein im Zelt war, das sich jetzt tatsächlich in die Lüfte zu heben schien, als wolle es davonfliegen.

Es dauerte nicht lange, da hörte sie eine Stimme, die stärker war als das Heulen des Sturms. Die Stimme rief ihren Namen, worauf sie erschrak und fragte: »Wozu rufst du mich, oh Herr? Hier bin ich, Sara. Endlich lässt du dich dazu herab, mit mir zu sprechen. Aber besser spät als gar nicht.«

»Sara, Sara, wann wirst du dich jemals bessern? Immer lässt du deinem Mundwerk seinen frechen Lauf.«

Sie hatte erwartet, einen brummeligen Alten zu hören, der sich den Schleim aus der Brust hustet, doch es war die wohlklingende Stimme eines Knaben von vielleicht acht oder höchstens zehn Jahren. Sicher derselbe Knabe, der Abraham befohlen hatte, von zu Hause fort und nach Kanaan zu ziehen, und der auch Hagar mitten in der Wüste erschienen war, um sie zu zwingen, zu ihrer Herrin zurückzugehen, als Sara sie das erste Mal aus dem Zelt vertrieben hatte.

»Es stimmt aber, dass du sehr spät kommst«, sagte Sara voller Groll.

»Alles zu seiner Zeit«, antwortete der Knabe.

»Zeit hast du ja genug, und du verteilst sie, wie es dir gerade passt«, erwiderte Sara.

Der Knabe schwieg. Wie sollte er ihr erklären, dass die Zeit nichts anderes war als ein unendlicher, sich ewig drehender Nebel gleichzeitiger Ereignisse? Eines Tages würde jemand schreiben, er schrieb es gerade in diesem Augenblick: Zeit, wo sind wir, du und ich, ich, der in dir wohnt, und du, die du nicht existierst?

»Man kann ja sehen, dass bei dir an erster Stelle Hagar stand und ich an letzter, deshalb kommst du erst jetzt«, beschwerte sich Sara.

»Du hast vor einem Moment schon mit mir gesprochen«, antwortete der Knabe.

»Als du kamst, um mir deinen eigenen Besuch anzukündigen, ich weiss«, erwiderte Sara. »Deshalb bist du der Zauberer, und von einem Zauberer und einem, der Täubchen speit und sie dann paarweise verkauft, ist kein weiter Weg.«

»Damals, als du gelacht hast, stand ich auch vor dir«, sagte der Knabe.

»Ich habe in Gegenwart der Jünglinge gelacht, und das hat dich gestört.«

»Ich bin sie, und sie sind ich«, sagte der Knabe.

»Verkleidungen«, antwortete Sara, »Zauberer lieben Verkleidungen.«

»Früher war es mir unangenehm, dass du mich so nanntest, Zauberer, doch jetzt ist es schon in Ordnung. Um ehrlich zu sein, habe ich keinen Namen, aber alle Namen passen zu mir.«

»Ein Zauberer, dem es nicht gefällt, wenn man lacht«, schnaubte Sara.

»Manchmal ist lachen albern, das muss ich immer wieder sagen«, antwortete der Knabe.

»Na, wunderbar, das ganze Leben brummeln«, spottete Sara.

»Damals hast du ungläubig gelacht. Aber lassen wir das lieber, ich möchte nicht, das zwischen uns schlechte Erinnerungen zurückbleiben.«

»Das heisst wohl auch, dass du nicht darüber reden möchtest, wie du einen Vater losgeschickt hast, um seinen eigenen Sohn auf dem Altar zu opfern.«

»Wenn ich es nicht gewollt hätte, dann wärst du nicht auf diesen Berg gegangen, um Abraham in den Arm zu fallen. Dein Mann hatte recht, als er dir das klarmachte.«

»Das kannst du jetzt leicht sagen«, gab Sara trotzig zurück.

»Es rührt sich kein Blatt an einem Baum, wenn ich es nicht mit meinem Atem bewege«, sagte der Knabe.

»Ich bin auf meinen eigenen Füssen Abraham hinterhergegangen und habe mit meiner eigenen Hand die Kehle meines Sohnes vor dem Messer bewahrt, lass mir wenigstens dies«, sagte Sara.

»Dass du dich gern einmischt, das will ich dir nicht nehmen«, sagte der Knabe, »da hast du Recht. Du bist ja schliesslich auch losgegangen, um Lot zu sagen, er solle mich am Tor von Sodom erwarten.«

»Da wollte ich Edith retten«, erwiderte Sara. »Wurde sie denn gerettet?«

»Dazu kann ich dir nichts mehr sagen«, antwortete der Knabe.

Er wollte nicht allzu vertraulich werden, wie er da zu Sara aus der Höhe sprach, das würde, so aufsässig, wie sie war, nur zu Beschwerden ihrerseits führen. Welchen Ärger mochte es wohl geben, wenn er ihr von Ediths Schicksal erzählte, die zur Salzsäule erstarrte, als sie den Kopf nach Sodom zurückwandte, weil sie glaubte, Eber wäre dort eingeschlossen. Und schlimmer noch wäre es, wenn Sara erführe, was zwischen Lot und seinen zwei Töchtern in der Höhle geschah. »Ich bin ein unauflösbares Ganzes«, müsste er dann zugeben, »in mir wohnen das Gute und das Böse gleichzeitig.« Und weshalb sollte er ihr von Hagar und Ismael berichten? Besser, sie wusste nicht, dass Ismael eines Tages als verdienstvoller Sohn zu seinem Vater zurückkehren würde, ein starker Anführer zahlreicher Krieger. Das würde sie gewiss nicht gern hören, die alte Wunde war noch frisch.

»Und Hagar?«, fragte da Sara. »Was ist aus Hagar und ihrem Sohn geworden?«

»Es geht ihnen gut, im Rahmen des Möglichen«, beeilte sich der Knabe um des lieben Friedens Willen zu antworten.

Hinter ihm hörte man die Stimmen und das Lachen von Kindern, als ob sie zusammen auf einer Wiese spielten.

»Was ist das für ein Lachen, das man da hört?«, fragte Sara.

»Ich weiss nicht. Kinder, die spielen«, antwortete der Knabe.

»Dort oben, von wo du zu mir sprichst, spielen sie?«

Der Knabe dachte einen Moment nach. »Hier oben ist eigentlich gar nichts«, sagte er dann. »Der Himmel ist in Wahrheit völlig leer. All die Sterne am Firmament gibt es in Wirklichkeit nicht, sie sind schon vor langer Zeit gestorben, auch wenn sie noch leuchten. Aber ich will jetzt nicht anfangen, dir das zu erklären, die Ewigkeit ist eine komplizierte Geschichte. Und es ist mir egal, ob du mir glaubst oder nicht, ich für meinen Teil bin dieser ganzen Sache ziemlich müde.«

»Welcher Sache?«

»Der Schöpfung.«

»Ich kann dir nicht glauben«, sagte Sara, »dass dieser wunderbare Himmel nur ein Schein sein soll.«

»Er ist auch nicht nur ein Schein. Er ist einfach tot.«

»Du hast mich so oft hinters Licht geführt«, sagte Sara.

»Du musst mir aber glauben«, sagte der Knabe.

»Manchmal gibst du einem wenig Anlass, Vertrauen zu dir zu haben«, erwiderte Sara.

»Es macht für dich keinen Unterschied, ob du an dem zweifelst, was ich tue oder nicht oder wozu ich fähig bin oder nicht, deine Zeit ist ohnehin abgelaufen.«

»Ich muss zugeben, dass du in einem Punkt tatsächlich Wort gehalten hast, nämlich mir einen Sohn zu schenken, auch wenn du ihn mir später wieder nehmen wolltest.«

»Dieses Letzte will ich nicht weiter kommentieren«, sagte der Knabe, »das wurde schon erklärt, und ich möchte keinen Streit mit dir anfangen.«

»Mit jemand so Unbeständigem zu streiten, der sein Aussehen so leicht wechselt wie ein Hemd, hiesse, nutzlos gegen den Stachel zu löcken«, gab Sara zurück.

»Törichte Worte überhört man am besten«, erwiderte der Knabe.

»Ich weiss schon«, sagte Sara, »es gibt Dinge, die sind dir peinlich.«

»Ich bin nicht gekommen, um mich bei dir zu entschuldigen«, antwortete der Knabe.

»Das weiss ich ebenfalls, und ich erwarte es auch gar nicht«, sagte Sara.

»Vielen Dank für dein Verständnis«, meinte der Knabe.

»Wie schade«, sagte Sara.

»Schade, dass du jetzt sterben wirst?«, fragte der Knabe.

»Schade, dass ich dich nicht wirklich kennenlernen werde. Denn obwohl ich jetzt weiss, dass du immer derselbe bist, lebst du hinter Verkleidungen versteckt.«

»Ich verstecke mich nicht, ich zeige mich«, antwortete der Knabe.

»Eine letzte Frage habe ich noch«, sagte Sara.

»Ich höre«, antwortete der Knabe.

»Gibt es dich wirklich oder bist du immer eine Lüge gewesen?«

»Ich verstehe dich nicht«, antwortete der Knabe.

»Eine Illusion, eine Fata Morgana der Wüste.«

»Na, sieh einer an, auf was du so kommst!«, entgegnete der Knabe. »Du bist nicht nur dickköpfig, jetzt fängst du auch noch an zu fantasieren.«

»Eine Fata Morgana, die nur zwei Menschen erscheint, Abraham und mir, und wir zwei sind es, die dich gegenüber den anderen spiegeln.«

»Was willst du damit sagen? Wenn ich nicht in euer beider Köpfe wäre, dann gäbe es mich gar nicht?«

»So ungefähr«, antwortete Sara.

»Ich bin der, der ich bin«, sagte der Knabe, und es klang verärgert.

»Das braucht dich nicht zu ärgern«, sagte Sara.

»Der Zweifel kränkt immer«, erwiderte de Knabe.

»Du brauchst auch nicht beleidigt zu sein, wenn ich dir sage, dass die Verwandlung deine Natur ist, wie es sich für Zauberer gehört. Das ist deine Wesensart, und wer bin ich denn, dir zu raten, verändere dies an dir oder verändere das.«

»Ich zaubere nicht, ich mache«, sagte der Knabe.

»Du machst Zaubertricks, wie die Zauberer auf den Plätzen, die denen, die dafür bezahlen, etwas vormachen. Und deshalb sind sie Lügner, denn etwas als wirklich auszugeben, was nicht wahr ist, heisst lügen.«

»Ich brauche dich in diesem Moment nicht anzulügen«, sagte der Knabe.

»Meinem letzten Moment«, erwiderte Sara.

Der Knabe schwieg. Von jetzt an würde alles Schweigen sein.

Sergio Ramírez
**Vergeben und vergessen.** Erzählungen,
aus dem Spanischen übersetzt
von Lutz Kliche,
208 Seiten, gebunden, Fr. 23.–, € 19.80,
ISBN 978-3-85990-010-3

Ganz in der Tradition so berühmter lateinamerikanischer Autoren wie Jorge Luis Borges und Julio Cortázar schafft **Sergio Ramírez** es mühelos, seine Leserschaft in den Bann zu schlagen und in die Zwielichtzone zwischen Realität und Imagination, zwischen Wirklichkeit und Wahn zu entführen, die so typisch ist für die lateinamerikanische Literatur und die auch etwas zu tun hat mit der ungeheuren Gewalt der tropischen Umwelt, die unsere europäischen Sicherheiten und Gewissheiten nicht zulässt.

Sergio Ramírez
**Strafe Gottes.** Kriminalroman,
aus dem Spanischen übersetzt
von Thomas Brovot,
568 Seiten, gebunden, Fr. 33.50, € 29.–,
ISBN 978-3-85990-168-0

Anfang der dreissiger Jahre des letzten Jahrhunderts wurde in León, der damals zweitgrössten Stadt Nicaraguas, dem Guatemalteken Oliverio Castañeda, der seine Frau, seine Geliebte und deren Vater umgebracht hatte, der Prozess gemacht, an dessen Ende er als Giftmörder hingerichtet wurde.
**Strafe Gottes** ist vordergründig eine spannende Kriminalgeschichte, auf einer zweiten Ebene aber die subtile Radiografie der nicaraguanischen Gesellschaft am Vorabend des Abzugs der us-amerikanischen Invasionstruppen und des Beginns der Somoza-Diktatur. Ausserdem ist es eines der humorvollsten Bücher, die Lateinamerika uns geschenkt hat. Der Humor liegt in der Spache, mit der der Autor die Absurdität einer auf tönernen Füssen stehenden Formalkultur aufdeckt, deren Maxime lautet: Das Gesetz wird befolgt, aber nicht erfüllt.

Sergio Ramírez
**Der Himmel weint um mich.**
Kriminalroman,
aus dem Spanischen übersetzt
von Lutz Kliche,
296 Seiten, gebunden, Fr. 28.–, € 23.80,
ISBN 978-3-85990-248-0

El cielo llora por mí – so der Originaltitel – ist ein meisterlich geschriebener Kriminalroman, der gleichzeitig sehr viel vermittelt über die aktuelle Lebensrealität in Mittelamerika. Er enthält Elemente der klassischen ›Black Novel‹ und basiert auf der wunderbaren Fabulierkunst, für die die Prosa von **Sergio Ramírez** bekannt ist – ein lehrreiches Lesevergnügen. Inspektor Morales, ehemaliger sandinistischer Guerillero und inzwischen bei der nicaraguanischen Drogenpolizei tätig, ermittelt mit seinem ›Sidekick‹ Lord Dixon im Fall einer an der Atlantikküste aufgefundenen Motorjacht, die offensichtlich von Drogenhändlern dort aufgegeben wurde. Der Fall wird bald zum Mordfall, und Zug um Zug tauchen immer mehr Indizien und Einzelheiten auf, die zeigen, wie tief der Drogenhandel in die mittelamerikanischen Gesellschaften eingedrungen ist und sie auf allen Ebenen korrumpiert hat.

Sergio Ramírez
**Um mich weint niemand mehr.**
Kriminalroman,
aus dem Spanischen übersetzt
von Lutz Kliche,
344 Seiten, gebunden, Fr. 27.–, € 23.20,
ISBN 978-3-85990-378-4

Dieser Kriminalroman der Meisterklasse besticht durch seine sprachliche Virtuosität, die treffsichere Darstellung der Realität Lateinamerikas zu Beginn des 21. Jahrhunderts in ihrer Mischung aus Korruption, Drogenökonomie und revolutionärem Erbe, seinen hintergründigen Humor – und durch die Besonderheit, dass er, als Kriminalroman, ohne einen einzigen Toten auskommt. Mühelos gelingt es Ramírez dennoch, Spannung aufzubauen, die bis zum Schluss fesselt.